# PANIFICAÇÃO

Ingrid Schmidt-Hebbel Martens
EDITORA

# PANIFICAÇÃO
## da moagem do grão ao pão assado

MANOLE

*Copyright* © 2021 Editora Manole Ltda., por meio de contrato com a editora.
Este livro contempla as regras do Novo Acordo Ortográfico da Língua Portuguesa.

Editor gestor: Walter Luiz Coutinho
Produção editorial: Retroflexo Serviços Editoriais Ltda.
Projeto gráfico: Departamento de arte da Editora Manole
Diagramação: Formato Editoração
Imagens do miolo: gentilmente cedidas pelos autores
Capa: Departamento de arte da Editora Manole
Imagem da capa: Alexia Schmidt-Hebbel

CIP-BRASIL. CATALOGAÇÃO NA PUBLICAÇÃO
SINDICATO NACIONAL DOS EDITORES DE LIVROS, RJ

P219

Panificação: da moagem do grão ao pão assado / João Luiz Maximo da Silva ... [et al.]; [organização] Ingrid Schmidt-Hebbel Martens. – 1. ed. – Barueri [SP] : Manole, 2021.
184 p. : il. ; 23 cm.

Inclui bibliografia e índice
ISBN 978-65-5576-067-5

1. Panificação. 2. Panificação – História. 3. Trigo. I. Silva, João Luiz Maximo da. II. Martens, Ingrid Schmidt-Hebbel.

20-67552  CDD: 664.7523
          CDU: 664.6

Leandra Felix da Cruz Candido – Bibliotecária – CRB-7/6135

Todos os direitos reservados.
Nenhuma parte deste livro poderá ser reproduzida, por qualquer processo, sem a permissão expressa dos editores. É proibida a reprodução por fotocópia.

A Editora Manole é filiada à ABDR – Associação Brasileira de Direitos Reprográficos.

1ª edição – 2021

Direitos adquiridos pela:
Editora Manole Ltda.
Avenida Ceci, 672 – Tamboré
06460-120 – Barueri – SP – Brasil
Tel.: (11) 4196-6000 – Fax: (11) 4196-6021
www.manole.com.br | info@manole.com.br
Impresso no Brasil | *Printed in Brazil*

# Sobre a editora

**Ingrid Schmidt-Hebbel Martens**

Possui graduação em Farmácia-Bioquímica (Habilitação Alimentos) pela Universidade de São Paulo (1982), mestrado em Ciência de Alimentos pela Universidade Estadual de Campinas (1986) e doutorado em Ciências Biológicas (Genética de Microrganismos) pela Universidade Estadual de Campinas (1999). Implantou os cursos de Tecnologia em Gastronomia das Faculdades Senac de Turismo e Hotelaria de Águas de São Pedro, Campos do Jordão e São Paulo (desde 2004 Centro Universitário Senac). Foi coordenadora do curso de Tecnologia em Gastronomia no *campus* de São Paulo e professora IV entre 2004 e 2018, bem como pesquisadora atuando na linha de pesquisa "Gastronomia: Comportamento e Consumo". Coautora do livro *Formação em Gastronomia: Aprendizagem e Ensino*, pela Editora Boccato (2010), e responsável pela revisão técnica dos livros *Tecnologia da Panificação*, da Editora Manole (2009), e *Larousse dos Pães*, da Editora Alaúde (2015). Atualmente dedica-se à consultoria na área de Alimentos.

Durante o processo de edição desta obra, foram tomados todos os cuidados para assegurar a publicação de informações técnicas, precisas e atualizadas conforme lei, normas e regras de órgãos de classe aplicáveis à matéria, incluindo códigos de ética, bem como sobre práticas geralmente aceitas pela comunidade acadêmica e/ou técnica, segundo a experiência do autor da obra, pesquisa científica e dados existentes até a data da publicação. As linhas de pesquisa ou de argumentação do autor, assim como suas opiniões, não são necessariamente as da Editora, de modo que esta não pode ser responsabilizada por quaisquer erros ou omissões desta obra que sirvam de apoio à prática profissional do leitor.

Do mesmo modo, foram empregados todos os esforços para garantir a proteção dos direitos de autor envolvidos na obra, inclusive quanto às obras de terceiros e imagens e ilustrações aqui reproduzidas. Caso algum autor se sinta prejudicado, favor entrar em contato com a Editora.

Finalmente, cabe orientar o leitor que a citação de passagens da obra com o objetivo de debate ou exemplificação ou ainda a reprodução de pequenos trechos da obra para uso privado, sem intuito comercial e desde que não prejudique a normal exploração da obra, são, por um lado, permitidas pela Lei de Direitos Autorais, art. 46, incisos II e III. Por outro, a mesma Lei de Direitos Autorais, no art. 29, incisos I, VI e VII, proíbe a reprodução parcial ou integral desta obra, sem prévia autorização, para uso coletivo, bem como o compartilhamento indiscriminado de cópias não autorizadas, inclusive em grupos de grande audiência em redes sociais e aplicativos de mensagens instantâneas. Essa prática prejudica a normal exploração da obra pelo seu autor, ameaçando a edição técnica e universitária de livros científicos e didáticos e a produção de novas obras de qualquer autor.

# Sobre os autores

**Alexia Schmidt-Hebbel**

Possui graduação em Audiovisual pelo Centro Universitário Senac (2016) e especialização em Gestão da Comunicação em Mídias Digitais pelo Senac Campinas (2018). Frequenta diversos blogs e grupos do Facebook sobre panificação, assim como também acompanha diversos padeiros no Instagram e YouTube.

**Andreia Maria Pacher**

Graduada em Gastronomia pela Associação Educacional Leonardo da Vinci – UNIASSELVI de Blumenau, especialista na modalidade Formação para o Magistério Superior em Gastronomia: Padrões de Qualidade na Produção e Serviços e mestre em Turismo e Hotelaria pela Universidade do Vale do Itajaí – UNIVALI. É professora na UNIVALI no Curso de Gastronomia e desde 2009 atua como professora organizadora das disciplinas de Bases de Confeitaria e Panificação, Confeitaria e Panificação Avançada. Durante alguns semestres, ministrou as disciplinas de Habilidades de Culinárias Básicas e Culinária Étnica e hoje em dia, além das disciplinas de confeitaria citadas acima, também atua nas disciplinas de Culinária Brasileira e Regional, Estágio Supervisionado e Trabalho de Iniciação Científica. Também já ministrou aulas na graduação em Gastronomia, nas disciplinas de confeitaria na UNIVILLE de Joinville, Faculdade Senac e na UNIASSELVI, ambas de Blumenau. Aulas de confeitaria em cursos de pós-graduação na UNIVALI Balneário Camboriú, na PUC/PR em Curitiba, na UNOCHAPECÓ em Chapecó e na UCS em Caxias do Sul e Flores da Cunha. Participou de vários cursos de aperfeiçoamento em confeitaria, destacando o curso de Pâtisserie Française Avancée Nouvelles Tendances, Boulangerie Pâtisserie Chocolaterie Traiteur, INBP, França (2010). Vencedora do concurso nacional 3ª

Copa Bunge de Panificação e Confeitaria (2009), como professora orientadora da aluna Andréa Farias, categoria confeitaria graduandos.

### Cacilda Vera Vogel

Graduada nos cursos em Licenciatura Francês pela PUC – Curitiba (1976) e Cozinheiro Chef Internacional pelo Senac – Águas de São Pedro (SP) em convênio com The Culinary Institute of America – N. York (1996). Especialista na modalidade "Formação para o Magistério em Administração e Organização de Eventos Públicos e Privados" pela Universidade do Vale do Itajaí (UNIVALI) Balneário Camboriú/SC (2001). Adquiriu experiência profissional no Restaurante Vinheria Percussi – (SP) e Hospital Maicê – Caçador/SC. Ministrou aulas nos cursos de pós-graduação na UNIVALI: Confeitaria (2012) e na UNIVEL, em Cascavel/PR: Doces Brasileiros Regionais (2018). Atua como docente no Curso de Gastronomia da Universidade do Vale do Itajaí desde 2000, nas Disciplinas de Culinárias Francesa, Norte-Americana, Alemã, Confeitaria e Panificação.

### Claudia Maria de Moraes Santos

Doutoranda em Planejamento Urbano pela Universidade do Vale do Paraíba (UNIVAP), Mestre em Ciências Ambientais pela Universidade de Taubaté (UNITAU), pós-graduada (*lato sensu*) em Gestão Educacional pelo Centro Universitário Claretiano, graduada em Arquitetura e Urbanismo pela UNITAU e Tecnologia em Gastronomia pelo Centro Universitário Senac – Campus Campos do Jordão. Atualmente é professora no curso de Tecnologia em Gastronomia da Universidade do Vale do Paraíba e da Faculdade Anhanguera de Taubaté. Atua como pesquisadora nos seguintes temas: Mercados Municipais, Alimentação e Cozinha Regional Brasileira.

### Danilo Minelli da Costa

Possui vasta experiência no ramo de bebidas, trabalhando no segmento de bebidas há mais de 10 anos. Formado em gastronomia e pós-graduado em Panificação e Confeitaria, ambos pela Universidade Anhembi Morumbi. Trabalha atualmente como professor de panificação no curso de graduação da Universidade Anhembi Morumbi e também no projeto Gastromotiva. Leciona em outras universidades fora de São Paulo (UNP, FPB), também focadas em panificação básica e avançada. Responsável por um projeto interno da Universidade Anhembi Morumbi conhecido como Padaria Escola, que ensina alunos estagiários a produzir os pães a serem utilizados durante o período letivo em aulas de gastronomia.

## Eder da Costa Gonçalves

Bacharel em Gastronomia pela Universidade do Vale do Itajaí, pós-graduado em Docência em Ensino Superior pela UNICESUMAR. Ministrou aulas na instituição UNISUL – unidade Tubarão, no curso de Gastronomia, nas disciplinas de Confeitaria e Panificação durante os anos 2016 e 2017. Professor instrutor nas disciplinas de Bases de Confeitaria e Panificação e Confeitaria e Panificação Avançada no curso de Gastronomia na UNIVALI há 5 anos. Atua também como gerente de produção e ministra cursos profissionalizantes na área de panificação.

## Ingrid Schmidt-Hebbel Martens

Possui graduação em Farmácia-Bioquímica (Habilitação Alimentos) pela Universidade de São Paulo (1982), mestrado em Ciência de Alimentos pela Universidade Estadual de Campinas (1986) e doutorado em Ciências Biológicas (Genética de Microrganismos) pela Universidade Estadual de Campinas (1999). Implantou os cursos de Tecnologia em Gastronomia das Faculdades Senac de Turismo e Hotelaria de Águas de São Pedro, Campos do Jordão e São Paulo (desde 2004 Centro Universitário Senac). Foi coordenadora do curso de Tecnologia em Gastronomia no *campus* de São Paulo e professora IV entre 2004 e 2018, bem como pesquisadora atuando na linha de pesquisa "Gastronomia: Comportamento e Consumo". Coautora do livro *Formação em Gastronomia: Aprendizagem e Ensino*, pela Editora Boccato (2010), e responsável pela revisão técnica dos livros *Tecnologia da Panificação*, da Editora Manole (2009), e *Larousse dos Pães*, da Editora Alaúde (2015). Atualmente dedica-se à consultoria na área de Alimentos.

## João Luiz Maximo da Silva

Bacharelado e licenciatura em História pela USP. Mestrado e Doutorado em História Social pelas USP com ênfase em História da Alimentação. Professor do Centro Universitário Senac na disciplina História da Gastronomia e coordenador do curso de pós-graduação Gastronomia: História e Cultura. Pesquisador na área de História da Alimentação e autor do livro *Cozinha Modelo*, publicado pela Edusp.

## Larissa Pereira Aguiar

Engenheira de alimentos especialista em Vigilância Sanitária. Mestre em Tecnologia de Alimentos. Docente dos cursos de Gastronomia e Nutrição.

### Luis Fernando Carvalhal de Castro Pimentel

Especialista em Administração de Empresas, com MBA em Administração de Empresas pela FGV e MBA em Gestão Empreendedora de Negócios pelo ITA e ESPM, graduado em Engenharia Mecânica pela UNICAMP e em Tecnologia em Gastronomia pela Universidade do Vale do Paraíba. Atualmente é professor no curso de Tecnologia em Gastronomia da Faculdade Anhanguera de Taubaté e dos cursos de Cozinheiro Profissional e Alta Gastronomia, Enologia e Mixologia do Instituto Gastronômico das Américas (IGA), em São José dos Campos.

### Mariza Vieira da Fonseca Saboia Amorim

Engenheira de alimentos. Pós-graduada em Gastronomia. Mestre em Tecnologia de Alimentos. Doutora em Biotecnologia. Docente dos cursos de Gastronomia e Nutrição.

### Rafael Cunha Ferro

Mestre e Doutorando em Hospitalidade pela Universidade Anhembi Morumbi (UAM), pós-graduado (*lato sensu*) em Viticultura e Enologia pela Universidade Tuiuti do Paraná (UTP) e graduado em Tecnologia em Gastronomia pelo Centro Universitário Senac – *Campus* Campos do Jordão. Atualmente é professor no curso de Tecnologia em Gastronomia da Universidade do Vale do Paraíba e Coordenador e Professor do Curso Superior de Tecnologia em Gastronomia da Faculdade Anhanguera de Taubaté. Atua em eventos, *workshops*, consultorias e assessorias, treinamentos e formação profissional nos seguintes temas: bebidas, gestão operacional de cozinhas e gestão de alimentos e bebidas. Temas de estudo e pesquisa: gestão de alimentos e bebidas; interfaces entre alimentação e hospitalidade; pesquisa e educação em gastronomia e hospitalidade.

### Renata Zambon Monteiro

Arquiteta. Doutorado em Arquitetura e Urbanismo pela Universidade de São Paulo (USP). Mestrado e Graduação em Arquitetura e Urbanismo pela Universidade Presbiteriana Mackenzie (UPM). Professora do Centro Universitário Senac São Paulo nas áreas de Gastronomia em cursos de graduação, pós-graduação e extensão universitária. Experiência de 32 anos em projetos e consultoria para diversos serviços profissionais de alimentação, tendo atuado por 10 anos como sócia-proprietária de empresa para refeições coletivas. Proprietária da empresa Projefood, onde realiza projetos para cozinhas profissionais de restaurantes comerciais e corporativos, bares, hotéis, *buffets*, hospitais, cozinhas industriais entre outros. Autora do livro *Cozinhas Profissionais*, pela editora Senac (3ª ed. 2019) e co-autora do livro *Formação em Gastronomia: Aprendizagem e Ensino*, pela Editora Boccato (2010).

### Vinícius Val Gonçalves Cordeiro Fernandes

Cursou Certificado 3 – *Comercial Cookery*, pelo TAFE Challenger Freemantle – Perth, Austrália. Atua no ramo de Panificação desde 2008. No Brasil, graduado em Gastronomia pela Anhembi Morumbi, 2012. Trabalhou como Chef de produção na R. Shimura e como professor na Levain (escola de Panificação). Formou-se Mestre em Hospitalidade pela Anhembi Morumbi em 2015. Atua como professor na pós-graduação de Confeitaria e Panificação da Universidade Anhembi Morumbi desde 2014. Atuou também como professor no Senac Campos do Jordão, de 2015 a 2018. Desde 2014, também atua como consultor na área de Panificação, prestando serviços para Engefood e outras empresas. Proprietário e Chef de produção da Panzaria desde 2018.

### Yasser Arafat Mohamad Chahin

Pós-graduado em Administração com Ênfase em Eventos e Graduado em Tecnologia em Gastronomia pelo Centro Universitário Senac – *Campus* Campos do Jordão. Experiência de 20 anos na área de Gastronomia. Docente de Cursos Livres e de Extensão do Centro Universitário Senac – *Campus* Campos do Jordão. Participação como *Coach* na World Skills, Olimpíada Internacional do Canadá, representando o Brasil. Elaboração do Material Didático do Curso Profissionalizante de cozinheiro do Centro Universitário Senac. Trabalha há 12 anos como Gerente de Alimentos e Bebidas do Acampamento Nosso Recanto ("NR Acampamentos"), atendendo anualmente 42.000 hóspedes.

# Sumário

Prefácio ................................................................................................... XV

*1* Culturas e história do pão pelo mundo............................................ 1
João Luiz Maximo da Silva

*2* Tipos e características das principais farinhas no Brasil e no mundo....... 15
Ingrid Schmidt-Hebbel Martens

*3* Moagem de trigo................................................................................ 34
Mariza Vieira da Fonseca Saboia Amorim, Larissa Pereira Aguiar

*4* Processos químicos nos pães............................................................ 45
Vinícius Val Gonçalves Cordeiro Fernandes, Danilo Minelli da Costa

*5* Fermentação na panificação............................................................. 53
Andreia Maria Pacher, Cacilda Vera Vogel, Eder da Costa Gonçalves

*6* Aditivos ............................................................................................... 71
Luis Fernando Carvalhal de Castro Pimentel

*7* Formulação de receitas .................................................................... 85
Ingrid Schmidt-Hebbel Martens

*8* Sova ..................................................................................................... 97
Vinícius Val Gonçalves Cordeiro Fernandes, Danilo Minelli da Costa

*9* O pão assado e a solução de problemas na produção de pães................. 107
Ingrid Schmidt-Hebbel Martens

*10* Utensílios e equipamentos para panificação ................................. 123
Renata Zambon Monteiro, Alexia Schmidt-Hebbel

*11* Fornecedores em panificação.......................................................... 146
Rafael Cunha Ferro, Claudia Maria de Moraes Santos, Yasser Arafat Mohamad Chahin

Índice alfabético-remissivo ................................................................... 163

# Prefácio

Fazer pão é uma atividade – ou uma arte – que permeia a história da humanidade há aproximadamente 6 mil anos, e é por meio desse alimento que os povos atuais se identificam com os povos daquela época. Hoje, o pão é produzido e consumido por todos os povos do mundo, de todas as culturas, etnias e religiões, sendo o alimento mais consumido diariamente no mundo, embora nem todos os povos comam pão diariamente. Ainda que o fazer do pão tenha se mantido praticamente inalterado, o pão que comemos pouco lembra o pão consumido por nossos ancestrais longínquos. Os cereais utilizados hoje para obtenção de farinhas pouco lembram os cereais utilizados nos primórdios da civilização humana, uma vez que passaram por inúmeras etapas de seleção, o que permitiu que fossem adaptados a diferentes condições climáticas, tivessem melhor rendimento e se tornassem mais resistentes a pragas, entre outras melhorias. Além disso, são processados de tal forma a resultar em produtos com as melhores características panificáveis possíveis, com uso de tecnologia à qual não se tinha acesso antes da Revolução Industrial.

Tem-se verificado nos últimos anos um crescimento significativo de pessoas interessadas em fazer o seu próprio pão, buscando um pão mais saudável. Essa tendência é percebida mundialmente e, aqui no Brasil, se faz notar por meio do aumento de títulos lançados sobre o tema panificação, *blogs* nacionais e internacionais com a mesma temática, do incremento da oferta de farinhas específicas para panificação, muitas vezes importadas de países com larga tradição na panificação, para o consumidor final. Tudo isso evidencia o interesse popular por pães diferenciados, o que tem levado também ao surgimento das padarias artesanais.

Fazer pão – a partir de farinha, água, levedura e sal – não exige técnica sofisticada, mas o conhecimento sobre os processos e reações bioquímicos que devem ocorrer na massa, para a obtenção de um pão de qualidade, com crosta crocante, de coloração apetitosa e miolo macio e levemente úmido por dentro, ajuda a trazer melhores resultados.

Este livro tem o intuito de levar conhecimento a todos aqueles apaixonados por pão, bem como alunos de gastronomia, que podem encontrar aqui respostas para dúvidas frequentes sobre os diversos processos e reações envolvidos na arte de fazer pão, sem esquecer aqueles profissionais que queiram refrescar seus conhecimentos. Qualquer padeiro amador ou profissional que tiver interesse em fazer pão de qualidade precisará de conhecimento, uma ferramenta fundamental para o processo de panificação e que permite corrigir erros por meio da adaptação de formulações de receitas ou métodos de processamento.

A escrita deste livro foi um trabalho realizado por diversos autores, aos quais gostaria de agradecer por terem acreditado na proposta, dedicando seu tempo e seu conhecimento à escrita dos respectivos capítulos. Foi especialmente enriquecedor trabalhar com autores de várias instituições do país e que estão inseridos em realidades diversas dentro do cenário da panificação no Brasil.

Agradeço a todos os profissionais de Editora Manole envolvidos nas diferentes etapas da confecção da obra, sem os quais este livro não teria sido possível.

Ao aceitar o convite da Editora Manole para organizar este livro, vi mais uma vez reforçada minha firme convicção de que o conhecimento deve ser compartilhado com a sociedade, única forma pela qual ele poderá ser útil, de modo que agradeço também a todos aqueles que compartilham conosco o ideal de dividir o conhecimento com outras pessoas.

Boa leitura e, principalmente, bons pães a todos!

*Ingrid Schmidt-Hebbel Martens*

# Capítulo 1

# Culturas e história do pão pelo mundo

*João Luiz Maximo da Silva*

## INTRODUÇÃO

O mundo inteiro come pão. Afirmações tão generalizantes talvez sejam muito perigosas, na medida em que certamente nem todos os povos necessariamente se alimentam cotidianamente de pão. Nos dias atuais temos até o problema com o glúten (base do pão), mas a ideia da panificação é algo geral a toda a sociedade humana há muito tempo. Durante boa parte da história da espécie *Homo sapiens* não tivemos pães (sociedade de caçadores e coletores), que nos acompanham desde o período do Neolítico com o desenvolvimento da agricultura (como veremos adiante). De qualquer forma, aproximadamente seis mil anos de pão é algo bastante significativo.

Para muito além de um alimento no sentido estrito, o pão tem uma dimensão simbólica extremamente importante para a história da humanidade. Um alimento totalmente fabricado pelo engenho humano, que tomou diversas feições ao longo do espaço e do tempo. Nessa sua longa trajetória, assumiu diversos formatos, representando ideias de cultura, civilização, religião etc.

Revoluções e guerras foram feitas tendo o pão como um de seus símbolos e causas. Em muitos momentos de nossa história virou sinônimo de alimento, ainda que muitas vezes nem todos tivessem acesso a ele. Simbolicamente, o final da Idade Moderna foi marcado por uma frase de Maria Antonieta (rainha da França). Informada de que o povo não tinha pão (o que queria dizer que passava fome), teria respondido: Que comam brioches! Pouco tempo depois, Maria Antonieta e o rei Luís XVI foram guilhotinados no processo da Revolução Francesa. Não há nenhuma comprovação de que a rainha tenha proferido essas palavras, mas é muito sintomático que tal frase tenha passado à posteridade. É possível contar a história da humanidade a partir desse alimento.

O que pretendemos neste texto é um breve passeio pelas transformações históricas tendo o pão como fio condutor. Talvez o alimento mais humano, posto que não o encontramos na natureza. Um prodígio da transformação, ele nasce com o processo de domesticação da natureza no período do Neolítico (agricultura) e nos acompanha nos bons e maus momentos de nossa longa e conturbada história.

## ORIGEM DA AGRICULTURA: CEREAIS E PÃO

Em sua origem, os primeiros hominídeos eram caçadores e coletores. Na busca do entendimento das profundas diferenças entre humanos e outros primatas está a questão da alimentação. Vários aspectos da evolução humana, como o bipedalismo e o aumento da caixa craniana (e consequentemente do cérebro), estariam diretamente relacionados à maximização da qualidade dietética e à eficiência na obtenção de alimentos. O nosso cérebro exige uma quantidade de energia muito grande, e isso só foi possível devido a uma série de mudanças anatômicas e da maior eficiência na obtenção de alimentos a partir da melhoria da caça e da coleta. Resumidamente, poderíamos dizer que esse processo (que se desenvolveu por milhões de anos) se caracterizou por uma espécie de círculo virtuoso: a melhoria da alimentação levava a um cérebro maior e vice-versa.

A ingestão de alimentos de origem animal teria sido decisiva nessa evolução. Nesse contexto, as ferramentas teriam sido extremamente importantes não apenas na caça, mas também na manipulação dos alimentos. E, para comprovar a tese de que "cozinhar nos tornou humanos", o fogo teria sido outro elemento decisivo. Vários pesquisadores propuseram que o *Homo erectus* foi, provavelmente, o primeiro hominídeo a usar o fogo para cozinhar há cerca de 1,8 milhão de anos.

Segundo essa hipótese, o ato de cozinhar teria possibilitado que os vegetais e carnes ficassem mais macios e fáceis de mastigar, e também aumentaria substancialmente o conteúdo energético disponível, principalmente em tubérculos feculosos. Além disso, comer alimentos cozidos permitiu à espécie desenvolver cérebros maiores que seus antecessores.[1]

Com o surgimento dos hominídeos modernos conhecidos como *Homo sapiens*, há cerca de 150 mil anos, aconteceu um processo de expansão da espécie a partir da África. No final da Idade do Gelo, há cerca de 10 mil anos, na área conhecida como Crescente Fértil (que englobaria as atuais regiões de Egito, Turquia, Irã e Iraque), houve uma conjunção de fatores climáticos e geográficos que permitiu um ambiente ideal para vários tipos de animais selvagens e vegetais

---

[1] Sobre as relações entre alimentação e evolução humana na pré-história, veja Leonard, 2003 e Wrangham, 2010.

como os cereais, que seriam domesticados. Vários fatores são apontados pelos arqueólogos para explicar a adoção da agricultura pelos grupos de caçadores e coletores, mas a possibilidade de controle dos cereais (processo de plantar, armazenar e processar), sua importância na alimentação e as várias possibilidades de sua utilização, certamente foram decisivos.

Os cereais, que no período de caça e coleta, ainda selvagens, eram alimentos de pouca relevância, tiveram sua importância aumentada com o desenvolvimento da agricultura. Inadequados para o consumo quando crus, tornavam-se comestíveis quando esmagados e colocados em água quente (STANDAGE, 2010, p. 18). Os cereais absorveriam o líquido e soltariam o amido, engrossando o caldo em uma espécie de sopa primitiva. Além disso, tinham outra propriedade que tornava interessante seu consumo: os grãos embebidos em água brotavam com gosto doce (o grão úmido produz a enzima diástase, que converte o amido em açúcar maltado ou malte). O "mingau" deixado parado tornava-se ligeiramente efervescente e embriagante. Os cereais proporcionaram a cerveja, e o pão seria uma decorrência desse processo.

Aliás, esse é outro debate entre os arqueólogos: o parentesco entre a cerveja e o pão e qual teria surgido primeiro. Claro que não se trata de pão no sentido moderno, mas uma espécie de pão "pré-histórico". Para Tom Standage (2010, p. 21), tanto o pão quanto a cerveja devem ter se originado do mingau de cereais. Um mingau mais grosso poderia ser cozido ao sol ou em pedras quentes, tornando-se uma espécie de pão. Já o mingau mais fino seria deixado para fermentar e virar cerveja. Dois lados da mesma moeda, o pão seria a cerveja sólida e a cerveja seu equivalente líquido.

Falando sobre a importância dos cereais a partir do advento da agricultura para a humanidade, o historiador francês Fernand Braudel chama de "plantas--civilização" aquelas que tornaram possível a vida em agrupamentos cada vez maiores que se tornaram o embrião das primeiras civilizações: trigo (ao lado de cevada, aveia e centeio) na região do Crescente Fértil (Egito e Mesopotâmia), arroz (China), milho (Mesoamérica), entre outras. O cultivo e o armazenamento dessas plantas (ricas em energia) tornaram possível o surgimento de agrupamentos urbanos que deram origem às primeiras civilizações.

Foi a partir da provisão cada vez maior e mais segura de cereais que um grande número de pessoas pôde ser alimentado e novos alimentos como o pão puderam ser produzidos e refinados ao longo do tempo. Das papas ou mingaus de cereais (que continuaram existindo) ao pão propriamente dito, existe uma grande diferença. Segundo Jacob (2003, p. 51), não conseguimos fazer pão com aveia, sorgo ou cevada (sem falar no milho). A história do pão será definida a partir da utilização do trigo (principalmente) e do centeio. Já distante do mingau mais grosso de cereais que podia ser cozido a sol, o pão teria que ser assado em fornos a partir de uma massa de farinha levedada por um fermento. Esse processo poderia ser obtido com o trigo ou o centeio.

O trigo é o principal cereal na produção do pão, dominando desde a antiguidade toda a região do Mediterrâneo. Em contrapartida, o centeio dominou boa parte do norte, Europa Oriental e parte da Ásia (JACOB, 2003, p. 51). Ainda que os dois cereais convivessem, há certa predominância de cada um deles em diferentes áreas da Ásia e da Europa. Isso ajudou a definir qual tipo de pão cada civilização utilizaria e seu poder simbólico no Ocidente: trigo branco e centeio escuro.

A domesticação dos animais e vegetais que aconteceu no período do Neolítico possibilitou o surgimento das primeiras civilizações humanas, mas foi o pão o principal produto dessa revolução. Fernandéz-Armesto (2004, p. 154) sugere que, para além das questões nutricionais e das vantagens de transporte, armazenamento e conservação, o pão é uma comida "mágica", em que a habilidade humana produz uma mudança irreconhecível nos ingredientes. Isso exigia tempo, trabalho e habilidade técnica. Por isso, pessoas especializadas nessa arte, os padeiros, surgiram em uma das primeiras grandes civilizações: o Egito.

## O PÃO NA ANTIGUIDADE

### Egito

O historiador grego Heródoto teria dito: "o Egito é um presente do Nilo". As primeiras grandes civilizações humanas surgiram em vales férteis de importantes rios: Tigre e Eufrates (Mesopotâmia) e Nilo (Egito). As cheias do Nilo proporcionavam uma agricultura de grande escala. As grandes obras e a especialização social foram possíveis devido ao grande cultivo de cereais, especialmente trigo, cevada e espelta. E os cereais e todo o desenvolvimento astronômico e científico dos egípcios teriam possibilitado também a arte de fazer pão. Para Jacob (2003, p. 62) essa arte teria colocado os egípcios em posição mais elevada que qualquer outro povo do mundo antigo, que se limitavam a fazer papas ou bolos não levedados de cereais.

Foi no Egito que pela primeira vez se observou o processo de fermentação da massa de farinhas, ainda que essa civilização não tivesse noção mais exata do processo. Além disso, desenvolveu um local mais apropriado para assar essa massa, construindo (com tijolos feitos com a lama do Nilo) fornos de forma cilíndrica e fechados no topo.

Na sociedade egípcia, o pão, além de um alimento generalizado (ainda que os mais pobres comessem outros tipos feitos de espelta) também equivalia a dinheiro. Muitas vezes os pagamentos eram feitos com pão. Ou seja, ia muito além de um mero alimento, tendo uma participação decisiva na vida em sociedade.

A importância do pão levou a uma grande diversificação em sua produção, daí os historiadores se referirem aos egípcios como a primeira sociedade a fazer pão e a ter padeiros. Faziam a farinha em casa em almofarizes de pedra e depois ela era moída em blocos de pedra. Para preparar o pão, juntavam a essa farinha um pouco de água, sal e levedo, sendo depois assada nos fornos. O desenvolvimento da panificação pode ser observado nas formas variadas de pães que foram surgindo no Egito antigo, além do uso associado de outros tipos de grãos, ovos, gordura, frutas, mel etc. (BRESCIANI, 1998, p. 71). As papas de cereais ainda existiam e eram importantes na alimentação, sobretudo dos mais pobres, mas a ideia de panificação havia sido criada pelos egípcios.

## Antiguidade Clássica: Grécia e Roma

Mas talvez tenha sido na Grécia (berço da civilização ocidental) que o pão (junto com o vinho e o azeite) atingiu um papel central, não apenas nos hábitos alimentares, mas sobretudo na ideia que os gregos faziam de sua civilização. Foi a partir da civilização grega que o pão se tornou um dos alimentos mais simbólicos da humanidade, particularmente no Ocidente.

Assim como em outras sociedades da antiguidade, os cereais tinham um papel central na alimentação dos gregos, com a carne em um papel secundário. Dentre os cereais, a cevada podia ser considerada uma das mais importantes. O médico grego Hipócrates descrevia a cevada que era consumida sob a forma não de pão, mas de *maza*, uma massa que era torrada e podia ser preservada por mais tempo. Mas o trigo tinha um papel mais importante, utilizado para preparar bolos e o pão levedado. Em suas obras, Hipócrates menciona os vários tipos de fornos que os gregos tinham, geralmente de pequeno porte. Os primeiros padeiros teriam surgido a partir do final do século V, geralmente pequenos lojistas que eram responsáveis por fazer a moagem e o cozimento (AMOURETTI, 1998, p. 142).

Ao contrário do Egito, que tinha o Nilo como o grande provedor de cereais, a Grécia desse período era uma região basicamente pastoril. Os gregos tinham a agricultura como um dos principais sinais de civilização, mas, devido às características da região onde estavam assentadas as principais cidades, boa parte de seus alimentos (principalmente os cereais) vinha de outras regiões, principalmente da Sicília. Isso fazia com que a atividade de moagem e panificação sofresse um rígido controle por parte das autoridades, principalmente no preço do trigo e do pão. A moagem era feita por mulheres ou escravos nas residências.

Se a cevada podia ser considerada o cereal mais presente na alimentação cotidiana, o trigo tinha uma importância simbólica maior por causa do pão.

Como diz a frase atribuída ao pensador francês Brillat-Savarin, "diz-me o que comes e te direi quem tu és", os gregos acreditavam que seus alimentos expressavam quem eles eram ou desejavam ser. A tríade alimentar pão-vinho-azeite sintetiza essa ideia de superioridade da civilização grega em relação a outros povos, chamados sintomaticamente de bárbaros. Esses alimentos não existiam em estado natural, mas dependiam da ação humana (trabalho), um sinal de cultura. Em oposição, eles atribuíam aos bárbaros (qualquer um que não fosse grego) uma alimentação baseada no consumo de carne, leite e gordura, alimentos que prescindiam de maior intervenção humana, o que os aproximaria dos animais.

O pão era considerado o símbolo maior do artifício humano, um produto totalmente cultural, que não existia na natureza, e isso o caracterizaria como símbolo de civilização humana em oposição à carne. Os gregos comiam carne e até mesmo a utilizavam em sacrifícios aos deuses, mas o alimento humano por excelência era o pão, um alimento-símbolo (FLANDRIN; MONTANARI, 1998, p. 112). O poeta Homero chamava os homens gregos de "comedores de pão", em oposição aos deuses, que viveriam de néctar e ambrosia.

Outro aspecto importante da relação da Grécia antiga com os alimentos era a questão da saúde. O médico Hipócrates dizia: "faz do alimento seu remédio e do remédio seu alimento", ressaltando que, na visão da antiguidade clássica, não havia nenhuma distinção entre prazer e saúde. Para a medicina antiga, um corpo são era um corpo equilibrado. Os médicos buscavam nos alimentos as mesmas características do cosmos e do corpo humano. Nessa visão, um alimento saboroso era um alimento saudável, e o pão estaria no topo da escala de valores nutricionais.

Médicos gregos (e posteriormente romanos) viam no pão o equilíbrio perfeito de elementos da natureza, ainda que fosse um alimento "artificial", fruto do engenho humano. O médico Cornelius Celsus considerava que o pão continha mais elementos nutritivos que qualquer outro alimento (FLANDRIN; MONTANARI, 1998, p. 116).[2] Segundo Ariovaldo Franco (2001, p. 40), os padeiros gregos se tornaram famosos, e, mais tarde, durante o Império Romano, a maior parte dos padeiros em Roma seria formada por gregos ou por indivíduos de origem grega. Esses valores e a arte de fazer pão passaram para os romanos como símbolo de civilização.[3]

---

[2] Vale a pena mencionar que a Ciência da Nutrição moderna surge no século XX. Na Grécia antiga e por toda a antiguidade e Idade Média vigorou a dieta hipocrático-galênica, que se baseava na Teoria dos Humores.

[3] A grande importância dos cereais e do pão para a sociedade grega pode ser atestada pelo fato de que entre os vários deuses os gregos tinham Deméter (chamada de Ceres pelos ro-

A relação da civilização grega com os alimentos marcou decisivamente o padrão ocidental de alimentação. Os romanos, que se consideravam herdeiros dos valores gregos (inclusive alimentares), foram responsáveis pela difusão dos hábitos alimentares clássicos por toda a Europa. Levaram os ideais de moderação, frugalidade e a importância simbólica do pão para outros povos. O Império Romano se iniciou em 27 a.C. e teve seu auge territorial por volta de 117 d.C., quando os valores greco-romanos se espalhavam por quase toda a Europa, parte do Oriente Médio e norte da África.

Um exemplo da grande importância do pão para os romanos era o fato de que os soldados romanos eram comedores de pão. Ao contrário da imagem do guerreiro associada ao consumo de carne (muito forte na Idade Média), os soldados romanos tinham no pão seu alimento principal. Assim como na Grécia clássica, o pão era um alimento símbolo dos romanos. Era uma das obrigações do estado fornecer o trigo para o pão cotidiano de seus cidadãos. Segundo Dupont (1998, p. 214), os plebeus reivindicavam a distribuição como um direito à alimentação civilizada, direito de homens livres.

Dessa forma, era o estado que deveria garantir o pão para seus cidadãos. Conforme Dupont (1998, p. 225), os cidadãos confiavam sua ração de cereais a profissionais que a panificassem. A partir do século III d.C., em uma tentativa de melhorar a qualidade dietética e controlar a quantidade, o governo passou a distribuir pães à população. Provavelmente é desse período a expressão "pão e circo", que caracteriza a importância do pão e da diversão em Roma no sentido de controlar a plebe.

No final do Império Romano, os cristãos conseguiram impor sua religião como oficial entre os romanos. A partir da nova religião, a tríade pão-vinho--azeite se impôs também em uma nova era, quando chegou ao fim a Antiguidade e se iniciou o longo período conhecido como Idade Média.

## PÃO E RELIGIÃO: A LONGA IDADE MÉDIA

Assim como os gregos, os romanos consideravam outros povos como "bárbaros". Esses povos tinham seus hábitos alimentares marcados pela primazia da carne, e por isso eram considerados inferiores pelos gregos. O final da Idade Antiga marcaria o declínio do Império Romano, invadido por esses povos vindos do norte da Europa e de regiões da Ásia. O ano 476 d.C. é considerado o final da Idade Antiga e o início da Idade Média, com a queda de Roma e a desagregação

---

manos), que era conhecida como a deusa da agricultura e do pão e tinha o trigo como um de seus símbolos. A esse respeito, ver Jacobs, 2003, p. 109.

do império, que ainda sobreviveria como Bizâncio na cidade de Constantinopla (futura Istambul). Novos hábitos alimentares se formavam, juntando dois mundos: o pão, vinho e azeite da civilização greco-romana do Mediterrâneo e a carne, gordura e leite (cerveja) dos bárbaros vindos do norte e leste.

Entre os séculos V e XI, com a queda de Roma sob os bárbaros, iniciou-se o longo período da Idade Média, quando houve a fusão da cultura latina com a dos chamados bárbaros, conformando-se o que conhecemos como Europa. Dos escombros de Roma, uma Europa rural se formaria sob a liderança da Igreja Católica, que nascera no final da Idade Antiga, ainda sob o Império Romano. Alimentos considerados símbolos de cultura pelos gregos, o pão, o vinho e o azeite seriam alçados à condição de símbolo da religião católica. Nas cerimônias religiosas, o pão representaria o corpo de Cristo, o vinho, o sangue e o azeite seria um elemento importante nas unções.

Com a desagregação do império, a Europa assistiu a um processo de ruralização e desmonte das estruturas urbanas legadas pelos romanos. Em relação ao processamento do trigo para o pão, os romanos tinham desenvolvido moinhos extremamente eficientes movidos a energia hidráulica. Esses moinhos passaram a ser vistos com desconfiança pelos povos bárbaros que ocuparam a região, e muitos deles foram abandonados.

De qualquer forma, os cereais ainda eram importantes para as novas sociedades, principalmente porque o pão ainda era um alimento importante do ponto de vista simbólico e prático. Jacobs (2003, p. 206-7) comenta que, quando as azenhas romanas passaram para as mãos dos germanos que ocuparam várias regiões do antigo império, continuaram a ser propriedade privada. Mas a importância delas para a sociedade feudal era tão grande que lentamente passaram para o controle da aristocracia dona das terras. O moleiro (responsável pelo processamento dos cereais) passava a ser um funcionário, e ninguém mais poderia fazer o trabalho de moagem dos cereais que estavam sob o controle de senhores feudais.

Do ponto de vista técnico, o processamento dos cereais e a panificação continuavam essencialmente os mesmos que eram desenvolvidos na antiguidade por egípcios, gregos e romanos. A grande diferença era a importância do pão no contexto da Igreja Católica e os vários períodos de crise que provocavam escassez de pão e fome.

Se na antiguidade greco-romana o pão era sinal de civilização, na Idade Média vemos esse mesmo pão alçado à condição de corpo de Cristo, assumindo um papel central nos ritos religiosos. Em 1215 o Concílio de Latrão decidiu que a frase de Jesus na última ceia "tomai e comei, este é o meu corpo" colocava o pão como o corpo de Cristo em um fenômeno conhecido como transubstanciação. O passo seguinte era definir qual pão deveria corporificar Cristo na cerimônia religiosa, e o pão branco de trigo foi o vencedor e não o pão feito de outro cereal, como o centeio ou a cevada. Isso de certa forma marcaria no Ocidente a supremacia simbólica do pão de trigo. Nos primeiros tempos utilizava-se um pão levedado que era distribuído aos fiéis durante a eucaristia na missa. Posteriormente foi definido que a hóstia seria feita com trigo e sem levedo (à semelhança do pão ázimo dos judeus, que era consumido na Páscoa). Claro que essa hóstia só se transformaria no corpo de Cristo após ser consagrada pelo padre na cerimônia religiosa (JACOBS, 2003, p. 254-5). Essa importância do pão no rito religioso levou ao desenvolvimento da panificação nos mosteiros, principalmente em ordens religiosas, como os beneditinos.

A atividade de fazer pães dependia dos moleiros e de seus moinhos, mas na cidade estavam os padeiros, responsáveis diretos pelos pães. Enquanto os moleiros ficavam em áreas rurais, os padeiros exerciam sua atividade no meio urbano, em burgos que foram surgindo por toda a Europa em torno de castelos. Ao contrário das padarias públicas que eram encontradas no Império Romano, agora a atividade de panificação era restrita. Os fornos estavam em mosteiros ou castelos, e a corporação dos padeiros tinha o monopólio da atividade.

Para Montanari (1998, p. 287), a Idade Média rompeu com a tradição agrícola romana, que se baseava no trigo. Os cereais considerados inferiores (cevada, centeio, aveia, espelta, milhete e sorgo) foram uma resposta às necessidades de alimentar a população mais pobre em um contexto de agricultura ainda em processo de reestruturação e de sucessivas crises. Além disso, as leguminosas foram bastante importantes, chegando a participar da panificação em situações mais extremas. Claro que nesse caso não era pão fermentado e assado em fornos, mas serviam para engrossar caldos e sopas para os mais pobres.

Como vimos, o pão de trigo tinha uma grande importância simbólica. Dessa maneira, a utilização de cereais considerados inferiores e até de mesmo leguminosas reduzidas a farinha estava destinada às camadas mais pobres. O alto clero e a nobreza comiam sobretudo o pão branco de trigo. Já camponeses e pobres do meio urbano tinham no pão escuro feito com outros cereais o seu sustento. Nos dois casos os pães também serviam para espessar molhos, caldos e sopas. Segundo Ariovaldo Franco (2001, p. 72), nas casas de nobres, em alguns pães envelhecidos eram feitas concavidades para serem utilizadas como recipientes para comida no lugar de pratos. Essas fatias de pão eram trocadas no decorrer das refeições e depois eram guardadas para serem dadas às pessoas mais pobres.

O pão tinha uma importância tão grande para a população no período medieval que em momentos de crise sua falta era sinal de risco social. Em uma Europa atingida por constantes crises de fome, o consumo de pães era diretamente afetado. Por volta de 1300 a Europa foi assolada pela Peste Negra, que levou também a crises de fome generalizada e dizimou boa parte da população.

A solução muitas vezes era utilizar qualquer planta que tivesse alguma semelhança com os principais cereais panificáveis, chegando ao extremo de usar ervas daninhas, palha, terra e até mesmo sangue.

O final da Idade Média, entre os séculos XIV e XV, marcou a importância do pão na sociedade medieval. Com o surgimento da Europa moderna, ele apareceria não apenas como importante alimento, mas sobretudo como o grande símbolo da Europa, que iniciaria sua expansão pelo globo.

## IDADE MODERNA: A EXPANSÃO DO PÃO

As navegações e a expansão marítima do final do século XV e começo do século XVI marcaram um período de grandes transformações na história da humanidade. Considerada a primeira grande globalização, colocou em contato diferentes parte do planeta, provocando choques de diferentes culturas, muitas vezes com resultados catastróficos. O início da Idade Moderna também foi marcado de maneira decisiva pela alimentação, colocando diferentes hábitos em contato e trazendo profundas transformações nessa área.

Além da comercialização de especiarias e de outros produtos do Oriente, o impacto das navegações foi ainda mais profundo nas transformações dos hábitos alimentares. O maior contato com a África e a Ásia e a descoberta de um novo continente, batizado de América, foi responsável pela descoberta de um mundo novo de alimentos. A intensa troca a partir do século XVI transformaria definitivamente os hábitos alimentares e a gastronomia mundial.

Se a chegada de diversos tipos de alimentos da América e da Ásia transformou as culinárias europeias (batata e tomate são bons exemplos disso), o pão continuaria a ser um elemento importante da culinária e da cultura europeia. Dentre as várias transformações desse período podemos destacar a passagem de uma agricultura de subsistência para uma agricultura de mercado. Desde os últimos séculos da Idade Média já vinha ocorrendo um aumento do cultivo de cereais e um consequente aumento demográfico. Se desde a antiguidade os cereais eram importantes na alimentação, no período moderno se tornou o principal alimento, principalmente dos camponeses. Segundo Flandrin (1998, p. 586), os cereais forneciam cerca de 80% da ração calórica em várias regiões da Europa.

Para além da importância dos cereais na alimentação camponesa, o pão tinha uma primazia generalizada na alimentação ocidental. Podemos perceber essa importância nas palavras de dois cientistas no livro *Agriculture et maison rustique*, de 1572 (*apud* FLANDRIN, 1998, p. 586):

É certo que o pão está em primeiro lugar entre as coisas que deve alimentar o homem. [...] Certamente o pão também é dotado, por uma dádiva da natureza, de todos os sabores, que particularmente tornam mais atraente e apetitosa qualquer comida. [...] Os outros alimentos, por mais gostosos que sejam [...] não poderiam ser agradáveis nem benéficos para a saúde, não fossem acompanhados de pão: isso porque o pão corrige os defeitos dos outros alimentos e suas virtudes: é por isso que o provérbio popular diz que qualquer comida é boa e proveitosa quando acompanhada de pão.

Apesar de ser um alimento geral, a distinção entre os pães escuros dos pobres e o pão branco dos ricos ainda vigorava na Europa moderna. A variedade feita de outros cereais ou de farinha integral era vista como alimento próprio para os lavradores e trabalhadores braçais. Os pães de trigo das classes mais abastadas eram assados e comidos no mesmo dia, enquanto os pães dos mais pobres deveriam durar vários dias, sendo comido na maioria das vezes duro. Como dizia o provérbio: "em boa casa, pão duro e lenha seca" (FLANDRIN, 1998, p. 588). Ainda que não se comesse apenas pão, ele se tornou sinônimo de alimentação básica. Com a chegada de novos produtos vindos da América, outros alimentos se tornariam o "pão" dos mais pobres, como foi o caso da batata e do milho, principalmente com as crises de fome que atingiram regiões da Europa nos séculos XVIII e XIX.

Mas o pão ainda continuava a dominar o imaginário europeu e chegaria à América com os colonizadores. No caso do Brasil, os portugueses trouxeram a cultura do trigo para prover os pães tão necessários para a alimentação cotidiana e também para fins religiosos. Na ausência do trigo, era possível preparar "pães" com o que havia disponível na nova terra. Era muito comum os portugueses se referirem à mandioca como "pão da terra", sendo um possível substituto, mas o trigo continuava a ter um papel central, e os portugueses (e depois outros imigrantes europeus) trouxeram essa cultura para a nova terra.

O pão também estaria no centro do principal evento do final do século XVIII que marca o final da Idade Moderna: a Revolução Francesa, de 1789. Já no final do século XVII e no decorrer do século XVIII a França estava em uma crise sem precedentes, principalmente agrária.[4] A cultura de cereais que se expandiu no século XVII se reduziu drasticamente no século XVIII, e a solução do estado absolutista francês foi aumentar os impostos. Os problemas financeiros foram agravados por uma estrutura fiscal e administrativa obsoleta e pelo envolvimento na guerra de independência americana. Em um quadro geral de crise política

---

[4] Sobre os antecedentes da Revolução Francesa, ver Michelet, 1989.

e econômica, as dificuldades na produção de cereais e seu principal produto, o pão, tiveram um papel decisivo no desencadeamento da revolução.

Em 1775 uma crise de abastecimento já havia levado a uma revolta de padeiros. Os preços, que eram controlados pelo governo, provocavam cada vez mais reclamações por parte da população de Paris, principalmente entre os pobres, que sentiam mais os efeitos da crise. Em 1788 o preço do pão atingia patamares alarmantes, e o recurso das camadas mais pobres era tentar fazer seus próprios pães. O governo, que dependia dos impostos, imediatamente proibiu que as pessoas tivessem fornos e assassem seus próprios pães. Em agosto de 1789 uma grande seca teria feito os moinhos hidráulicos pararem a produção de farinha, trazendo o consequente aumento de preços e a escassez de pães. A população culpava os nobres pela escassez e saía às ruas em busca dos cereais, que estariam supostamente escondidos. No dia 5 de outubro foram até Versalhes em busca dos cereais. Não encontraram, mas o clima de confronto era inevitável (JACOBS, 2003, p. 380).

Essa situação foi um dos fatores responsáveis pela radicalização da crise. A escassez culminou com a famosa frase que teria sido dita pela rainha Maria Antonieta quando informada de que a população não tinha pão. A resposta mostrava total alienação da nobreza (que vivia isolada no Palácio de Versalhes) em relação à situação dramática da França: "que comam brioches". Há um questionamento de que tal frase tenha sido pronunciada pela rainha, mas ela exemplifica o grau da crise em relação à nobreza e a importância do pão nesse contexto. No dia 14 de julho de 1789 os revoltosos tomaram a Bastilha (prisão que era símbolo do poder real), e em 1793 o rei Luís XVI e a rainha Maria Antonieta foram guilhotinados. Podemos dizer que o pão esteve no centro dos acontecimentos que marcaram o fim da Idade Moderna.

## O PÃO NA CONTEMPORANEIDADE

Nos séculos XIX e XX assistimos a uma grande revolução nos costumes alimentares, provocada principalmente pela Revolução Industrial e por uma crescente urbanização. O primeiro grande impacto foi a Revolução Verde que aconteceu no século XX, primeiro com sintetização do amoníaco, desenvolvida no final do século XIX, que permitiu o desenvolvimento de fertilizantes químicos. A disponibilidade desse tipo de fertilizante permitiu que os agricultores fornecessem mais nitrogênio às plantas, possibilitando um grande aumento da produção de cereais. Posteriormente foram desenvolvidas novas variedades de sementes que se adaptaram a esse processo (STANDAGE, 2010, p. 223-4). Entre os cereais, o trigo foi um dos maiores beneficiados, espalhando-se por todo o planeta. Seu principal produto, o pão, passou a estar mais disponível para um número cada vez maior de pessoas.

Outro grande impacto na alimentação no século XX aconteceu com o desenvolvimento da indústria alimentícia. Desde o início do século XIX havia uma grande preocupação em melhorar os processos de conservação de alimentos. Inicialmente, o principal objetivo era fornecer comida para o exército e para marinheiros, de forma mais eficiente. No final do século XIX a comida em lata já era uma realidade, e no decorrer do século XX passou a ser uma importante forma de alimentar grandes contingentes de pessoas, sobretudo nas cidades. A indústria alimentícia avançou durante o século XX, controlando processos de transformação dos alimentos. Tratava-se não apenas de conservar alimentos, mas de criá-los, fornecendo produtos processados industrialmente em escala global.[5]

O pão, que passava a estar mais disponível devido ao aumento da produtividade do trigo, também se transformaria com a indústria alimentícia. Apesar da durabilidade dos pães mais duros consumidos pelas camadas mais pobres durante séculos, a degradação dos pães era um desafio à indústria alimentícia. Nos Estados Unidos, o industrial W. B. Ward desenvolveu a indústria de panificação para produzir em larga escala já nas primeiras décadas do século XX (JACOBS, 2003, p. 535). Posteriormente, a indústria norte-americana desenvolveu uma máquina de fatiamento industrial e criou o pão de forma.

A rápida urbanização e a industrialização também propiciaram o surgimento do chamado *fast-food*: comida rápida para pessoas que não tinham mais tempo ou disposição para cozinhar em centros urbanos. E mais uma vez o pão teve um papel central nesse processo, sendo parte integrante dos chamados "sanduíches", principalmente o hambúrguer e cachorro-quente. Comida possível de ser ingerida rapidamente e com as mãos. O pão não apenas acompanha as refeições, mas torna-se uma refeição. Esse fenômeno espalhou-se por todo o planeta com a globalização.

Com todas as transformações ao longo da história da civilização humana, o pão chega ao século XXI com grande importância na alimentação e no imaginário mundial. De alimento desejado, considerado símbolo de saúde e até mesmo com significado religioso, tornou-se um alimento global. Essa história tem alguns paradoxos: se na Idade Média o pão branco de trigo era sinal de *status* enquanto os pães escuros estavam destinados aos mais pobres, nos dias atuais verificamos uma inversão. Por questões de saúde, nutrição e outros fatores, os pães mais valorizados são justamente aqueles feitos com outros tipos de grãos, como centeio etc. O pão branco, agora mais disponível, muitas vezes é colocado

---

[5] Sobre as relações entre comida e industrialização, ver Fernandez-Armesto, 2004, p. 279

em segundo plano (junto com o glúten). Com todas as transformações, o pão pode ser considerado o alimento mais "humano", e nos acompanha desde o início da civilização.

## REFERÊNCIAS

AMOURETTI, Marie Claire. Cidades e campos gregos. In: FLANDRIN, J. L. MONTANARI, M. História da alimentação. São Paulo, Estação Liberdade, 1998.
BRESCIANI, Edda. Alimentos e bebidas do Antigo Egito. In: FLANDRIN, J. L.; MONTANARI, M. História da alimentação. São Paulo, Estação Liberdade, 1998.
CARNEIRO, H. Comida e sociedade: uma história da alimentação. Rio de Janeiro, Campus, 2003.
DUPONT, Florence. Gramática da alimentação e das refeições romanas. In: FLANDRIN, J. L.; MONTANARI, M. História da alimentação. São Paulo, Estação Liberdade, 1998.
FERNÁNDEZ-ARMESTO, F. Comida: uma história. Rio de Janeiro, Record, 2004.
FRANCO, A. De caçador a gourmet: uma história da gastronomia. São Paulo, Senac São Paulo, 2001.
JACOB, H. E. Seis mil anos de pão: a civilização humana através de seu principal alimento. São Paulo, Nova Alexandria, 2003.
LEONARD, William. Alimentos e evolução humana. Scientific American Brasil, n. 2, nov. 2003.
MICHELET, Jules. História da Revolução Francesa: da queda da Bastilha à festa da federação. São Paulo, Companhia das Letras, 1989.
MONTANARI, Massimo. Estruturas de produção e sistemas alimentares. In: FLANDRIN, J. L.; MONTANARI, M. História da alimentação. São Paulo, Estação Liberdade, 1998.
STANDAGE, Tom. Uma história comestível da humanidade. Rio de Janeiro, Zahar, 2010.
WRANGHAM, Richard. Pegando fogo: por que cozinhar nos tornou humanos. Rio de Janeiro, Zahar, 2010.

# Tipos e características das principais farinhas no Brasil e no mundo

*Ingrid Schmidt-Hebbel Martens*

## INTRODUÇÃO

A utilização de cereais pela humanidade vem de longa data, conforme pode ser verificado no capítulo 1, uma vez que os cereais sempre estiveram presentes no mundo todo, embora houvesse uma distribuição desigual deles nos diferentes continentes, o que influencia a preferência dos povos por determinados pães até os dias atuais. Fato é que a maioria dos povos consome pão na sua alimentação diária, e o trigo, mais especificamente, é o cereal mais consumido no mundo. Mas não apenas o trigo é utilizado mundialmente para a fabricação do pão; outros cereais, como centeio, cevada, aveia, todos esses utilizados há muitos séculos, mas também alguns "descobertos" mais recentemente, como espelta, quinoa, Kamut® e outros, têm sido cada vez mais utilizados na fabricação de diversos pães.

Neste capítulo serão abordados os principais cereais e grãos utilizados como fonte de farinhas, abordando também aspectos técnicos, como a presença ou não de glúten, a classificação das farinhas (integral, refinada) em alguns países e a equivalência/possível substituição entre elas (quando houver).

## PRINCIPAIS CEREAIS E GRÃOS

### Trigo

O trigo, ou, mais especificamente, a farinha de trigo, é a farinha mundialmente mais utilizada para a produção de pão, industrial ou artesanalmente.

Há mais de 30 mil espécies de trigo diferentes, e diversos são descendentes diretos do *einkorn*, uma das primeiras espécies de trigo cultivadas pelo homem. A espelta é um grão igualmente ancestral, sendo seguido por *emmer*, uma espécie de trigo mais complexa, chamada de *farro* na Itália. Essas espécies de trigo dominaram as lavouras da Mesopotâmia (hoje Oriente Médio) por aproximadamente 4 mil anos, sendo que o trigo *durum* se desenvolveu a partir do trigo *emmer* por volta do ano 100 a.C. (REINHART, 2007).

O trigo é uma gramínea, denominada cientificamente *Triticum* spp., sendo as espécies mais comumente encontradas no mercado nacional e internacional as seguintes:

Trigo comum (*Triticum aestivum*): trata-se de uma espécie hexaploide, sendo a mais cultivada no mundo.

*Triticum monococcum*: esta é uma espécie diploide que apresenta variedades selvagens e domesticadas. Foi uma das primeiras a serem cultivadas, atualmente raramente utilizada.

Farro (*T. turgidum* var. *dicoccum*): esta espécie é tetraploide com variedades selvagens e domesticadas. Era cultivada em tempos antigos, mas pouco atualmente. A palavra "farinha" deriva da palavra *farro*.

Trigo-duro (*T. turgidum* var. *durum*): trata-se da única variedade tetraploide largamente cultivada hoje em dia.

Kamut® (*T. turgidum* var. *polonicum*): é uma variedade tetraploide, originária do Oriente Médio. É cultivada em pequenas quantidades, mas extensivamente comercializada.

Espelta (*T. spelta*): outra das espécies hexaploides, sendo cultivada em pequenas quantidades (ITIS, 2010).

De acordo com Popper et al. (2006, *apud* Scheuer et al., 2011), considerando que o número básico de cromossomos para trigo, cevada, centeio e aveia é 7, o trigo diploide possui 14 cromossomos (como o *Triticum monococcum*), o trigo tetraploide possui 28 cromossomos (como a forma cultivada *Triticum durum*) e o trigo haploide, conhecido como trigo comum (*Triticum aestivum*), possui 42 cromossomos.

Os grãos de trigo podem ser divididos de acordo com a textura do endosperma em duros ou macios. A dureza dos grãos de trigo se deve à presença de um grupo de proteínas chamadas friabilinas, que afetam a forma como os grânulos de amido permanecem unidos entre si. Quando essa força é grande, os grãos são duros, e a porção mais frágil do endosperma será o grânulo de amido; a ruptura durante a moagem será por meio desses grânulos. Nos trigos de textura macia, a união entre os grânulos é fraca e a ruptura se deverá à separação dos grânulos, que, em sua maioria, permanecem intactos (VÁZQUEZ, 2009). Conforme Bean et al. (2006), a dureza é um importante atributo de qualidade que tem papel no processamento de grãos de cereais, pois permite classificar o trigo e destiná-lo para determinado uso.

A farinha de trigo é classificada em duas categorias diferentes, forte e fraca, de acordo com o conteúdo de proteína que apresenta (REINHART, 2007).

Farinhas fortes apresentam teor de proteína igual ou maior que 12% enquanto farinhas fracas apresentam teor de proteína menor que 12%. Para a utilização na indústria e na culinária, o teor e a qualidade das proteínas do trigo são a base para a elaboração de produtos diferentes, como massas, panificação, confeitaria e outros (ARAÚJO et al., 2014). O quadro a seguir mostra a classificação das farinhas de trigo conforme o seu teor de proteína.

QUADRO 1 Classificação da farinha de trigo de acordo com o teor de proteína

| Classificação do trigo | Proteína (%) | Utilização |
|---|---|---|
| Trigo *durum* | 13,5-15,0 | Massas |
| Trigo-duro | 12,0-13,0 | Pães |
| Trigo-mole | 7,5-10,0 | Biscoitos e bolos |

Fonte: Araújo et al., 2014.

Conforme Finney et al. (1987), as proteínas de trigo estão divididas em dois grupos: as proteínas não formadoras de glúten, como as albuminas e as globulinas, e as proteínas formadoras de glúten, como as gliadinas, as gluteninas e o resíduo proteico. Glúten é o nome dado ao conjunto de proteínas insolúveis do trigo que possuem a capacidade de formar massa, ou seja, quando são misturadas farinha de trigo e água, observa-se a formação de uma massa constituída da rede proteica do glúten ligado aos grânulos de amido. Durante o processo fermentativo, o glúten retém o gás carbônico produzido e faz o pão aumentar de volume. De acordo com Kent (1983 *apud* GUARIENTI, 1996, p. 18), uma farinha de trigo forte possui, em geral, maior capacidade de retenção de gás carbônico. Uma farinha fraca, por sua vez, apresenta deficiência nessa característica.

No Brasil, conforme a Instrução Normativa n. 23, de 1º de julho de 2016, do Ministério da Agricultura, Pecuária e Abastecimento (MAPA), os cultivares são divididos em cinco classes, conforme mostra o quadro a seguir:

QUADRO 2 Classes do trigo do grupo II (destinado à moagem e a outras finalidades)

| Classes | Força do glúten (valor mínimo expresso em $10^{-4}$J) | Estabilidade (tempo expresso em minutos) | Número de queda (valor mínimo expresso em segundos) |
|---|---|---|---|
| Melhorador | 300 | 14 | 250 |
| Pão | 220 | 10 | 220 |
| Doméstico | 160 | 6 | 220 |
| Básico | 100 | 3 | 200 |
| Outros usos | Qualquer | Qualquer | Qualquer |

Fonte: MAPA, 2016.

A força de glúten (W), também chamada de energia de deformação da massa, representa o trabalho mecânico necessário para expandir a massa até a sua ruptura, sendo expressa em $10^{-4}$ Joules (J) para indicar a qualidade de panificação da farinha. A expressão "força de uma farinha" normalmente é utilizada para designar a maior ou menor capacidade de uma farinha de sofrer um tratamento mecânico ao ser misturada com água. Também é associada à maior ou à menor capacidade de absorção de água pelas proteínas formadoras de glúten, combinadas à capacidade de retenção do gás carbônico, resultando num bom produto final de panificação, ou seja, pão de bom volume, de textura interna sedosa e de granulometria aberta (TIPPLES, 1982; GUTKOSKI e NETO, 2002). Ou seja, quanto maior a "força de uma farinha", maior será o seu valor de W (força de glúten) e, portanto, maior será o seu teor de glúten e a sua capacidade de absorver água e reter gás carbônico.

O número de queda (NQ) ou *Falling Number* (FN) é a medida indireta da atividade da enzima alfa-amilase, determinada em trigo moído, sendo seu valor expresso em segundos (s) (MAPA, 2016). De acordo com Vázquez (2009), quando a farinha de trigo apresenta elevado conteúdo da enzima alfa-amilase, esta atua sobre o amido, e o gel formado será fraco, o que se traduz num valor baixo para o número de queda, indicando baixa qualidade de panificação do trigo. Valores de NQ acima de 300 segundos indicam baixa atividade de alfa-amilase. Todos os trigos possuem enzima alfa-amilase, porém seu nível aumenta substancialmente em grãos maduros expostos a condições favoráveis à germinação, como chuva e calor. Trigos germinados possuem excesso de enzima alfa-amilase e, portanto, baixa viabilidade para panificação, originando massa úmida e pegajosa, além de miolo do pão escuro, devido ao excesso de açúcares redutores, que reagem com os grupamentos amino das proteínas, caracterizando a reação de Maillard (MELLADO, 2006).

As diferentes classes de trigo definidas na legislação brasileira são utilizadas para fins distintos, conforme segue:

Na classe trigo brando são enquadrados os grãos de genótipos de trigo aptos para a produção de bolos, bolachas (biscoitos doces), produtos de confeitaria, pizzas e massa do tipo caseira fresca.

Na classe trigo pão estão os grãos de genótipos de trigo com aptidão para a produção do tradicional pãozinho (do tipo francês ou d'água) consumido no Brasil. Esse trigo também pode ser utilizado para a produção de massas alimentícias secas (macarrão seco), de folhados ou em uso doméstico, dependendo da sua força de glúten (W).

A classe de trigo melhorador envolve os grãos de genótipos de trigo aptos para mesclas com grãos de genótipos de trigo brando, para fim de panificação, produção de massas alimentícias, biscoito do tipo *cracker* e pães industriais (como pão de forma e pão para hambúrguer).

Na classe do trigo *durum*, especificamente os grãos da espécie *Triticum durum* L., estão os grãos de genótipos de trigo para a produção de massas alimentícias secas (do tipo italiana).

Trigos para outros usos são os destinados à alimentação animal ou outro uso industrial. Estes envolvem os grãos de genótipos de trigo com qualquer valor de W, mas não enquadrados em nenhuma das outras classes, por apresentarem número de queda (*falling number*) inferior a 200 (MAPA, 2016).

O grão de trigo apresenta basicamente três partes: o endosperma, composto de proteínas e amido (representando de 81-83% do peso do grão), o gérmen (2-3% do grão) e as cascas sobrepostas e que são ricas em fibras e sais minerais (14-17% do grão).

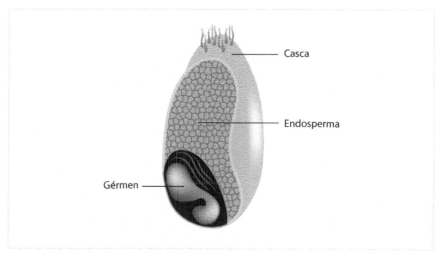

FIGURA 1   Estrutura do grão de trigo.
Fonte: Abitrigo, 2019.

O amido desempenha um papel importante na panificação, uma vez que, após ser hidrolisado a glicose pelas amilases presentes na farinha, é utilizada pela levedura para produzir etanol e $CO_2$ durante a fermentação (KAYSER, 2015). O glúten, formado a partir de glutenina e gliadina, duas proteínas presentes no endosperma, está presente no trigo, na espelta e no Kamut®, bem como, em menor proporção, no centeio, na aveia e na cevada. O desenvolvimento do glúten é responsável pela obtenção de uma massa macia, elástica e homogênea, além de ser responsável pela retenção do $CO_2$ produzido durante a fermentação, o que permite que o pão adquira um miolo leve (KAYSER, 2015). De acordo com Araújo et al. (2014), as gliadinas são proteínas de cadeia simples, extremamente pegajosas, gomosas, responsáveis pela consistência e viscosidade da massa, apresentando pouca resistência à extensão. As gluteninas são proteínas ramificadas, elásticas, porém não coesivas, responsáveis pela extensibilidade da massa. De acordo com os autores citados, a concentração das proteínas gliadina e glutenina na farinha de trigo é o fator que determina a qualidade da rede de glúten formada no processo de mistura da massa. O gérmen é rico em vitaminas (complexo B) e sais minerais (potássio, fósforo e magnésio) (KAYSER, 2015). A Tabela 1 mostra com mais detalhes a composição nutricional da farinha de trigo (PALLARÉS, LEÓN, ROSELL, 2007).

TABELA 1   Composição nutricional da farinha de trigo (por 100 g de produto)

|  | Farinha refinada | Farelo | Gérmen | Farinha integral |
|---|---|---|---|---|
| Calorias (kcal) | 361 | 216 | 360 | 339 |
| Proteína (g) | 11,98 | 15,55 | 23,15 | 13,7 |
| Lipídeos (g) | 1,66 | 4,25 | 9,72 | 1,87 |
| Carboidratos (g) | 72,53 | 64,51 | 51,80 | 72,57 |
| Cinzas (g) | 0,47 | 5,79 | 4,21 | 1,6 |
| Fibra (g) | 2,44 | 2,81 | 3,21 | 2,2 |
| Umidade (g) | 13,36 | 9,91 | 1,12 | 10,26 |
| Cálcio (mg) | 15 | 73 | 39 | 34 |
| Ferro (mg) | 0,91 | 0,57 | 6,26 | 3,88 |
| Magnésio (mg) | 25 | 611 | 239 | 138 |
| Fósforo (mg) | 97 | 1.013 | 842 | 346 |
| Potássio (mg) | 100 | 1.182 | 892 | 405 |
| Sódio (mg) | 2 | 2 | 12 | 5 |
| Zinco (mg) | 0,85 | 7,27 | 12,29 | 2,93 |
| Cobre (mg) | 0,18 | 1,0 | 0,8 | 0,38 |
| Manganês (mg) | 0,79 | 11,5 | 13,3 | 3,8 |
| Selênio (mcg) | 39,7 | 77,6 | 79,2 | 70,7 |
| Tiamina (mg) | 0,08 | 0,52 | 1,88 | 0,45 |
| Riboflavina (mg) | 0,06 | 0,58 | 0,37 |  |

Fonte: Pallarés, León, Rosell (2007).

O quadro a seguir (Quadro 3) mostra a classificação da farinha de trigo em diversos países no mundo, exemplificando a utilização, bem como a substituição de uma farinha em determinado país pela equivalente em outro.

Os números do tipo de farinha alemã (Mehltypen) indicam a quantidade de cinzas (teor mineral não queimado, medido em miligramas) obtida a partir de 100 g da massa seca dessa farinha. As farinhas de trigo padrão variam do tipo

Tipos e características das principais farinhas no Brasil e no mundo   21

**QUADRO 3** Equivalência da farinha de trigo em diversos países e a sua utilização

| Cinzas | Proteína | Utilização | Estados Unidos | Reino Unido | Alemanha | França | Itália | Argentina | Portugal | Holanda |
|---|---|---|---|---|---|---|---|---|---|---|
| ~0,4% | ~9% | Confeitaria | Pastry flour | Soft flour | 405 | 45 | 00 | 0000 | Tipo 45 – farinha-flor | Zeeuwse bloem |
| ~0,55% | ~11% | Pães, pizzas, massas frescas e brioches | All-purpose flour | Plain flour | 550 | 55 | 0 | 000 | Tipo 55 – farinha superfina | Patentbloem |
| ~0,8% | ~14% | Panificação | High gluten flour or bread flour | Strong or hard or bread flour | 812 | 80 | 1 | 00 | Tipo 65 – farinha fina | Tarwebloem |
| ~1% | ~15% | Pães artesanais e rústicos | First clear flour | Very strong or hard | 1050 | 110 | 2 | 0 | Tipo 80, tipo 110 – farinha semi-integral | Gebuilde bloem |
| >1,5% | ~13% | Massas e pães integrais | Whole wheat flour | Wholemeal | 1700 | 150 | Farina integrale | ½ 0 | Tipo 150 – farinha integral | Volkorenmeel |

Fonte: Amo Pão Caseiro (s. d.); Weekendbakery (s. d.); Recetas Argentinas (s. d.).

405, para farinha de trigo branca normal para assar, às farinhas de pão forte, tipos 550, 812, e as mais escuras, tipos 1050 e 1700, para pães integrais. Há também um tipo 1600, que se encaixa entre a farinha de trigo branca e a farinha de trigo integral, oferecendo um pão branco mais escuro (Weekendbakery, s. d.). Existe também uma numeração própria para farinhas de espelta (630, 812 e 1050) e de centeio (1370, 1740 e outros) (Amo Pão Caseiro, s. d.).

Os números do tipo de farinha francesa indicam o teor de cinzas (em miligramas) por 10 g de farinha. Os números são um fator 10 mais baixo que os tipos alemães. O tipo 55 é a farinha branca de trigo-duro padrão para panificação, incluindo bolos folhados (*pâte feuilletée*). O tipo 45 é frequentemente chamado de farinha de confeitaria e geralmente é de um trigo mais macio (corresponde ao que os textos franceses mais antigos chamam de *farine de gruau*). Algumas receitas usam o tipo 45 para *croissants*, embora muitos padeiros franceses usem o tipo 55 ou uma combinação dos tipos 45 e 55. Os tipos 65, 80 e 110 são farinhas fortes de pão, que aumentam a coloração escura, e o tipo 150 é uma farinha integral. Observe que não há farinha francesa do tipo 40 como o alemão tipo 405; o mais próximo é o tipo 45 (Weekendbakery, s. d.).

Nos Estados Unidos e no Reino Unido, nenhum tipo de farinha padronizado numerado é definido, e a massa de cinzas raramente é indicada no rótulo pelos fabricantes de farinha. No entanto, o rótulo nutricional padrão, legalmente exigido, especifica o teor de proteínas da farinha, que também é uma maneira de comparar as taxas de extração dos diferentes tipos de farinha disponíveis (Weekendbakery, s. d.).

## Centeio

O centeio (*Secale cereale* L.) é uma espécie que, embora não se conheça com precisão, provavelmente tem a sua origem no sudoeste da Ásia, sendo a mesma área de origem do trigo, da cevada e da aveia (BUSHUK, 2001). Inicialmente, a planta de centeio foi considerada invasora dos cultivos de trigo e de cevada, sendo que a sua domesticação deve ter ocorrido por volta de 3.000 a.C., no noroeste da Turquia, no noroeste do Irã e na Armênia, a partir de espécies selvagens. Como impureza no trigo e na cevada, o centeio foi disseminado pelo centro e norte da Europa e de lá se expandiu para outras partes do mundo (MORI et al., 2012). Conforme Baier (1988), o centeio pode ser cultivado sob condições ambientais bem diversificadas quando comparado aos outros cereais de inverno. Encontram-se lavouras de centeio desde o Círculo Polar Ártico até o extremo sul da América do Sul, em locais próximos ao nível do mar ou a 4.300 m de altitude. Baier (1994) menciona que o centeio foi introduzido no Brasil por imigrantes alemães e poloneses no século XIX, sendo cultivado, principalmente, em solos ácidos e degradados e em altitudes acima de 600 m.

A produção da farinha de centeio resulta em farinha mais escura que a farinha de trigo integral, requerendo que o amassamento, a fermentação e o cozimento sejam mais lentos (BAIER, 1994). A farinha de centeio é obtida pela trituração do grão inteiro, com casca, o que explica a coloração escura, bem como o teor de nutrientes. Embora apresente teor de glúten menor que o do trigo, pode ser utilizada no preparo de pães, bolos, tortas e biscoitos (ARAÚJO et al., 2014). Conforme Oelke et al. (1990) mencionam, a farinha de centeio tem baixo teor de glúten, porém possui proteínas que lhe conferem a capacidade para fazer um pão fermentado nutritivo. Normalmente, a farinha de centeio é adicionada à farinha de trigo na proporção de 25 a 50% para produção de pães. De acordo com Baier (1994), a adição de pequenas quantidades de farinha de centeio em produtos produzidos com farinha de trigo auxilia na absorção de água, o que melhora o volume e prolonga a vida de prateleira. De acordo com Araújo et al. (2014), o endosperma moído, que constitui a farinha, é obtido pela remoção do farelo e do germe, como ocorre no trigo também.

Em termos de composição química, o centeio não difere muito dos demais cereais de inverno, conforme consta na Tabela 2, apresentando porcentagens similares de proteína, de lipídios, de fibra, de cinza e de carboidrato. No entanto, segundo Baier (1994), diferencia-se por possuir maior teor de pentosanas (hemiceluloses ou glicoprotídeos), que conferem elevada viscosidade e são responsáveis pela estrutura em pães de centeio, além de dificultar ou retardar a digestão, atrasando a absorção de nutrientes e reduzindo a conversão alimentar. De acordo com Reinhart (2007), o centeio contém glúten, porém apenas metade do que é encontrado em farinha de trigo, bem como de qualidade diferente do trigo. O glúten de centeio não apresenta glutenina, mas uma proteína semelhante, da mesma família da glutenina, porém menos extensível. Por outro lado, o centeio apresenta maior percentagem de fibra. Alguns estudos sugerem que a fibra do centeio seja de qualidade superior à encontrada no trigo ou na aveia.

TABELA 2   Composição da farinha de centeio e da farinha de trigo (por 100 g de produto)

| | Energia (kcal) | (kJ) | Proteína (g) | Lipídeo (g) | Carboidrato (g) | Fibra alimentar (g) |
|---|---|---|---|---|---|---|
| Farinha de centeio (integral) | 336 | 1405 | 12,5 | 1,8 | 73,3 | 15,5 |
| Farinha de trigo (integral) | 339 | 1419 | 13,7 | 1,9 | 72,6 | 2,2 |
| Farinha de trigo | 360 | 1508 | 9,8 | 1,4 | 75,1 | 2,3 |

Fonte: a autora (2020), baseada em Taco (2011) e Pallarés, León, Rossell (2007).

Esse fato se deve à presença de lignina na casca do grão, o que cria condições favoráveis para o crescimento de bifidobactérias no intestino grosso, assim como a produção de ácido butírico e propiônico, que abaixam o pH e que também funcionam como antibiótico natural.

### Sarraceno (*Buckwheat*)

Sarraceno (*Fagopyrum esculentum* Moench), embora muitas vezes popularmente chamado de trigo-sarraceno ou trigo-mourisco, não pertence à família do trigo. Suas sementes se assemelham a grãos, sendo que também apresentam características de grão, motivo pelo qual é utilizado como tal. A farinha de sarraceno não apresenta glúten, de modo que resulta em panquecas muito macias, conhecidas como *blini* na Rússia. Também é utilizada na produção de macarrão asiático (*soba*) (REINHART, 2007). Conforme Pace (1964), o trigo-sarraceno pertence à família *Polygonaceae*, sem nenhum parentesco com o trigo comum. A farinha originária do trigo-sarraceno não possui glúten, sendo recomendada para pessoas intolerantes ou alérgicas (SILVA et al., 2002).

Originário do continente asiático, relatos contam que foi cultivado na China a partir de 200 a.C. (FERREIRA et al., 1983). Pasqualetto et al. (1999, *apud* RIBEIRO et al., 2018) informam que a farinha desse grão pode ser utilizada na produção de pães, bolos, biscoitos, massas, sopas e mingaus. Seus grãos podem ser vendidos *in natura* ou torrados e consumidos no lugar do arroz.

De acordo com Ferreira (2012), da mesma forma que a quinoa e o amaranto, o trigo-sarraceno tem sido considerado um cereal pela semelhança em seu valor nutritivo. Outros autores o classificam como pseudocereal, ou seja, plantas que produzem sementes com amido que não pertencem à classe dos cereais e não contêm glúten. Reinhart (2007) menciona que esses pseudocereais apresentam perfil de aminoácidos equilibrado, de modo que o trigo-sarraceno é uma das poucas fontes vegetais de proteína completa. Apresenta ainda grande quantidade de rutina, também conhecida como vitamina P, um antioxidante capaz de combater o colesterol.

Segundo Wijngaard e Arendt (2006), o trigo-sarraceno tem grande potencial como ingrediente de alimentos, principalmente para a indústria de alimentos funcionais, tendo em vista o seu teor de proteína de elevado valor nutricional, fibra alimentar, amido resistente, rutina, D-*chiro*-inositol, vitaminas e minerais. Rutina e quercetina são os principais antioxidantes presentes no trigo-sarraceno, e têm sido mencionados no tratamento da insuficiência venosa crônica. O valor nutricional do grão descascado de trigo-sarraceno é semelhante ao de outros cereais. Amido e fibras estão presentes em quantidades similares, e o sarraceno também contém elevado índice de ácidos graxos poli-insaturados essenciais, como o ácido linoleico. Apresenta ainda algumas vitaminas, como B1, C e E, enquanto os sais minerais estão presentes em abundância. Na comparação com outros cereais, a proteína do trigo-sarraceno é de elevado valor nutricional, devido à presença do aminoácido lisina.

De acordo com Francischi et al. (1994), o trigo-sarraceno apresenta deficiência de metionina e cistina em maior nível, seguido de treonina, embora apresente maior teor de lisina que a farinha de trigo. Por outro lado, apresenta maior teor de ferro, cobre e magnésio quando comparado com farinha de trigo.

Conforme mencionado por Reinhard (2007), o trigo-sarraceno pode ser adicionado a pães multigrãos para dar sabor e aumentar o valor nutricional, podendo ser utilizado como grão ou farinha.

## Espelta

A espelta (*Triticum spelta*) provavelmente se originou na região do Irã atual, ou na região sudeste da Europa, a partir de um cruzamento de *emmer* (*Triticum dicoccum*) com variedades locais de gramas selvagens (REINHART, 2007). Os grãos de espelta são cobertos e, portanto, não são fáceis de descascar. Cada espigueta apresenta dois grãos, ao contrário do que ocorre em *einkorn* e *emmer*, que apresentam apenas um grão (Figura 2). A espelta apresenta maior teor de proteína que o trigo-branco e o vermelho, porém não especificamente de glúten. De acordo com Stallknecht et al. (1996), o glúten de espelta pode ser mais facilmente digerido que outras formas de trigo, e inclusive algumas pessoas com

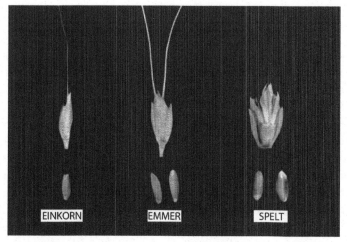

FIGURA 2   Espigueta e grãos de *einkorn*, *emmer* e espelta.
Fonte: Stallknecht et al., 1996.

FIGURA 3    Espigas de *einkorn, emmer,* espelta e Kamut®.
Fonte: Stallknecht et al., 1996.

intolerância ao glúten, como os celíacos, não apresentam intolerância à espelta. Segundo Reinhart (2007), os celíacos têm dificuldade de digerir a gliadina, uma das proteínas que formam o glúten, acreditando-se que a gliadina da espelta seja diferente e, portanto, mais tolerável para celíacos, da mesma forma que ocorre com *einkorn, emmer* e Kamut®. Aparentemente a gliadina proveniente de farinha de trigo, independentemente de ser de grão vermelho ou branco, é a mais difícil de ser tolerada.

## Sêmola/semolina

Sêmola, ou semolina, é o resultado da moagem incompleta de cereais, possuindo textura granulada, geralmente mais grossa que a da farinha, obtida da moagem de grãos duros, sendo a parte nobre do trigo, do milho ou do arroz. Para Gatti (*s. d.*), essa farinha é típica das regiões do sul da Itália, como Apúlia e Sicília, e outras áreas do sul e leste do Mediterrâneo. A farinha de sêmola de trigo-duro diferencia-se da farinha de trigo mole, tanto pelo tamanho de grão mais acentuado quanto pela característica cor amarela âmbar, uma cor que também é transmitida aos produtos dela obtidos. O trigo-duro é um cereal rico em proteínas e glúten (em média superior ao encontrado na farinha de trigo comum) que, comparado ao trigo comum, possui maior capacidade de absorção de água e maior trabalhabilidade. Além disso apresenta maior quantidade de fibras, minerais (potássio, ferro e fósforo), vitaminas (tiamina e niacina) e carotenoides (luteína e betacaroteno).

## Outros tipos de farinha (cevada, arroz, sorgo, quinoa, aveia, mandioca, khorasan etc.)

Existem diversas outras opções de farinhas, de grãos e até mesmo de vegetais, que podem ser utilizadas na produção de pão. No entanto, algumas dessas farinhas são mais adequadas do que outras para a obtenção de pão de qualidade, tendo em vista a presença de glúten. De qualquer forma, é importante notar que a farinha com maior capacidade panificadora é mesmo a de trigo, tendo em vista a qualidade, bem como o teor de glúten presente nessa farinha. Ao substituir parcialmente a farinha de trigo por uma farinha pobre em glúten, é importante ter em mente que o resultado, ou seja, o pão produzido, não terá as mesmas características organolépticas que um pão feito com farinha de trigo. A substituição integral de farinha de trigo por farinha sem glúten, como no caso de dietas para indivíduos celíacos, requer a formulação específica da receita, tendo em vista que o glúten é responsável por dar textura ao pão. Várias substâncias vêm sendo testadas para substituição do glúten na produção de pães para celíacos, entre elas a farinha de casca de banana-verde (TÜRKER et al., 2016), enquanto Wang et al. (2017) mencionam, entre outras, goma xantana, goma guar, carboximetilcelulose (CMC), isolado proteico de ervilha e de soja, proteína do soro (*whey protein*), emulsificantes, diversas enzimas e adoçantes, com maior ou menor efeito sobre as características organolépticas da massa de pão.

A substituição de um tipo de farinha por outro em determinada receita deverá levar em consideração alguns fatores importantes. Um deles é a presença de glúten, como já foi mencionado, bem como o teor total de proteínas, uma vez que este afeta a capacidade de hidratação da farinha. Outro fator importante é o amido presente na farinha, tanto em relação ao teor de amido como à hidratação do mesmo. Finalmente, há a necessidade de considerar a presença de fibras da casca, quando se trata de farinha integral. Num exemplo simples, a substituição de farinha branca por farinha integral em determinada receita exigirá o ajuste da hidratação da massa, uma vez que a farinha branca tem proporcionalmente mais proteína, e mais amido, do que a farinha integral, porém não apresenta fibra. Esse fato faz com que, via de regra, a farinha de trigo integral necessite de hidratação maior do que a farinha de trigo branca, e, por conta do teor menor de proteína, especialmente glutenina e gliadina, produzirá uma massa com características diferentes da massa obtida com a farinha de trigo branca.

Segue descrição das características de alguns dos outros tipos de farinha que encontram utilização na panificação:

## CEVADA

A cevada (*Hordeum vulgare*) é pouco utilizada como grão na alimentação humana, provavelmente devido à sua textura de borracha, mesmo quando adequadamente cozida (REINHART, 2007). Pertence à família das gramíneas, sendo o cereal mais antigo de que se tem conhecimento. É utilizada no preparo de *missô* (alimento de origem japonesa), bem como na produção de cerveja e *uísque*. A farinha de cevada tem sabor adocicado e é utilizada como espessante em molhos. Auxilia no amaciamento das massas, provavelmente pela capacidade de unir maior quantidade de água às proteínas e aos carboidratos (ARAÚJO et al., 2014).

## ARROZ

O arroz (*Oryza sativa*) é obtido de gramíneas, sendo considerado o principal alimento para aproximadamente metade da população mundial. Comparado com o trigo, o arroz é bem mais rico em carboidratos, que se encontram no endosperma do grão (ARAÚJO et al., 2014). Como não contém glúten, é a principal escolha para a produção de pão para celíacos, geralmente suplementado com farinha de mandioca, de trigo-sarraceno ou amido de batata. Existem inúmeros tipos de arroz, de diversas cores, sabores e propriedades culinárias. Na produção de pão é possível utilizar qualquer tipo de arroz, em grão ou farinha, mas é preferível utilizar o arroz integral em vez do arroz marrom, negro, vermelho ou dourado (REINHART, 2007).

## SORGO

O sorgo (*Sorghum* spp.) é um cereal naturalmente rico em carboidratos que podem ser convertidos em açúcares, motivo pelo qual também é utilizado para obtenção de xarope. O xarope tem sabor mais amanteigado e suave que o melaço, e pode ser utilizado no lugar do melaço de cana. A farinha de sorgo pode ser adicionada à massa para melhorar o sabor e a maciez do pão, podendo também ser utilizada em pães para celíacos, no lugar da farinha de mandioca (REINHART, 2007). De acordo com Rees e Henneman (*s. d.*), a farinha integral de sorgo é saudável e fornece fibras importantes, além de apresentar sabor suave, que não concorre com os sabores delicados de outros ingredientes alimentares. Porém, como o sorgo não contém glúten, há necessidade da adição de um "aglutinante" como a goma xantana, quando o glúten for necessário para criar um produto adequado.

## QUINOA

A quinoa (*Chenopodium quinoa*) é um grão cultivado há muitos anos pelos incas, que consideravam esse grão sagrado, em grande altura na Cordilheira dos Andes. É um dos poucos grãos que são considerados uma proteína completa, uma vez que apresenta todos os aminoácidos na sua composição. Tecnicamente não é um grão, uma vez que as suas sementes não brotam de uma grama, mas de um vegetal. A quinoa apresenta-se em diversas cores, porém a mais comum é a amarela. Antes da utilização da quinoa, recomenda-se a lavagem dos grãos, uma vez que eles apresentam saponinas, substâncias alcaloides com sabor ligeiramente amargo, na sua superfície (REINHART, 2007).

Lorenz e Coulter (1991) testaram pães com farinha de quinoa em diferentes proporções, com farinha de trigo comum. Pães com 5-10% de farinha de quinoa resultavam de boa qualidade; embora o volume do pão diminua, o miolo torna-se mais aberto e a textura um pouco dura com níveis mais altos de uso de farinha de quinoa. Com a utilização de 30% de farinha de quinoa observou-se sabor amargo.

## AVEIA

A aveia branca (*Avena sativa*), pertencente à família das gramíneas, é a mais consumida no Brasil, sendo comercializada na forma de flocos ou farinha. Na composição química da aveia são encontradas fibras alimentares, vitaminas do complexo B, vitamina E, cálcio, fósforo, ferro e proteínas. Da mesma forma que a cevada e o centeio, a aveia também contém glúten, porém em quantidade muito inferior à encontrada no trigo. A utilização de flocos ou farinha de aveia na panificação leva a um produto mais macio, viscoso e úmido, uma vez que as fibras solúveis presentes na aveia absorvem e mantêm as moléculas de água em seu interior. A presença das fibras solúveis ajuda a reduzir os níveis de colesterol sanguíneo (ARAÚJO et al., 2014). Flander et al. (2007) desenvolveram tecnologia de panificação para pão com alto teor de aveia integral e boa textura. O pão foi assado em processo de cozimento direto, usando aveia integral (51 g/100 g de farinha) e trigo-branco (49 g/100 g de farinha). Os efeitos do teor de glúten e água, tempo de mistura da massa, temperatura e tempo de prova e condições de cozimento na qualidade do pão foram investigados. Os autores verificaram que as condições de fermentação, o teor de glúten e de água tiveram um efeito importante no volume e na textura do pão de aveia. As propriedades sensoriais do miolo foram afetadas principalmente pelos ingredientes, enquanto as condições de processamento exibiram seus principais efeitos nas propriedades da crosta e na riqueza do sabor do miolo.

## MANDIOCA

A mandioca (*Manihot esculenta*) é um alimento importante em todo o mundo equatorial, onde é usada de várias formas, inclusive como farinha. É uma planta arbustiva, com uma longa raiz tuberosa carregada de amido, cálcio, fósforo e vitamina C, mas com pouca proteína. A mandioca crua pode ser venenosa, mas a cocção em água elimina as toxinas, o que é feito ao processar os tubérculos para fazer farinha ou tapioca. É usada como espessante, mas também como farinha para pães e, principalmente, em pães sem glúten (REINHART, 2007).

## KHORASAN

A marca registrada Kamut® indica uma variedade específica e antiga de grãos (*Triticum turgidum* subsp. *turanicum*), comumente denominada trigo khorasan (BORDONI et al., 2017), que apresenta grãos de coloração âmbar e aproximadamente o dobro do tamanho dos grãos de trigo (REINHART, 2007). Segundo esse autor, o Kamut®, da mesma forma que a espelta, é rico em proteínas (possivelmente 20% mais rico), porém pobre em glúten, quando comparado ao trigo. Essa característica faz com que o khorasan possa ser tolerado por pessoas que não podem ingerir trigo.

## REFERÊNCIAS

ABITRIGO. Conhecimento: trigo é energia para nosso corpo. 2019. Disponível em: http://www.abitrigo.com.br/conhecimento.php. Acesso em: 11 jun. 2019.
AMO PÃO CASEIRO. Entenda a classificação das farinhas italianas, francesas, alemãs e outras. Disponível em: https://amopaocaseiro.com.br/classificacao-das-farinhas-italianas/. Acesso em: 16 maio 2019.
ARAÚJO, Wilma M. C.; MONTEBELLO, Nancy di Pilla; BOTELHO, Raquel B.A.; BORGO, Luiz Antônio. *Alquimia dos alimentos*. 3.ed. Brasília, Senac Distrito Federal, 2014.
BAIER, Augusto Carlos. Centeio. *In*: BAIER, Augusto Carlos; FLOSS, Elmar Luiz; AUDE, Maria Isabel S. *As lavouras de inverno 1*: aveia, centeio, triticale, colza, alpiste. Rio de Janeiro, Globo, 1988. p. 107-30.
BAIER, A .C. *Centeio*. Passo Fundo, Embrapa-CNPT, 1994. 29 p. (Embrapa-CNPT. Documentos, 15).
BEAN, S. R.; CHUNG, O. K.; TUINSTRA, M. R.; PEDERSEN, J. F.; ERPELDING, J. 2006. *Evaluation of the single kernel characterization system (SKCS) for measurement of sorghum grain attributes*. Disponível em: https://www.aaccnet.org/publications/cc/2006/January/Pages/83_1_108.aspx. Acesso em: 10 jun. 2019.
BORDONI, Alessandra; DANESI, Francescha; DI NUNZIO, Mattia; TACCARI, Annalisa; VALLI, Veronica. Ancient wheat and health: a legend or the reality? A review on Kamut khorasan

wheat. 2017. *International Journal of Food Sciences and Nutrition*, 68:3, 278-86. Disponível em: https://www.tandfonline.com/doi/full/10.1080/09637486.2016.1247434. Acesso em: 20 jan. 2020.

BUSHUK, Walter. Rye production and uses worldwide. *Cereal Foods World*, St. Paul, v. 42, n. 2, 70-73, Feb. 2001.

COMPANHIA NACIONAL DE ABASTECIMENTO. 2019. *Trigo*: comparativo de área, produtividade e produção: safra de 2018 e 2019. Disponível em: https://www.conab.gov.br/info-agro/safras/graos. Acesso em: 14 abr. 2019.

DEPARTAMENTO DE PESQUISAS E ESTUDOS ECONÔMICOS. 2017. *Trigo* – Junho 2017. Disponível em: https://www.economiaemdia.com.br/EconomiaEmDia/pdf/infset_trigo.pdf. Acesso em: 14 abr. 2019.

FARTRIGO. *Trigo*. [s. d.] Disponível em: http://www.fartrigo.com.br/fartrigo/trigo. Acesso em: 29 maio 2019.

FERREIRA, A. S.; FIALHO, E. T.; GOMES, P. C.; FREITAS, A. R. Trigo Mourisco (*Fagopyrum esculentum*, Moench) na alimentação de suínos em terminação. *Revista da Sociedade Brasileira de Zootecnia*, 1983, v. 12, n. 1, p. 132-42.

FERREIRA, D. B. *Efeito de diferentes densidades populacionais em características agronômicas de trigo mourisco*. 2012. 31 f. Monografia (Bacharelado em Agronomia). Universidade de Brasília – UnB. Disponível em: https://bdm.unb.br/bitstream/10483/4099/1/2012_DanielBarcelosFerreira.pdf. Acessado em: 20 mar. 2019.

FINNEY, K. F.; YAMAZAKI, W. T.; YOUNGS. V. L.; RUBENTHALER, G. I. Quality of Hard, Soft, and Durum Wheats. In: *Wheat and Wheat Improvement*, v. 13, 2nd Edition, Book Editor(s): E.G. Heyne, Book Series: Agronomy Monographs. Disponível em: https://acsess.onlinelibrary.wiley.com/doi/pdf/10.2134/agronmonogr13.2ed.c35. Acessado em: 19 abr. 2019.

FLANDER, Laura; SALMENKALLIO-MARTTILA, Marjatta; SUORTTI, Tapani; AUTIO, Karin. Optimization of ingredients and baking process for improved wholemeal oat bread quality. *LWT – Food Science and Technology*, v. 40, issue 5, p. 860-70, June 2007. Disponível em: https://www.sciencedirect.com/science/article/pii/S0023643806001551. Acesso em: 30 jan. 2020.

FRANCISCHI, Márcia de L. Pereira de; SALGADO, Jocelem Mastrodi; LEITÃO, R. F. F. Chemical, nutritional and technological characteristics of buckwheat and non-prolamine buckwheat flours in comparison of wheat flour. *Plant Foods for Human Nutrition*, v. 46, n. 4, p. 323-9 (1994). Disponível em: https://link.springer.com/article/10.1007/BF01088431. Acesso em: 20 jan. 2020.

GATTI, Valeria. [S. d.] *Farina di semola di grano duro, proprietà e utilizo*. Disponível em: https://www.cure-naturali.it/enciclopedia-naturale/alimentazione/nutrizione/farina-semola-grano-duro.html. Acesso em: 12 fev. 2020.

GUARIENTI, E. M. *Qualidade industrial de trigo*. 2.ed. Passo Fundo, EMBRAPA-CNPT, 1996. 36p. (EMBRAPA-CNPT. *Documentos*, 27)

GUTKOSKI, Luiz Carlos; NETO, Raul Jacobsen. *Procedimento para teste laboratorial de panificação*: pão tipo forma. Disponível em: https://www.redalyc.org/html/331/33132521/. Acesso em: 30 maio 2019.

INTERNATIONAL GRAINS COUNCIL. *Supply & Demand*. 2019. Disponível em: https://www.igc.int/en/markets/marketinfo-sd.aspx. Acesso em: 14 abr. 2019.ITIS Standard Report Page: *Triticum*. 2010. Disponível em: https://www.itis.gov/servlet/SingleRpt/SingleRpt?search_topic=TSN&search_value=42236#null. Acesso em: 11 jun. 2019.

KAYSER, Éric. *Larousse dos pães*. São Paulo, Alaúde, 2015.

LORENZ, Klaus; COULTER, L. Quinoa flour in baked products. *Plant Food Hum Nutr.*, v. 41, p. 213-23 (1991). Disponível em: https://link.springer.com/article/10.1007/BF02196389#citeas. Acesso em: 28 jan. 2020.

MELLADO Z., Mario. Boletín de Trigo 2004 – Manejo Tecnológico. Instituto de Investigaciones Agropecuarias – INIA. Vol. 114. Chillán, Chile, 2004. Disponível em: http://biblioteca.inia.cl/medios/biblioteca/boletines/NR31873.pdf. Acesso em: 11 jun. 2019.

MINISTÉRIO DA AGRICULTURA, PECUÁRIA E ABASTECIMENTO (MAPA). *Instrução Normativa n. 23 de 1º de julho de 2016*. Disponível em: http://www.in.gov.br/materia/-/asset_

publisher/KujrwOTZC2Mb/content/id/21288403/do1-2016-07-04-instrucao-normativa-n-23- -de-1-de-julho-de-2016-21288343. Acesso em: 11 jun. 2019.

MORI, Claudia de; NASCIMENTO JUNIOR, Alfredo; MIRANDA, Martha Zavariz de. *Aspectos econômicos e conjunturais da cultura do centeio*. Passo Fundo, Embrapa Trigo, 2012. 26 p. (Embrapa Trigo. Documentos Online, 142). Disponível em: http://www.cnpt.embrapa.br/biblio/do/p_do142.htm. Acesso em: 15 abr. 2019.

OELKE, E. A.; OPLINGER, E. S.; BAHRI, H.; DURGAN, B. R.; PUTNAM, D. H.; DOLL, J. D.; KELLING, K. A. Rye. *Alternative field crops manual*. St. Paul, University of Minnesota; Madison, University of Wisconsin, 1990. Disponível em: http://www.hort.purdue.edu/newcrop/afcm/rye.html. Acesso em: 29 abr. 2019.

PACE, T. *Cultura do trigo sarraceno*: história, botânica e economia. Rio de Janeiro, Ministério da Agricultura, Serviço de Informação Agrícola, 1964, 71 p.

PALLARÉS, Manuel Gómez; LEÓN, Alberto Edel; ROSELL, Cristina M. Trigo. In: LEÓN, Alberto Edel; ROSELL, Cristina M. 2007. *De tales harinas, tales panes*: granos, harinas y productos de panificación en Iberoamérica. Disponível em: https://digital.csic.es/handle/10261/17118. Acesso em: 30 maio 2019.

RECETAS ARGENTINAS. *Clasificación de las harinas según los países*. [S. d.] Disponível em: https://recetasargentinas.net/clasificacion-de-las-harinas-segun-los-paises/. Acesso em: 16 maio 2019.

REES, Jenny; HENNEMAN, Alice. *How to bake gluten-free with sorghum*. Institute of Agriculture and Natural Resources. University of Nebraska-Lincoln. [S. d.] Disponível em: https://food.unl.edu/how-bake-gluten-free-sorghum. Acesso em: 28 jan. 2020.

REINHART, Peter. *Peter Reinhart's whole grain breads*: new techniques, extraordinary flavor. Berkeley, Ten Speed Press, 2007.

RIBEIRO, Francisco Augusto Gomes; EMRICH, Eduardo Bucsan; COSTA, Lavínia Aris de Souza Costa; MELO, Frederico Marcelino de Melo; VIEIRA, Ana Luiza da Silva; EMRICH, Roberta Pereira Soares; GOMES, Diego Carvalho. Uso de fertilizante fosfatado de baixa solubilidade no cultivo de trigo sarraceno em condições de cultivo protegido. Uberaba. *Anais do II Seminário de Pesquisa e Inovação Tecnológica*. Uberaba, v. 2, n. 1, set. 2018. Disponível em: http://periodicos.iftm.edu.br/index.php/sepit/article/view/606. Acesso em: 20 mar. 2019.

SCHEUER, Patrícia Matos; DE FRANCISCO, Alicia; MIRANDA, Martha Zavariz de; LIMBERGER, Valéria Maria. Trigo: características e utilização na panificação. *Revista Brasileira de Produtos Agroindustriais*, Campina Grande, v. 13, n. 2, p. 211-222, 2011. Disponível em: http://www.deag.ufcg.edu.br/rbpa/rev132/Art13211.pdf. Acesso em: 20 mar. 2019.

SILVA, Dijalma Barbosa da; GUERRA, A. F.; SILVA, A. C.; PÓVOA, J. S. R. *Avaliação de genótipos de mourisco na região do cerrado*. Brasília-DF, Embrapa Recursos Genéticos e Biotecnologia, 2002 (Boletim de Pesquisa e Desenvolvimento, 21). Disponível em: https://www.infoteca.cnptia.embrapa.br/handle/doc/174899. Acesso em: 20 mar. 2019.

STALLKNECHT, G. F.; GILBERTSON, K. M.; RANNEY, J. E. 1996. *Alternative wheat cereals as food grains*: Einkorn, emmer, spelt, kamut, and triticale. p. 156-70. *In*: JANICK, J. (ed.). *Progress in new crops*. ASHS Press, Alexandria, VA. Disponível em: https://hort.purdue.edu/newcrop/proceedings1996/V3-156.html. Acesso em: 27 maio 2019.

[TACO] Tabela Brasileira de Composição de Alimentos / NEPA – UNICAMP. 4.ed. rev. e ampl. Campinas, NEPA-UNICAMP, 2011. 161 p. Disponível em: https://www.cfn.org.br/wp-content/uploads/2017/03/taco_4_edicao_ampliada_e_revisada.pdf. Acessado em: 12 nov. 2020.

TIPPLES, K. H.; PRESTON, K. R.; KILBORN, R. H. Implication of the term "strength" as related to wheat and flour quality. *Bakers Digest*, p.16-20, Dec. 1982.

TÜRKER, B.; SAVLAK, N.; KAŞIKCI, M. B. Effect of green banana peel flour substitution on physical characteristics of gluten-free cakes. 1st International Multidisciplinary Conference on Nutraceuticals and Functional Foods. *Current Research in Nutrition and Food Science*, v. 4 (SI. 2), p. 197-204 (2016). Disponível em: http://www.foodandnutritionjournal.org/vol04nospl-issue-

-conf-october-2016/effect-of-green-banana-peel-flour-substitution-on-physical-characteristics--of-gluten-free-cakes/. Acesso em: 19 abr. 2019.

VÁZQUEZ, Daniel. *Aptitud Industrial de trigo*. Disponível em: https://pt.scribd.com/document/370450017/Aptitud-Industrial-de-Trigo-Inia. Acesso em: 13 jun. 2019.

WANG, Kun; LU, Fei; LI, Zhe; ZHAO, Lichun; HAN, Chunyang. Recent developments in gluten--free bread baking approaches: a review. *Food Sci. Technol.*, Campinas, v. 37, supl. 1, Dec. 2017. Disponível em: http://www.scielo.br/scielo.php?pid=S0101-20612017000500001&script=sci_arttext. Acesso em: 19 abr. 2019.

WEEKENDBAKERY. *Bread baking tips:* understanding flour types. [S. d.] Disponível em: https://www.weekendbakery.com/posts/understanding-flour-types/. Acesso em: 16 maio 2019.

WIJNGAARD, H. H.; ARENDT, E. K. *Buckwheat*. Disponível em: https://doi.org/10.1094/CC-83-0391. Acesso em: 16 jun. 2019.

# Capítulo 3

# Moagem de trigo

*Mariza Vieira da Fonseca Saboia Amorim*
*Larissa Pereira Aguiar*

## INTRODUÇÃO

O trigo é um dos cereais mais produzidos no mundo, alcançando, na safra 2017/2018, a marca de 747,7 milhões de toneladas de acordo com o Serviço Agrícola Estrangeiro (Foreign Agricultural Service) do Departamento de Agricultura dos Estados Unidos (2019). Esse valor se deve a um aumento da produção de 4,6% na produção nos últimos cinco anos (ABITRIGO, 2019).

Segundo a Organização das Nações Unidas para a Agricultura e Alimentação (FAO), o trigo é o segundo alimento mais consumido no mundo. Só em 2017, foram consumidas mais de 740 milhões de toneladas, e os cereais, incluindo o trigo, são responsáveis por 44,8% do fornecimento de energia da dieta (FAO, 2019).

Em 2017, o Brasil produziu cerca de 6 milhões de toneladas, sendo o estado do Paraná o maior produtor nacional, e importou cerca de 4 milhões de toneladas, a grande maioria da Argentina, Estados Unidos, Paraguai e Uruguai (ABITRIGO, 2019).

O trigo é fonte de carboidratos, proteínas, gordura, fibra, cálcio, ferro, ácido fólico. Na análise do consumo *per capita* de trigo, em 2015, a média mundial foi de 96,8 kg por habitante/ano, e a do Brasil foi de 49,9 kg, abaixo da média recomendada pela Organização Mundial da Saúde (OMS), que é de 60 kg por habitante/ano (PANORAMA SETORIAL, 2016).

## ETAPAS DA MOAGEM DE TRIGO

O trigo, juntamente com o milho e o arroz, forma o principal trio de grãos produzidos em nível mundial (DALL'AGNOL, 2018). Sua principal utilização é para alimentação humana, por meio da produção de farinha de trigo integral, farinha de trigo comercial e farinha de trigo para todos os fins; para a fabricação de produtos de panificação.

A farinha comercializada é destinada para o comércio de panificação, cerca de 55% da produção; 15% para o fabrico de massas alimentícias; e 9% para biscoitos (GRANOTEC, 2000). Contudo, o processamento do trigo não visa apenas à utilização dos grãos para fins alimentícios. Por exemplo, o trigo destinado à semeadura necessita ser processado com a finalidade de obter grãos limpos e armazenados de modo a não sofrerem nenhum tipo de dano, mantendo assim sua integridade.

Além dessas finalidades, o trigo também é utilizado na alimentação animal, por exemplo, na avicultura, tanto de corte como de postura, na suinocultura e na bovinocultura de corte e leite. Uma pequena porção da produção é utilizada em cosméticos à base de gérmen de trigo, como xampus, cremes corporais e faciais. Ultimamente os grãos de trigo também podem ser fermentados para o fabrico de cerveja.

O processo de moagem de trigo remonta à antiguidade, quando o homem pré-histórico atritou duas pedras colocando entre elas grãos de trigo, nascendo assim os denominados moinhos de pedra. Ao longo dos anos o processo de moagem foi modernizado, chegando aos dias de hoje aos moinhos de rolos.

O processamento do trigo (Figura 1) engloba várias etapas e tem como principal finalidade a obtenção de farinha, matéria-prima para a elaboração de produtos da indústria de massas e panificação.

## Limpeza

Os grãos de trigo que os moinhos recebem podem conter impurezas provenientes do campo, da estocagem e do transporte. O objetivo da limpeza é excluir da massa do trigo todas as matérias estranhas, utilizando múltiplos tipos de equipamentos (VIALÁNES, 2005).

De acordo com o Regulamento Técnico do Trigo (BRASIL, 2010), impurezas são as partículas oriundas da planta de trigo, a exemplo das cascas, fragmentos do colmo, folhas, entre outras. Hoseney (1994) ressalta as impurezas mais frequentes.

- Matéria vegetal: ervas daninhas, grãos de outros cereais, resíduos de plantas (fragmentos).
- Matéria animal: pelos, excrementos de roedores, ovos de insetos e seus fragmentos.
- Matéria mineral: pedras, poeira, lama, objetos metálicos (pregos, porcas).
- Outras impurezas: pedaços de corda, fragmentos de papel e madeira etc.

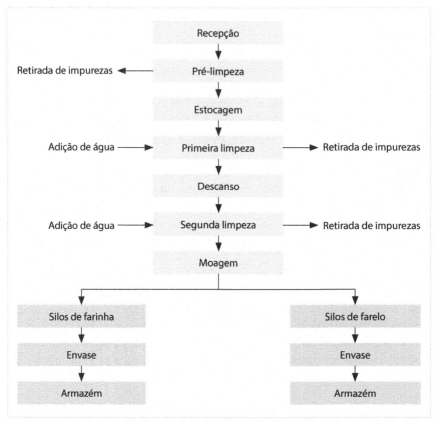

FIGURA 1   Etapas do processamento do trigo
Fonte: Processo de obtenção de farinha de trigo (UFRGS, 2007).

Grãos contendo impurezas, sujidades e/ou infectados pelas condições inadequadas de estocagem não devem ser moídos, sendo necessária a limpeza prévia. As impurezas, como sementes de alho ou grãos contaminados por fungos, resultam em manchas no trigo, descoloração e diminuição da qualidade da farinha. Pedras e fragmentos de metais podem causar incêndios e danificar os equipamentos do moinho. Sementes de outras espécies reduzem o valor nutricional da farinha de trigo ou atuam como diluentes (HOSENEY, 1994).

O número de etapas da limpeza varia entre os moinhos, sendo algumas delas indispensáveis. A decisão quanto ao número e à sequência das etapas da limpeza e ao ajuste dos equipamentos depende das características físicas dos grãos de trigo e das impurezas presentes. Devido à heterogeneidade das características do material presente, as impurezas são removidas por meio de vários métodos baseados em diferentes princípios (POSNER e HIBBS, 1997).

## Processos de limpeza seca

Nos processos de limpeza seca do trigo, vários equipamentos são utilizados para separar as impurezas, tendo como base uma ou mais características do trigo ou das impurezas nele contidas, conforme descrito por Posner e Hibbs (1997): propriedades magnéticas; tamanho, dimensão e formato (volume, largura, comprimento); densidade; propriedades aerodinâmicas; fricção, elasticidade, textura e dureza da superfície; fragilidade ao impacto; propriedades eletrostáticas e diferença de coloração.

### Propriedades magnéticas

As impurezas com propriedades magnéticas, como ferro, aço, níquel e cobalto, podem ser retiradas por meio dos separadores magnéticos. Nas plantas de moagem mais antigas, um separador magnético era instalado no início da linha dos equipamentos de limpeza, para separar possíveis fragmentos metálicos presentes no trigo (POSNER e HIBBS, 1997). Nas plantas atuais, vários separadores magnéticos são instalados antes de cada equipamento não somente para a remoção de metais presentes no trigo, mas também para proteger os equipamentos de possíveis danos e reduzir a incidência de fagulhas, prevenindo explosões dentro dos equipamentos e nas suas dependências, onde existem partículas suspensas de farinha de fina granulometria (KULP e PONTE JR., 2000).

O fluxo de trigo no equipamento segue um caminho diferente dos fragmentos metálicos que podem conter a carga. Uma característica desse equipamento é o ajuste de seu campo magnético visando a maior eficiência de separação. Em outros equipamentos, ligas metálicas, como a liga alumínio-níquel-cobalto, produzem um ímã permanente de grande potência.

### Tamanho, dimensão e formato

A separação dos grãos de trigo de outros grãos pode ser feita tomando-se como base suas características geométricas: largura, comprimento e formato. Diferentes cereais têm formas distintas, assim como grãos de trigo impróprios para a moagem cujas dimensões estão fora do intervalo de comprimento (4,5-8,8 mm) e de largura (2,5-3,8 mm) (AMORIM, 2007).

Nessa etapa, a separação dos grãos é executada por peneiras vibratórias. Para aperfeiçoar a separação, o conjunto de peneiras executa um movimento horizontal, para que as sementes passem através delas, caso tenham dimensões inferiores aos seus furos. O rejeito de cada peneira é encaminhado para uma nova seção com orifícios de formato e tamanho diferentes e assim sofrerá uma nova separação.

As peneiras são feitas geralmente de metal com orifícios de diferentes formas e tamanhos, dependendo do material a ser separado. Os grãos não separados na etapa anterior são enviados para um separador de disco, cujo funcionamento baseia-se no mesmo princípio da separação das peneiras.

Os discos também são confeccionados com orifícios de vários tamanhos e formas para selecionar as várias espécies de impurezas. Cada equipamento contém de 13 a 30 discos, e seus diâmetros podem medir de 36 a 56 cm, com velocidade entre 40 e 100 rpm. Os discos maiores processam aproximadamente 400 kg/h de trigo e 275 kg/h de outros grãos (AMORIM, 2007).

*Densidade*

Pedras, metais ou partículas que têm o mesmo tamanho do grão de trigo podem continuar no fluxo proveniente do separador de peneiras, sendo separados por diferença de densidade.

O separador de densidade funciona com um sistema de corrente de ar e planos inclinados. Nesse equipamento, a separação é feita passando-se os grãos sobre um plano inclinado em uma ou duas direções ou agitando-os em uma direção. As partículas mais pesadas descem para o fundo do separador. Ao mesmo tempo, o ar é soprado e aspirado através dos grãos, para retirada de materiais como palha e farinha. O material pesado é transportado pela vibração na direção ascendente e é separado no topo da máquina, ao passo que o material mais leve flui no sentido descendente até o fundo. Partículas intermediárias ficam situadas entre esses dois extremos e podem ser divididas em várias frações, dependendo do grau de separação necessário (SILVA et al., 1995).

Esse tipo de separação é conhecido como separação múltipla de densidade, e a máquina que funciona segundo esses princípios é conhecida como separador por gravidade ou mesa densimétrica.

*Propriedades aerodinâmicas*

As características aerodinâmicas de qualquer partícula dependem de sua forma, dimensões, estado e posição em relação à corrente de ar e à composição do ar.

Aspiração ou separação pela corrente de ar ascendente é utilizada para a separação de poeira, palha, folhas e outras partículas leves do grão. A separação se baseia nas propriedades aerodinâmicas das diferentes partes do material introduzido na máquina. O sistema de separação de ar pode atuar horizontalmente ou verticalmente, apesar de o sistema vertical ser mais eficiente.

Os sistemas de aspiração são desenvolvidos para haver a circulação do ar na máquina sem que ocorra a liberação para o meio ambiente. Na maioria das máquinas de limpeza, a aspiração é aplicada em uma combinação com outros métodos (POSNER e HIBBS, 1997).

*Fricção, elasticidade, textura e dureza da superfície dos grãos*

As impurezas que passam por todos os estágios de separação sem serem removidas ou que têm dimensões e pesos específicos similares aos dos grãos de trigo são separadas após sua quebra por meio de máquinas específicas, nas quais se faz a fricção entre os grãos ou a fricção e o impacto contra várias superfícies de operação da máquina. Associado a essa operação existe o separador pneumático.

*Fragilidade ao impacto*

A fragilidade da partícula quando sujeita a uma força de impacto, esmagamento ou atrito é uma característica considerada na separação do trigo para a moagem. Algumas impurezas e grãos infectados por insetos podem quebrar no impacto, e as partículas pequenas são removidas por aspiração ou peneiramento (POSNER e HIBBS, 1997)

*Propriedades eletrostáticas*

As forças eletrostáticas produzidas entre um campo elétrico gerado no interior do equipamento e as partículas carregadas eletricamente causam um movimento entre elas, que pode ser utilizado no processo de separação (POSNER e HIBBS, 1997).

As propriedades da partícula determinam a negatividade ou a positividade de carga, assim como a condutividade elétrica e a constante dielétrica. Quando as partículas carregadas passam através do campo elétrico, criado por dois polos, as partículas são atraídas para o polo de carga oposta ou repelidas pelo polo de mesma carga, efetuando a separação das impurezas presentes nos grãos de trigo.

O produto a ser processado com essa propriedade deve estar isento de poeira e apresentar baixo teor de umidade (POSNER e HIBBS, 1997).

*Diferença de coloração*

Na indústria de moagem do trigo, a diferença de coloração é utilizada para separar grãos escuros quando o trigo se destina à fabricação de flocos e outros cereais matinais. O seletor de cor, que tem capacidade limitada, é utilizado para tratar pequenas frações de trigo (POSNER e HIBBS, 1997).

Os grãos são separados por diferenças de coloração utilizando sensores eletrônicos, que consistem em um sistema de células fotoelétricas que mudam suas características elétricas de acordo com a intensidade luminosa emitida pelos grãos (POSNER e HIBBS, 1997; SILVA et al., 1995).

## Condicionamento

Denomina-se condicionamento a adição ou retirada de água, seguida de um período de repouso dos grãos. O principal objetivo do condicionamento de grãos é obter uma separação eficiente do farelo e do endosperma na moagem. O condicionamento garante um alto rendimento de farinha, com mínimo teor de cinzas. Três fatores básicos afetam essa operação: teor de umidade, temperatura e tempo de tratamento. A umidade do grão é, provavelmente, o mais importante desses três fatores; seu efeito na moagem e nas propriedades de panificação é bem conhecido (AMORIM, 2007).

Em geral, o teor de umidade dos grãos de trigo comercializados situa-se em torno de 13%, fazendo-se necessária a adição de água para que ele atinja o teor de umidade ideal para a moagem (14-17%) em função da dureza do grão. Diferenças no teor de umidade entre partes constituintes dos grãos podem resultar na obtenção de farinhas de cores indesejáveis e/ou em diminuição da taxa de extração (POSNER e HIBBS, 1997).

A quantidade de água adicionada depende do teor de umidade inicial do trigo e da umidade relativa do meio ambiente. Os grãos umidificadores são colocados em repouso para que a água atinja todas as suas partes constituintes (HOSENEY,1994).

Essa operação é a única dentre as operações de moagem onde podem ocorrer modificações físicas e químicas nos grãos de trigo. Seu objetivo é fazer todos os grãos condicionados adquirirem as mesmas propriedades físicas (POSNER e HIBBS, 1997). A absorção de água pelos grãos não é uniforme e conduz à formação de partículas grandes durante a moagem. Segundo Amorim (2007), o aumento de 20 para 43,5 °C na temperatura reduz o período de acondicionamento em cerca de 1 hora.

O condicionamento, apesar de poder se completar em até 36 horas, também pode ser realizado em 3 horas (POSNER e HIBBS, 1997). O tempo necessário para que a água atinja todas as partes constituintes do grão varia de 6 horas para trigos moles a 24 horas para trigos duros.

Esse processo é finalizado quando o pericarpo e o endosperma apresentam quase a mesma proporção de água (RESTIVO, 2001).

O termo "condicionamento" indica o uso de temperatura em conjunto com a água. A penetração da água no grão, essencialmente realizada por difusão, pode ser acelerada com o aumento da temperatura. Entretanto, o glúten pode ser danificado por esse aumento, especialmente quando o grão está hidratado. Temperaturas acima de 50 °C devem ser evitadas. Na Europa, temperaturas altas são ocasionalmente utilizadas, não somente para acelerar o incremento de água mas também para alterar as propriedades do glúten (HOSENEY, 1997).

## Moagem

Denomina-se moagem de trigo o processo de retirada do endosperma ou farinha do grão de trigo.

O processo de moagem é constituído de duas etapas: quebra e redução (POMERANZ, 1994).

Os rolos podem ser arranjados em grupos de dois, três ou quatro unidades. O par de rolos pode ser montado tanto horizontal quanto verticalmente. O uso de apenas dois rolos dá uma única passagem ao grão, o arranjo triplo pode dar duas passagens nos grãos, e assim sucessivamente. O arranjo mais usado nos moinhos é constituído de dois pares de rolos dispostos horizontalmente, na diagonal. Para que a moagem apresente homogeneidade e alto rendimento, é necessário que os grãos sejam distribuídos uniformemente sobre todo o comprimento do rolo.

### Rolos de quebra

O objetivo desse sistema, como sugerido pelo próprio nome, é a quebra dos grãos, a remoção do endosperma do germe e do farelo, com o mínimo de contaminação (POSNER e HIBBS, 1997). Cada conjunto é composto por um par de rolos, geralmente com 25,4 cm de diâmetro por 101,6 cm de comprimento, dispostos paralelamente. O espaço entre os rolos pode ser ajustado de acordo com a precisão desejada na moagem.

Os rolos giram em sentidos opostos, com velocidades distintas. O rolo mais rápido gira a 550 rpm, enquanto o mais lento gira a 220 rpm, com um diferencial de velocidade de 2,5:1. Os rolos de quebra são corrugados em toda a sua extensão (AMORIM, 2007).

O formato da corrugação pode variar, sendo caracterizado pelo ângulo de inclinação e pelo raio do círculo na extremidade e na base da corrugação. Assim como o número de corrugações: de 10 a 12 corrugações por polegada na primeira quebra, chegando a 28-32 corrugações por polegada na quarta ou quinta quebra (HOSENEY, 1994).

O sistema de quebra é constituído por quatro ou cinco passagens pelos seus rolos, seguidas da separação por peneiras (*plansifters*), onde as partículas menores constituem a farinha, e as partículas maiores serão encaminhadas para a etapa seguinte (HOSENEY, 1994).

### Rolos de redução

Após a separação nos *plansifters*, a próxima etapa é a redução do tamanho das partículas do endosperma para a produção dos vários tipos de farinhas predeterminados pelo moinho. Os rolos de redução são similares aos de quebra, com algumas características próprias. Esses rolos também giram em sentido contrário e em velocidades diferentes, mas a velocidade diferencial entre os rolos varia entre 1,25 e 1,5:1, e são lisos (AMORIM, 2007).

O sistema de redução afeta a qualidade do produto final por meio da compressão e desintegração da matriz proteica do endosperma, produzindo grânulos de amido danificado, cujo excesso na farinha é indesejável (KULP e PONTE JR., 2000).

## Classificação

O termo peneiramento refere-se à classificação das partículas dos produtos da moagem por tamanho. Nos moinhos, o peneiramento ocorre após o final de cada quebra e cada redução, classificando o material para a etapa seguinte. É efetuado pelo movimento das peneiras, por meio do qual as partículas menores que o diâmetro de suas aberturas passam sob a ação da gravidade. A passagem pelas aberturas das peneiras pode ser realizada sob pressão por um batedor rotativo ou por uma corrente de ar.

Posner e Hibbs (1997) citam seis fatores como os responsáveis pela separação da farinha:

1. *A direção do movimento da peneira*: o sistema de peneiramento mais utilizado pelos moinhos é um conjunto de peneiras quadradas contendo até trinta unidades, sobrepostas em seções, vibrando horizontalmente.
2. *A velocidade do material em relação à superfície da peneira*: com o aumento gradual da frequência de vibração horizontal das peneiras, determina-se a velocidade crítica de separação das partículas quando cessa o processo de separação. Normalmente a velocidade utilizada no peneiramento é de 1,25 a 1,75% da velocidade crítica.
3. *O tamanho da abertura da peneira*: o tamanho da abertura do diâmetro da peneira é um fator importante para separar as partículas da farinha com o diâmetro desejado. Esse tamanho pode variar de acordo com a tela utilizada e com o número de *mesh* (isto é, o número de furos por polegada linear da peneira).
4. *A superfície das peneiras*: a velocidade e a área de peneiramento afetam a granulometria das frações separadas. O tempo de peneiramento depende do número de peneiras em que o material precisa passar e da área destas.
5. *O volume de material a ser peneirado*: o volume a ser peneirado influencia na eficiência das peneiras; esse volume de material deve mínimo e suficiente para cobrir a área total das peneiras.
6. *A granulometria e a forma da partícula*: um peneiramento eficiente depende da relação entre a média do tamanho da partícula e do tamanho da abertura da peneira; essa relação sendo 1:1 torna o processo inviável, mas quando temos uma relação de 4 ou 5:1 torna o processo altamente eficiente.

O peneiramento da farinha proveniente dos trigos-moles é mais difícil que a farinha derivada do trigo-duro. Esse fato parece ser incoerente, mas a farinha proveniente do trigo-mole contém partículas menores, que interagem entre si, formando aglomerados de partículas com diâmetros maiores que os das passagens das peneiras, dificultando assim o peneiramento (HOSENEY, 1994).

## CLASSIFICAÇÃO DAS FARINHAS

Após a passagem da farinha pelo peneiramento, podemos classificá-las de várias maneiras. Segundo Sousa (1995), são utilizadas denominações como *farinha de extrato*, obtida com a extração de 30% pela moagem de sêmola, com mínimo teor de proteínas e elevado de amido, usada para produtos especiais; *farinha de pão branco*, resultante da extração de 65% no máximo, conhecida também por farinha 000, usada para pães brancos, biscoitos e massas; *farinha escura para pão branco*, proveniente da extração de 75%, também designada de farinha 00; *farinhas inferiores*, provenientes da extração de 75 a 80%, usadas para pães integrais, de centeio e rações animais; *trigo triturado ou farinha integral*, que usa a totalidade do grão, perfeitamente limpo, que pode ser grossa, média e fina.

A legislação brasileira (BRASIL, 1996) classifica a farinha de acordo com o seu uso: doméstico e industrial. Dentro dessa classificação há uma subclassificação que se baseia no teor de cinzas e na granulometria da farinha.

## REFERÊNCIAS

ABITRIGO. Associação Brasileira da Indústria do Trigo. Disponível em: http://www.abitrigo.com.br/. Acesso em: 13 jan. 2020.

AMORIM, M. V. F. S. *Desenvolvimento de um novo processo de limpeza e condicionamento de grãos de trigo*. Dissertação (Mestrado em Tecnologia de Alimentos) – Universidade Federal do Ceará. Fortaleza, p. 68. 2007.

BRASIL. Ministério da Agricultura, Pecuária e Abastecimento. *Instrução Normativa n. 38, de 30 de novembro de 2010*. Regulamento Técnico do Trigo. *Diário Oficial [da] República Federativa do Brasil*, Brasília, DF, 1º dez. 2010. Seção 1.

BRASIL. *Portaria n. 354, de 18 de julho de 1996*. Ministério da Saúde, Secretaria de Vigilância Sanitária, julho de 1996.

DALL'AGNOL, A. A produção atual de grãos é suficiente para alimentar todo o planeta. *Blog da Embrapa Soja*. Disponível em: https://blogs.canalrural.com.br/embrapasoja/2018/08/14/producao-e-consumo-global-de-alimentos/. Acesso em: 13 jan. 2020.

FAO. Food and Agriculture Organization of the United Nations. *World Food and Agriculture*: statistical pocketbook 2019. Rome.

GRANOTEC do Brasil. *Tecnologia de biscoitos, qualidade de farinhas e funções dos ingredientes*. Curitiba, Apostila do curso. 2000.

HOSENEY, R. C. *Principles of cereal*: science and technology. 2.ed. St. Paul, AACC, 1994.

KULP, K.; PONTE JR., J. G. *Handbook of cereal science and technology*. New York, Marcel Dekker, Inc., 2000.

PANORAMA SETORIAL: Indústria do trigo: Paraná 2016. Federação das Indústrias do Estado do Paraná e Sindicato da Indústria do Trigo no Estado do Paraná. Curitiba, Fiep, 2016.

POMERANZ, Y.; MELOAN, E. C. *Food analysis:* theory and practice. 3.ed. New York, Chapman and Hall, 1994.

POSNER, E. S.; HIBBS, A. N. *Wheat flour milling.* St. Paul, AACC, 1997.

RESTIVO, G. Note pratiche sul condizionamento del grano: generic notes on wheat conditioning. *Tecnica Molitoria,* v. 52, n. 9, p. 889-901, settembre 2001.

SENAICE/CERTREM, v. 1, v. 2 (parte), v. 5 il. (Manual de Tecnologia de Moagem 5), 2005.

SILVA, J. S.; AFONSO, A. D. L.; GUIMARÃES, A. C. Beneficiamento de grãos. *In*: SILVA, J. S. (org.). *Pré-processamento de produtos agrícolas.* Juiz de Fora, IM, 1995. v. 1, cap. 13, p. 307-323.

SOUSA, J. *Enciclopédia agrícola brasileira.* São Paulo, Edusp, 1995.

UFRGS. Universidade Federal do Rio Grande do Sul. *Fluxograma de farinha de trigo.* Disponível em: http://www.ufrgs.br/Alimentus/feira/prcerea/farinha_tr/processamentop.htm. Acesso em: 13 jan. 2020.

VIALÁNES, J. P. *Manual de tecnologia de moagem.* 2. reimp. Fortaleza: SENAI-CE/CERTREM, v. 1, v. 2 (parte), v. 5 il. (*Manual de Tecnologia de Moagem* 5). 604 p., 2005.

# Capítulo 4

# Processos químicos nos pães

*Vinícius Val Gonçalves Cordeiro Fernandes*
*Danilo Minelli da Costa*

## INTRODUÇÃO

Todos os processos pertencentes à panificação são dependentes ou diretamente relacionados a reações químicas. Neste capítulo abordaremos as principais reações envolvidas na produção de um pão e explicaremos quais são os agentes responsáveis por elas.

## FORMAÇÃO DE GLÚTEN

Para melhor compreensão do processo de formação de glúten, é necessário ressaltar inicialmente as particularidades do trigo. Esse vegetal apresenta propriedades exclusivas, pois nenhuma outra proteína cereal possui capacidades viscoelásticas após ser hidratada e sofrer ação mecânica. A farinha de trigo possui em sua composição proteínas solúveis (albumina e globulina) e insolúveis (gluteninas; gliadina) em água. Dentro da formulação da farinha de trigo, um sexto da proteína presente é solúvel. Sendo assim, podemos afirmar que, de 12% de proteínas totais, apenas 10% são responsáveis pela formação de glúten. De acordo com Cauvain (2009, p. 323-4), as gliadinas e as gluteninas estão presentes nas sementes de trigo, pois agem como nutrientes na germinação. Sua presença funciona como bloco fundamental no processo de crescimento de uma planta saudável. Entre suas características, a gliadina é responsável tanto pelo aumento de volume do pão quanto por sua redução (extensibilidade); as soluções concentradas de gliadina têm por característica a alta viscosidade e a baixa elasticidade. Diferentemente da gliadina, a glutenina, se hidratada, possui características elásticas semelhantes a um tipo de borracha e tem baixa viscosidade.

Juntas, ambas as proteínas insolúveis, quando em contato com alguma fonte de hidratação somada à ação mecânica, desenvolvem uma rede entrelaçada proteica conhecida como rede de glúten. Apesar de serem necessárias pesquisas mais aprofundadas para sua compreensão total, é possível afirmar que o processo de mistura da massa efetua a quebra da glutenina, e esta, por sua vez, acaba por se rearranjar posteriormente quando em repouso (primeira fermentação ou descanso de mesa).

Quanto maior a quantidade de glutenina presente na farinha de trigo utilizada, maior deverá ser a energia (batimento) imposta para que ela seja desenvolvida, decomposta e rearranjada novamente.

Nesse processo, é predominante a formação de ligações dissulfídicas, que ocorrem nos níveis intra e intermolecular, ligando os polímeros da glutenina aos monômeros da gliadina. Tal montagem concretiza de forma físico-química o resultado da formação da rede de glúten.

A rede proteica desenvolvida será responsável pelo armazenamento de dióxido de carbono oriundo do processo fermentativo e também pela estruturação da massa, usufruindo das características da extensibilidade e da elasticidade adquiridas por meio das proteínas presentes.

Vale ressaltar a atuação e as possíveis influências de outros ingredientes ou agentes químicos que, quando somados à massa, tendem a alterar suas características.

## FUNÇÃO DO SAL

O sal é caracterizado por compostos iônicos com diferenças entre cátions de $H^+$ e ânion de $(OH)^-$, comumente encontrado na formulação NaCl (cloreto de sódio), que apresenta um átomo de cloro somado a um átomo de sódio, conhecido como sal de cozinha.

Todo sal pode ser obtido da união entre ácidos e bases, que resulta em dois componentes distintos de água e sal; o último, quando obtido, pode ser solúvel em meio hídrico e, por ser um composto iônico, tende a liberar íons nesse processo.

No processo de formação da massa existem ligações dissulfídicas ocorrendo em paralelo a outras ligações que contribuem para o desenvolvimento parcial ou completo da massa. Estas recebem o nome de ligações de hidrogênio, que resultam no enfraquecimento da massa, enquanto as ligações de íons de cloreto metálico (cloreto de sódio) tendem a aumentar a tensão do glúten ali desenvolvido, além de ocasionar o processo de oxidação intensa (branqueamento) do miolo.

O cloreto de sódio também é responsável pelo processo de realce de sabor da massa devido a sua carga iônica. Quando em contato com a saliva e as papilas gustativas presentes na língua, tende a estimular os receptores de sal; estes, por sua vez, enviam informações ao cérebro indicando que está sendo consumida uma massa salgada e proporcionando uma sensação agradável.

Por ser um agente higroscópico, o fortalecimento da rede de glúten ocorre a partir da total incorporação do sal à massa, pois os íons de sódio ($Na^+$) e cloreto ($Cl^-$) tendem a aproximar as proteínas pelo processo de extração de água confinada pela gliadina e pela dissolução desta em todo o meio presente, tornando, assim, a massa mais forte e resistente e menos viscosa.

O sal exerce diversas funções dentro de uma massa. Além de auxiliar no desenvolvimento e no fortalecimento da rede de glúten, auxiliando também no controle fermentativo em consequência de sua ação bactericida natural, por ser um agente higroscópico, mantém o equilíbrio hídrico do meio por intermédio do processo osmótico, por conta dele prolongando a durabilidade do produto final (SUAS, 2012).

## ÁCIDO ASCÓRBICO E ÁCIDO ACÉTICO

De acordo com Cauvain e Young (2009, p. 90 e 371), após a proibição do agente oxidante bromato de potássio, pelo fato de ser um oxidante muito potente em comparação com o permanganato de potássio e altamente cancerígeno, o uso do ácido ascórbico foi implantado ao redor do mundo.

O ácido ascórbico, comumente conhecido como vitamina C, exerce o papel de agente redutor e é bastante utilizado como melhorador oxidante. Todo o oxigênio incorporado à massa pelo processo de batimento em contato com o ácido ascórbico transforma-o em ácido deidroascórbico e auxilia no desempenho da farinha ao reduzir sua extensibilidade e aumentar sua elasticidade, proporcionando assim melhor formato nos processos de modelagem, fermentativos e finalizados. Deve ser inserido em pequenas quantidades para que não altere significativamente a estrutura e o desenvolvimento fermentativo da massa.

O ácido acético já possui propriedades fúngicas inferiores aos agentes fúngicos, como ácido propiônico e propionato de cálcio, e tendem a retardar a atividade fermentativa, prolongando a fermentação. Porém, se utilizado em alta quantidade, tende a desnaturar a proteína glutenina devido a sua solubilidade em soluções ácidas diluídas.

## GELATINIZAÇÃO DO AMIDO

Segundo Fennema (2010, p. 328), dentre os seis grupos de componentes presentes na farinha, há um grupo distinto denominado amido. O amido está presente em maior quantidade na farinha, constituindo 60-65% em uma farinha panificável. Possui umidade entre 12 e 14% e, por ser considerado um polímero natural (polissacarídeo) formado pela união de moléculas de glicose, contém 23% de amilose e 73% de amilopectina.

O amido presente encontra-se no formato de grânulos e apresenta alto grau de cristalinidade. Em sua forma mais intacta, recebe o nome de amido intacto e apresenta formato semelhante a um hexágono, contendo seis áreas livres de contato, enquanto o outro, conhecido como amido danificado, tem formato semelhante a uma cruz de malta, contendo doze áreas livres de contato e possuindo um poder de absorção de água muito maior, tanto quanto sua velocidade de absorção, que é quatro vezes maior em comparação ao amido intacto, podendo alterar características finais durante o processo fermentativo.

Tais grânulos são inertes durante o processo de mistura e batimento simples e tendem a afetar a elasticidade final com sua presença.

O processo de gelatinização do amido inicia-se quando seus grânulos absorvem a água livre presente na massa sem que ainda ocorra o rompimento de sua zona cristalina (micelas). Quando a massa é exposta a temperaturas superiores a 60 °C, as moléculas de amido entram em maior estado de agitação, rompendo assim as pontes de hidrogênio presentes e dando acesso à água em suas zonas cristalinas. A prolongada exposição ao calor resulta em total rompimento dessas zonas, eliminando a natural birrefringência da molécula de amido e tornando-a totalmente transparente (CAUVAIN e YOUNG, 2009, p. 298). A esse processo dá-se o nome de gelatinização do amido.

Quando não há mais água disponível necessária para que o processo de gelatinização aconteça, ocorre o equilíbrio hídrico do meio por meio da transferência entre a membrana proteica e o amido durante seu processo completo de assamento. Existe a possibilidade de a gelatinização completa sofrer alterações finais tanto devido ao processo de moagem do trigo, que poderia vir a danificar mais o amido presente, quanto pela atividade enzimática presente durante todo o processo.

É possível afirmar que as mudanças sofridas pelos polímeros amiláceos no decorrer de todo o processo prévio e posterior ao assamento determinam diretamente a estrutura e as qualidades organolépticas do pão, podendo ou não retardar o processo de perda de umidade durante seu envelhecimento. Independentemente de estar hermeticamente fechado ou não, o pão tende a envelhecer, estado que pode ser revertido no momento em que o pão sofre reaquecimento entre 60 e 90 °C, devido ao processo de gelatinização do amido.

Após o processo de assamento da massa, inicia-se o de resfriamento, no qual os polímeros perdem a mobilidade à medida que o miolo recém-assado começa a esfriar e a aumentar sua viscosidade, refletindo diretamente em toda e qualquer propriedade e característica texturais devido à quantidade e à concentração de polímeros amiláceos e à temperatura atingida durante o processo completo de assamento.

Os grânulos amiláceos, após o processo final de assamento e resfriamento, começam finalmente a ganhar as características desejadas para uma massa de pão, variando do estado gelatinizado a um estado de perda de ordem devido à variação de suor emitido principalmente pela amilose, adquirindo assim uma característica física de borracha; a amilopectina adquire a mesma característica, sendo porém flexível.

Em teor de água superior a 30% começam a sofrer o processo conhecido como retrogradação do amido, definido pela recristalização da amilopectina durante o envelhecimento, no qual as moléculas previamente gelatinizadas se reassociam, formando novamente uma estrutura cristalina, em um processo muito acelerado; a firmeza do miolo do pão envolve a perda de umidade do glúten com relação ao amido.

## REAÇÕES NO PROCESSO DE ASSAR

Previamente ao assamento dos pães, temos ligações diretas com todo o processo fermentativo que influenciam diretamente o resultado final desejado. A estruturação do miolo se deve a todo o conteúdo da massa central, que se mantém isolada de qualquer mudança de temperatura durante os primeiros instantes no forno, mantendo assim um tempo fermentativo maior, tal como sua produção de gás em relação à camada externa, que mantém contato direto com calor. Após a formação de casca e o aquecimento do miolo, cria-se uma barreira física que impede sua expansão; esse processo pode ser notado em massas assadas em formas, que constituem barreiras naturais, obrigando a massa a se expandir até determinado tamanho e criando finas camadas de miolo comprimidas. Estas sofrem pequenas perdas de estrutura que cessam ao término da expansão central do miolo, finalizando assim a estrutura de miolo adequada. No caso de massas que não são assadas em formas, a expansão do miolo se faz até a estrutura externa (casca) se formar por completo, gerando microbolhas de gás originárias no processo fermentativo que são armazenadas pela rede de glúten estruturada e permanecem intactas devido ao assamento e à condução direta de calor através da casca.

Durante o assamento do pão, segundo abordado por Cauvain e Young (2009, p. 161 e 297), ocorre o processo de gelatinização do amido. Conforme acompanhamos anteriormente e em paralelo, ações enzimáticas e estruturações físico-químicas começam a acontecer. A atividade da alfa-amilase (CAUVAIN e YOUNG, 2009, p. 72) presente na farinha começa a cessar a partir de 70 °C e chega a sua total destruição aos 85 °C, restringindo o volume do pão devido ao enrijecimento prematuro dos grânulos de amido e podendo sofrer ação direta e indireta dos períodos de colheita do trigo.

A qualidade de estruturação inicial e final da massa deve ser acompanhada pelo profissional envolvido, tendo em mente que um dos processos finais do assamento consiste em manter a temperatura interna de miolo entre 92 e 95 °C em seu epicentro, obtendo assim uma estrutura adequadamente enrijecida e pronta para o processo de resfriamento.

A formação de casca e seu brilho são aspectos resultantes de processos e características específicas de determinadas massas, mas que devem ser alcançadas e entendidas pelo profissional que as manuseia. A casca é responsável por alguns resultados, principalmente pela resistência do pão mas também pela complexidade do sabor pelo seu processo de caramelização, de que iremos tratar posteriormente. Sua espessura define as características finais do produto. Diferentemente do miolo, a casca compreende ações físicas que permitem a condensação e a solidificação prematuras no estágio inicial de assamento, conferindo-lhe características de brilho devido à evaporação rápida e contínua por conta da condução direta da temperatura. Essa evaporação permite que atinja o ponto de ebulição de todo líquido livre que ainda se faz presente (100 °C), acelerando todo e qualquer processo de perda de umidade e forçando, assim, a formação de casca e a perda de peso. Após formada uma fina camada, conhecida por linha de frente da evaporação (camada mais externa da casca), parte da água que não se evapora se movimenta pelo interior da célula, condensando-se em suas extremidades frias de forma a transmitir seu calor latente previamente à difusão pela parede celular e à evaporação pela extremidade quente.

No caso de massas assadas em formas, o vapor pode não conseguir transcender a camada de massa e a forma, formando bolsões de pressão e permitindo, assim, que a massa apresente partes descoradas resultantes do processo de assamento. Isso demonstra que, durante esse processo, a massa em questão não teve contato com a forma em tempo ideal para adquirir sua coloração normal de pós-assamento.

Entre os processos descritos quimicamente por Cauvain e Young (2009, p. 165), o brilho resultante nas cascas de massas e pães assados é proveniente dos primeiros segundos cruciais de assamento, pois, diante da exposição a altos níveis de radiação e convecção, sua temperatura tende a subir com muita rapidez; para obter o brilho ideal é necessário que o vapor seja condensado sobre toda a extensão de superfície da massa a fim de interagir com o amido ali presente, criando uma fina pasta que formará dextrinas após a gelatinização e finalizará no processo de caramelização, que concede brilho e cor ao produto final. Para que o resultado ideal seja atingido são necessárias algumas condições, tais como não exceder o processo e o tempo fermentativo e a gelatinização da pasta externa ocorrer antes da gelatinização interna, além de uma temperatura mínima de forno de aproximadamente 77 °C.

Outro ponto não menos importante durante o processo de assamento é a expansão do pão durante o forneamento, também conhecida por salto de forno. Essa característica está ligada diretamente ao ponto fermentativo ideal da massa, que tem ligação direta com a quantidade de açúcares fermentáveis ainda não consumidos pelas leveduras presentes na massa.

Um fator relevante para que o salto de forno ocorra de forma correta é perceptível em processos prévios de pré-modelagem e modelagem final da massa, quando a estruturação somada ao correto fechamento de massa promoverá o aprisionamento de dióxido de carbono, resultando no fato de que, no momento de submissão à temperatura e ao calor de cocção, a massa tenha uma capacidade maior de expansão. No caso de pães que apresentam cortes e incisões, o resultado é a exposição da camada interior da massa, tendo contato direto com o calor, acelerando qualquer processo fermentativo residual do meio e resultando em um salto maior de forno. Além de permitir o direcionamento do crescimento de expansão, possibilita que a casca formada se rompa e crie um espaço para que haja continuidade no processo expansivo devido à não gelatinização completa do amido em seu epicentro.

## REAÇÃO DE MAILLARD

Conforme detalhado por Coffman (1967, p. 186), todos os alimentos com composição rica em carboidratos sofrem reações frequentes quando expostos ao calor. São elas a reação de Maillard e a caramelização. Louis Camille Maillard foi um médico e químico francês que ganhou destaque por descrever e pesquisar a fundo toda a rede de síntese proteica e que acabou por explicar que, quando se expõe um alimento complexo a uma fonte de calor, ocorre a degradação do carboidrato, que resulta em compostos de coloração escura denominados melanoidinas, somados a componentes voláteis responsáveis pelo aroma característico. Essa reação é muito comum no caso dos pães, devido aos sabores e cores representantes do produto.

Tal reação é caracterizada pelo envolvimento dos aminoácidos presentes com as proteínas e açúcares do meio, quando este é aquecido. O grupo de carbonilas presentes nos carboidratos interage diretamente com os grupos de aminos presentes em aminoácidos e principalmente em proteínas e, após inúmeras etapas e interações, resulta na produção de melanoidinas (combinação entre açúcar e aminoácidos) em temperaturas superiores a 100 °C.

A reação de Maillard difere completamente das reações e processos conhecidos como tostamento ou tosta e caramelização. No processo de tosta ocorrem desidratações térmicas pelo carboidrato; na caramelização há a desidratação seguida da condensação e da polimerização do carboidrato. Nenhuma das duas envolve qualquer espécie de proteína.

O tipo de açúcar presente interfere diretamente na velocidade de reação, sendo apresentadas em maior quantidade a glicose, a frutose e a maltose. Além dos diferentes açúcares presentes, os tipos de aminoácidos também interferem; no caso do pão, temos a cisteína em maior quantidade.

Para o consumo dos pães, é esperado que tal reação ocorra de forma gradual a fim de garantir maior segurança microbiológica, por exemplo, com a inativação de enzimas específicas e a total degradação de substâncias tóxicas indesejadas que possam estar presentes, decorrentes de algum processo físico-químico da produção e desenvolvimento da massa. Pode, assim, auxiliar diretamente na textura, no visual e no tempo de durabilidade final do produto.

## REFERÊNCIAS

CAUVAIN, Stanley P.; YOUNG, Linda S. *Tecnologia da panificação*. Barueri, Manole, 2009.
COFFMAN, J. R. Bread flavor. In: SYMPOSIUM ON FOODS. *The chemistry and physiology of flavors*. Westport, Connecticut, The Avi Plublishing Company, 1967.
DAMODARAN, S.; PARKIN, K. L.; FENNEMA, O. *Química de alimentos de Fennema*. Brasil, Artmed, 2010.

# Capítulo 5

# Fermentação na panificação

*Andreia Maria Pacher*
*Cacilda Vera Vogel*
*Eder da Costa Gonçalves*

## INTRODUÇÃO

A arte de produzir pães é muito antiga e conhecida em todo o mundo. O pão é um alimento muito comum na mesa de todos os povos, com características e formas diferentes dependendo da etnia, pois os hábitos culturais influenciaram diretamente na formulação e no processamento de vários tipos de pães. Os aspectos históricos da humanidade contemplam a grande importância do pão para a formação da nossa sociedade.

Há milhares de anos esse alimento era produzido de forma muito rudimentar, com grãos selvagens triturados entre pedras e misturados com água para formar um tipo de massa. Sua cocção se dava sobre pedras aquecidas ou coberto por brasas (SALES, 2010).

Séculos mais tarde, por volta de 3000 a.C., os egípcios teriam misturado água e farinha, deixaram essa mistura descansando tampada por várias horas e, depois de assar a massa, perceberam que havia se tornado mais esponjosa e macia. Segundo Sebess (2010, p. 22), "foi assim que apareceram os primeiros pães crescidos e as primeiras fermentações".

O pão foi se tornando um alimento cada vez mais presente na alimentação diária da população. Percebe-se que, com o passar dos séculos, também foram evoluindo os processos envolvidos em sua produção. O uso das técnicas corretas nas etapas de produção dos pães é de suma importância para se obter um produto de qualidade.

Uma das etapas do método de fabricação de pães é a fermentação, que, segundo Aplevicz [201-], consiste basicamente no crescimento da massa com a produção de gás carbônico. Pode-se dizer que é uma das etapas mais importantes do processo de preparo de pães.

Nesse contexto, considerando as técnicas e processos que envolvem a produção de pães, este capítulo aborda assuntos referentes à fermentação na panificação, suas características, métodos e técnicas de preparo.

## FERMENTAÇÃO NA PANIFICAÇÃO

A palavra fermentação, segundo Katz (2014) deriva do latim *fervere*, que significa ferver. Mesmo que tecnicamente as preparações que estão sendo fermentadas não fervam da maneira como conhecemos o verbo "ferver" atualmente, essa relação se dá em decorrência da produção de bolhas que resultam tanto do calor quanto da fermentação.

A fermentação é a transformação química responsável pela produção de inúmeros produtos que consumimos diariamente, como queijos, iogurtes, vinhos, cervejas, pães, entre outros. De acordo com Katz (2014, p. 31), "a fermentação é a transformação de alimentos pelas enzimas produzidas por várias bactérias e fungos". Nesse sentido, Suas (2012, p. 82) define que "a fermentação está ligada à transformação do conjunto de moléculas em substâncias orgânicas sob o efeito de fungos (levedura e mofos) e bactérias".

Dependendo dos tipos de microrganismos que a produzem, podemos ter como resultado diferentes classes de fermentação, entre elas a acética, a láctica e a alcoólica. A fermentação acética é utilizada principalmente na fabricação de vinagres; a fermentação láctica é usada para produzir queijos, iogurtes, entre outros, e a fermentação alcoólica é utilizada principalmente para produzir álcool, cerveja, vinho e pão (DUQUE, 2018).

> Na panificação a fermentação ocorre quando alguns dos açúcares ou glicídios (o grupo de carboidratos que inclui açúcares, amidos, celulose e muitos componentes encontrados em organismos vivos) naturalmente presentes na farinha são convertidos em álcool e dióxido de carbono ($CO_2$), sob o efeito de fungos e bactérias produzidos pela indústria ou de forma natural (SUAS, 2012, p. 82).

Canella-Rawls (2006) e Gisslen (2011) explicam que a farinha tem em sua composição duas proteínas, a gliadina e a glutenina, responsáveis pelo desenvolvimento do glúten, que é obtido por meio da mistura de um líquido, geralmente água, à farinha, que hidrata e liga os componentes desta e forma cadeias longas de proteína. Essas cadeias se formam durante os processos de mistura e sova, estendendo-se e se entrelaçando até evoluir para uma substância elástica, denominada estrutura de glúten.

Essas proteínas são necessárias durante o processo de fabricação de pães, pois o glúten tem a habilidade de esticar-se e aprisionar as bolhas de gás que farão o pão crescer. Kayser (2015, p. 24) complementa afirmando que "a capacidade de a massa reter o gás e, portanto, inflar e crescer, deve-se à capacidade das proteínas do trigo (o glúten) de formarem, durante a sova, uma rede contínua e elástica". Esses gases resultam do processo de fermentação. Canella-Rawls (2006, p. 16) afirma que:

> A combinação simples de fermento + farinha + líquido resulta em uma massa esbranquiçada e pegajosa. No interior desta mistura, as moléculas se movem e ocorre a fermentação. Algumas enzimas do fermento atacam o amido da farinha, quebrando-o em glicose. Outras enzimas transformam moléculas de glicose em gás carbônico e etanol. O gás se expande na mistura, causando o crescimento da massa e suas decorrentes características de porosidade, odor, etc.

O crescimento da massa é causado pelo dióxido de carbono, e o álcool produzido nessa etapa evapora durante a cocção.

> Milhares de pequenas bolhas, cada uma cercada por uma fina película de glúten, formarão células dentro da massa. E o crescimento da massa ocorre exatamente quando essas pequenas células são preenchidas com gás (CANELLA-RAWLS, 2006, p. 47).

No miolo, a parte interna dos pães, é possível visualizar bolhas de ar. São elas que proporcionam porosidade à massa. As bolhas de ar são muito importantes no processo de fermentação, pois os gases liberados pelos fermentadores se inserem na parte interna dessas bolhas. Durante o processo de cocção do pão esses gases e as películas se expandem e, devido ao calor, tornam-se firmes, dando estrutura ao produto final. É importante ressaltar, porém, que durante o processo de cocção não acontece o desenvolvimento de novas bolhas de ar; todas elas são formadas durante os processos de mistura, sova e descanso (CANELLA--RAWLS, 2006; GISSLEN, 2011).

> Para obter um pão volumoso com grandes alvéolos irregulares no miolo e uma fermentação de qualidade é necessário que a farinha tenha a capacidade de fornecer a levedura e os açúcares preexistentes na massa, o amido e as enzimas que em contato com a água alimentam-se sob certa temperatura e pH. Durante o ciclo da fabricação do pão, esses elementos são essenciais

para a fermentação como etapa característica para o desprendimento do gás carbônico (BROCHOIRE, 2004, p. 92, tradução nossa).

Outro efeito que a fermentação proporciona à massa é a acidez, pois a produção de ácidos orgânicos diminui seu pH. A acidez retarda o processo de envelhecimento, aumentando a durabilidade do produto. A produção do aroma também resulta da fermentação. "Alguns aromas são criados pela produção de álcool, outros são obtidos por meio de ácidos orgânicos e ainda outros são criados por reações secundárias que ocorrem durante a fermentação" (SUAS, 2012, p. 85). O autor afirma ainda que, para obter um pão com uma adequada complexidade de sabor, é necessário um longo tempo de fermentação.

A fermentação que ocorre na produção e elaboração de massas da panificação é a alcoólica, resultante da ação do fermento biológico, ou seja, uma levedura, ou de pré-fermentos, que, quando entram em contato com os açúcares presentes na massa, exercem a função de produzir gás carbônico e de modificar os processos físicos e químicos, os quais interferem nas suas propriedades, participando da formação do sabor e aroma do pão. Além disso, contribuem para sua conservação, de acordo é claro, com a quantidade de fermento utilizado, ou seja, quanto menor a quantidade de fermento, maior a durabilidade do produto final.

Nesse contexto, Suas (2012) explica que, nos processos de produção de pães, a fermentação pode ocorrer por meio de fermentos industrializados ou naturais. É uma etapa de suma importância, pois tem a função de fazer crescer, desenvolver e encorpar a massa, formar os alvéolos internos, definir o sabor e a textura do pão. O processo da fermentação cria acidez e também é responsável por três reações importantes: a criação de aromas, a diminuição do pH, o que aumenta a durabilidade, e o fortalecimento físico e químico da cadeia de glúten.

### Fermentação x técnicas e métodos de mistura

O ciclo de produção de pães tem início no processo de mistura, no qual acontece a homogeneização dos ingredientes. Um dos principais ingredientes é a água, pois é nela que acontece a hidratação do trigo e dos demais ingredientes. Não precisa necessariamente ser água: pode ser algum outro líquido, como leite, suco de frutas etc.

São vários os métodos de mistura para a elaboração das massas de panificação. Segundo Canella-Rawls (2006, p. 179), "em termos gerais, são dois os principais métodos: o método direto e o método indireto. Toda a massa, em princípio, pode ser elaborada por qualquer um desses métodos clássicos".

## Método direto

O método direto de fabricação de pães, de acordo com Canella-Rawls (2006), ocorre basicamente com a adição de todos os ingredientes no início ou durante a etapa da mistura. Nesse sentido, Gisslen afirma que "o método direto consiste em apenas um passo: combinar todos os ingredientes e amassar" (2011, p. 114).

Suas (2012) explica que o preparo da massa por meio desse processo é mais rápido, pois não é preciso elaborar o pré-fermento, visto que o processo acontece primeiramente com a aeração dos ingredientes secos e, em seguida, a mistura dos demais. Sebess (2010) complementa dizendo que todos os ingredientes são misturados para a produção da massa, inclusive o fermento.

No entanto, pode acontecer de o fermento não se misturar de maneira uniforme na massa. Por esse motivo, alguns profissionais preferem dissolver previamente o fermento biológico fresco ou seco em um pouco de água. Caso a receita contenha açúcar, pode-se dissolver o fermento biológico fresco no açúcar, pois esse fermento já vai começar a se alimentar dos carboidratos presentes, acelerando, assim, o processo de fermentação, ou seja, de crescimento da massa.

Segundo Oliveira (2009, p. 11), as etapas que envolvem o método direto de mistura são: "pesagem dos ingredientes – mistura da massa – divisão dos blocos – boleamento – descanso – divisão dos pães – modelagem – fermentação final – forneamento – resfriamento – corte e embalagem".

Percebe-se que, nesse método, na etapa de mistura já é elaborada a sova e a seguir a massa é separada em blocos e boleada para realizar o descanso (fermentação primária). Após esse período, é realizado o processo de porcionamento da massa de acordo com o tamanho e as características de cada pão, modelada e levada para crescer novamente (fermentação final). Finaliza-se o processo com a cocção, resfriamento e embalagem do produto. Portanto, no método direto existem apenas duas fermentações, a primária e a final, não se fazendo uso da fermentação intermediária, conforme afirma Vianna (2018, p. 56): "há somente o descanso breve da massa e a fermentação final".

## Método indireto

No método indireto, a mistura dos ingredientes é efetuada em duas fases para realizar a fermentação. Primeiro, misturam-se a farinha, o fermento e a água, formando a esponja ou o pré-fermento; depois, adicionam-se os demais ingredientes. Usam-se fermento natural ou pré-fermentos, que podem ser úmidos (*poolish* e esponjas) ou firmes (massa fermentada e *biga*). Esse método de mistura torna o processo de elaboração de pães mais demorado, mas ganha em tempo de conservação e o resultado final do produto é de maior qualidade, tanto em textura como em aroma e sabor (GISSLEN, 2011; VIANNA, 2018).

Oliveira (2009) afirma que as etapas que envolvem o método indireto de mistura são: pesagem dos ingredientes da esponja – mistura da esponja – fermentação da esponja – pesagem dos ingredientes do reforço – divisão dos blocos – boleamento – descanso – divisão dos pães – modelagem – fermentação final – forneamento – resfriamento – corte e embalagem. A diferença entre o método direto e o indireto acontece no processo de preparação da massa, pois no método indireto a mistura é realizada em duas etapas.

Sendo assim, o processo de mistura pelo método indireto é iniciado com a preparação de uma esponja (mistura do líquido, fermento e trigo). Depois de produzida, a esponja deve passar por um tempo de descanso (fermentação primária), em seguida acrescentam-se os demais ingredientes e depois se realizam os processos de mistura e consequentemente de sova da massa. Essa massa é dividida em blocos e levada para descansar novamente (fermentação intermediária). As etapas a seguir são a divisão e a modelagem, proporcionando forma e padrão para cada tipo de pão; logo depois é realizada a terceira fermentação (fermentação final). Finaliza-se o processo com a cocção, o resfriamento e a embalagem dos pães. Entende-se que nesse método de mistura se faz necessário o uso das três fermentações: primária, intermediária e final.

## Quantidade de fermento × tempo × temperatura no processo de fermentação

A fermentação ideal de uma massa necessita de um controle entre quantidade de fermento, tempo e temperatura. Não existe uma medida exata nesse processo; vai muito da experiência do profissional em controlar essas variáveis para obter os resultados esperados.

A variação na quantidade de fermento atua no tempo de fermentação, ou seja, mais fermento, menos tempo; menos fermento, mais tempo. Vale ressaltar, porém, que não se deve utilizar mais fermento que o necessário, pois isso vai interferir na qualidade final do pão. A variável tempo, além da quantidade de fermento, também depende da temperatura da massa (SEBESS, 2010; GISSLEN, 2011).

Canella-Rawls (2006, p. 115) afirma que, "como organismo vivo, o fermento é extremamente sensível à temperatura". A autora relata ainda que a 7 °C ele está inativo; entre 15 e 20 °C tem uma ação lenta; entre 20 e 32 °C proporciona o melhor crescimento; acima de 38 °C sua reação diminui; e a 60 °C o fermento morre.

Sebess (2010) e Gisslen (2011) relatam que a temperatura ideal para a ação do fermento no interior da massa fica na faixa de 22 a 28 °C. Outros fatores também interferem na temperatura da massa. Um deles é a *temperatura do ambiente*, que, dependendo das estações do ano, pode variar de quente para frio; outro fator importante que interfere na temperatura do ambiente é o calor proporcionado pelo uso dos fornos. Quanto à *temperatura da farinha*, também pode variar dependendo da época do ano e da maneira e local em que está sendo armazenada. Já a *temperatura da água* é a mais fácil de ser controlada: pode-se utilizar fórmulas para chegar à temperatura ideal da água para a produção das massas de pães. A masseira também é um fator importante na temperatura final da massa, pois transmite calor à massa durante o período de amassamento, gerado pelo atrito da ação mecânica.

Gisslen (2011) e Canella-Rawls (2006) explicam que outros fatores que podem interferir na fermentação são o sal, a água e a gordura. O sal é um elemento que realça o sabor e ajuda a dar estrutura à massa, mas também inibe o crescimento das leveduras. Consequentemente, ele é importante para controlar a fermentação. O sal nunca deve ser acrescentado diretamente ao fermento ou à água em que o fermento será dissolvido, pois retardará a fermentação. O açúcar é outro ingrediente que, se colocado em excesso, retarda a fermentação. A gordura também é importante na fabricação de pães, pois dá estrutura e maciez à massa, mas em quantidade excessiva também retarda a fermentação. A água, além de ajudar no desenvolvimento do glúten, é fator determinante para a fermentação. É ela que confere o ponto de textura da massa. Se a massa estiver muito dura devido à pouca hidratação, não tem poder de crescimento; se for feita mole demais, não terá estrutura para suportar a fermentação – irá crescer, mas depois irá abaixar.

## Fermento

Castro e Marcelino (2012, p. 3) afirmam que "os fermentos são conhecidos como agentes de crescimento e porosidade, são responsáveis pela incorporação e produção de compostos gasosos, crescimento e textura leve e aerada". Elas explicam ainda que os fermentos se classificam em:

- fermentos físicos;
- fermentos químicos;
- fermentos biológicos.

Considera-se um fermento físico quando não é necessário utilizar na preparação agentes de origem química ou biológica que produzam gás. Como exemplo, pode-se citar a clara de ovo batida no preparo de um suflê. Outro agente expansor natural é o vapor-d'água, pois, ao se assar uma massa, a água presente se transforma em vapor, proporcionando a dilatação desse preparo – por exemplo, na cocção de uma *pâte à choux*, que, por meio da expansão e evaporação do vapor, resulta em uma preparação crescida e oca no seu interior. O mesmo ocorre com a massa folhada, que tem suas camadas de gordura e massa expandidas pelo vapor, proporcionando mais leveza e textura crocante (CASTRO e MARCELINO, 2012).

Já o fermento químico é composto por:

> [...] um agente produtor de gás carbônico por reação química (bicarbonato de sódio). Esse fermento contém, além do bicarbonato, um ácido, o qual reagirá gerando gás e neutralizando o sabor residual deixado pelo bicarbonato após a reação química, e amido, cuja finalidade é absorver a umidade para que o bicarbonato não reaja antes de ser colocado na massa (VIANNA, 2018, p. 48).

Geralmente a reação desse tipo de fermento ocorre em duas etapas. A primeira ocorre quando o fermento entra em contato com o líquido, pois um dos ácidos reage com o bicarbonato, produzindo o gás dióxido de carbono. A segunda reação acontece durante a cocção, pois, em contato com o calor, a massa cresce devido às células de gás. Esse tipo de fermento é mais utilizado na produção de bolos, tortas e biscoitos, ou seja, nas preparações da confeitaria (CANELLA-RAWLS, 2006).

Segundo a Agência Nacional de Vigilância Sanitária (Anvisa), por meio da Resolução CNNPA n. 38, de 1977, o fermento biológico é definido como "o produto obtido de culturas puras de leveduras (*Saccharemyces cerevisiae*) por procedimento tecnológico adequado e empregado para dar sabor próprio e aumentar o volume e a porosidade dos produtos forneados".

O fermento biológico é composto por leveduras. Vianna (2018, p. 47) descreve as leveduras como "[...] seres unicelulares presentes na natureza em todos os lugares, mais frequentemente encontrados onde há açúcares disponíveis". Giorilli (2003, p. 27) explica que "a levedura é um microrganismo vivo. Ao ser amassada com a farinha e a água, transforma os açúcares em álcool etílico e dióxido de carbono, provocando assim a dilatação da massa, ou seja, a levedação".

Elas são empregadas na produção de pães e bebidas alcoólicas. Embora as leveduras não sejam visíveis sem o uso de um microscópio, pode-se observar sua ação enquanto a massa cresce.

> Este crescimento inicia a partir da sova da massa e termina no ato de assar desta. A fermentação fornece à massa o gás carbônico e os aromas. Retém por dentro, como uma rede viscosa, o gás carbônico, aumentando seu volume. É a fase de crescimento da massa. A maior parte da fermentação se desenvolve no coração da massa, no meio privado do ar. A fermentação da massa é do tipo alcoólica com produção de energia. Ela é comparada com o mesmo processo de fermentação do vinho (BROCHOIRE, 2004, p. 92, tradução nossa).

O fermento mais usado na panificação é o fermento biológico. As leveduras contidas nele morrem no calor do forno, assim as produções elaboradas com fermentação biológica, como pães e pizzas, necessitam de um tempo de descanso para que os fungos do fermento se alimentem da glicose da farinha de trigo, pois, sua digestão faz a massa crescer por meio da produção de bolhas de gás carbônico. Somente depois do processo de crescimento da massa é que se inicia a cocção (CASTRO e MARCELINO, 2012).

Canella-Rawls (2006) relata que o fermento biológico é produzido industrialmente e obtido do cultivo de culturas apropriadas de estoques selecionados. Sua fermentação ocorre de maneira mais ativa, menos ácida e com qualidade uniforme. Os pães obtidos por tipo de fermentação apresentam pouca acidez, e seu aroma e sabor são provenientes da farinha de trigo. Existem três tipos de fermentos biológicos: fresco, seco e instantâneo.

## Tipos de fermentos biológicos
*Fermento biológico fresco*

Esse tipo de fermento biológico, segundo Vianna (2018, p. 48), "é um organismo vivo, em estado de dormência em um meio de cultura". Ele é úmido e perecível, pois possui 75% de água. Por esse motivo, deve ser armazenado na geladeira para que as leveduras continuem vivas, não sendo aconselhável congelá-lo. Sua vida útil sob refrigeração é de aproximadamente duas semanas (GISSLEN, 2011; OLIVEIRA, 2009; VIANNA, 2018).

Os autores ainda explicam que alguns profissionais da panificação acrescentam o fermento fresco esfarelado diretamente à massa, geralmente quando fazem uso do método direto de mistura. Outros preferem misturá-lo ao açúcar da receita, pois, deixando os dois ingredientes misturados descansando por um breve espaço de tempo, o fermento ficará totalmente dissolvido, visto que o açúcar é o alimento do fermento. Mas também se pode utilizar o fermento amolecido em água morna (38 °C), na proporção do dobro do seu peso. Os fermentos biológicos seco e instantâneo são obtidos por meio do processo de secagem ou desidratação do fermento biológico fresco.

*Fermento biológico seco*

Diferente do fermento fresco, o fermento seco não tem umidade e apresenta maior rendimento – a proporção é de 1 para 3 em relação ao fresco. Ele contém cerca de 90% de matéria seca e possui uma capacidade menor de produzir gás, porque, durante o processo de secagem, uma parte dos microrganismos é destruída. Esse tipo de fermento pode ser armazenado em temperatura ambiente por meses. Para sua utilização, é recomendável reidratá-lo com água açucarada à temperatura de 35 a 37 °C e deixá-lo em repouso por cerca de 15 minutos (OLIVEIRA, 2009; VIANNA, 2018).

### Fermento biológico instantâneo

O fermento biológico instantâneo contém apenas 5% de água, pois passa por um processo cuidadoso de secagem em pequenas porções, a uma porcentagem muito baixa de umidade. Suas propriedades são parecidas com as do fermento biológico fresco, possuindo aproximadamente três vezes mais células de fermento que o fermento biológico seco. Pode ser armazenado em temperatura ambiente por até dois anos sem abrir a embalagem; depois de aberta, pode ser congelado por até um ano (CANELLA-RAWLS, 2006; OLIVEIRA, 2009).

> [...] o uso do fermento instantâneo permite que esse tipo de fermento seja adicionado à massa em qualquer momento do processo de mistura, mesmo depois de a massa já ter sido desenvolvida. O fermento instantâneo ou de crescimento rápido é elaborado com grânulos menores, que não precisam ser diluídos antes de ser acrescentado à massa, uma vez que apenas o contato com a umidade já fará disparar a sua capacidade de fermentação (CANELLA-RAWLS, 2006, p. 114).

Este tipo de fermento tem sido cada vez mais utilizado pelos padeiros, devido a sua praticidade no uso, já que não é necessário reidratá-lo, e também pela facilidade de sua conservação e armazenamento.

### Pré-fermentos

Nas técnicas utilizadas para a fermentação de pães temos também os pré-fermentos. Eles são elaborados com farinha de trigo, água e fermento. A utilização do pré-fermento na produção das massas tem como objetivo melhorar suas características. Gisslen (2011, p. 132) afirma que "os pré-fermentos são melhoradores naturais da textura da massa, que facilitam o trabalho sem a necessidade de aditivos".

Canella-Rawls (2006, p. 119) define "pré-fermento como cultura fermentada baseada em bactérias e fermentadores que são encontrados na atmosfera, e que poderiam por isso ser denominados 'fermentadores ambientais'". Nesse contexto, Suas (2012, p. 88) afirma que:

> O pré-fermento é uma massa criada a partir da receita de farinha, água, fermento (natural ou industrial) e, às vezes, sal. É preparado antes de mis-

turar a massa final, e deixado para fermentar por um período controlado de tempo, adicionado à massa final.

Aplevicz ([201-], p. 36) explica que "a quantidade de pré-fermento irá depender do tempo desejado de fermentação da massa. Para fermentações longas é indicado quantidades menores de pré-fermentos, já para fermentações curtas a quantidade é maior". Dependendo da produção, os pré-fermentos podem ser elaborados por leveduras comerciais ou de forma natural.

### Pré-fermentos de leveduras comerciais

De acordo com Gisslen (2011), os pré-fermentos que são produzidos com leveduras comerciais, dependendo da maneira como serão utilizados, podem ser chamados de *biga*, *poolish* ou *pâte fermentée*. O termo "esponja" também é usado como sinônimo de pré-fermento.

### Biga

É um termo italiano que, de forma genérica, significa pré-fermento. Muito utilizada em preparações tradicionais italianas pode ter textura consistente ou líquida. É preparada com farinha, água e um pouco de fermento industrializado, não levando sal na preparação. Depois de misturar os ingredientes, a mistura deve ficar amadurecendo por aproximadamente quinze horas (CANELLA-RAWLS, 2006). Suas complementa a explicação:

> [...] mesmos os ingredientes básicos da *biga* sendo os mesmos, o pré-fermento final pode ter características muito diferentes. Algumas *bigas* são líquidas, outras firmes, ou "azedas", algumas são fermentadas em temperatura ambiente e outras ainda são fermentadas em ambiente frio (2012, p. 91).

Percebe-se que na preparação de uma *biga* pode ocorrer variações na quantidade de água em relação à farinha, dependendo da textura desejada, firme ou líquida. Gisslen (2011, p. 132) relata que "a fórmula típica da *biga* contém 100% de farinha, 50 a 60% de água e 1 a 1,5% de fermento biológico fresco".

### Poolish

*Poolish* é um pré-fermento de origem polonesa. Foi muito utilizado na Áustria como fermentador dos pães de Viena, porque os pães produzidos com o *poolish* apresentavam menos acidez no sabor e menos aroma característico do ácido acético que os pães produzidos com *levain* ou *pâte fermentée*. Depois da Áustria foi levado para a França por alguns padeiros vienenses e atualmente é utilizado no mundo inteiro. É elaborado tradicionalmente com partes iguais de água (peso) e farinha e porcentagens variáveis de fermento biológico, conforme a velocidade de fermentação desejada. Porém, para obter um pão com o sabor ideal, recomenda-se fazer um *poolish* com uma quantidade mínima de fermento e ter um tempo prolongado de fermentação. O objetivo é obter um *poolish* que esteja maduro na hora de preparar a massa final. A maturação desse pré-fermento é perceptível, pois ele aumenta de volume e forma bolhas; quando chega ao seu ponto máximo, começa a murchar, ficando com a aparência enrugada. O ponto de maturação do *poolish* é de suma importância, pois interfere na acidez do produto final (CANNELA-RAWLS, 2006; GISSLEN, 2011; SUAS, 2012).

*Pâte fermentée*
Expressão em francês que pode ser traduzida como massa antiga, massa fermentada, massa velha e massa azeda. Esse tipo de pré-fermento, de categoria firme, é obtido da sobra ou reserva de uma massa crua que já foi preparada. Sendo assim, esse pré-fermento contém farinha, água, fermento industrializado, sal, açúcar e gordura, ou seja, todos os ingredientes da massa final. Como acontece na esponja, a *pâte fermentée* tem a finalidade de melhorar a textura da nova massa a ser preparada, sendo também uma forma de aproveitar a massa que sobrou do dia anterior. Antigamente os padeiros utilizavam a quantidade máxima de 50% de *pâte fermentée* em relação à quantidade de farinha da receita (CANELLA-RAWLS, 2006; VIANNA, 2018).

*Esponja*
A esponja é um pré-fermento úmido como o *poolish*, porém age mais rápido, porque contém maior quantidade de fermento. Consiste em um pré-crescimento da massa, usando-se parte da farinha, da água e normalmente todo o fermento da receita. A principal diferença entre a esponja e o *poolish* está na hidratação da massa. A quantidade de farinha em relação à água depende de diversos fatores, como a temperatura do ambiente e o tempo disponível para a fermentação. O *poolish* tem consistência mais líquida e a esponja mais firme, o que facilita seu manuseio. A esponja e o *poolish* produzem aromas muito parecidos, porém a esponja proporciona um sabor mais adocicado. O uso da esponja tem como finalidade fortalecer o fermento que será adicionado à massa e melhorar a textura da massa final. Pode ser usada na produção de vários tipos de pães, porém a massa doce é a que mais se beneficia, pois a consistência mais firme da esponja melhora a firmeza da massa, compensando o enfraquecimento do glúten criado pelo açúcar e pela gordura que geralmente são utilizados nas preparações de pães doces (SUAS, 2012; VIANNA, 2018).

## Pré-fermentos naturais

A técnica de fermentação natural para a produção de pães é muito antiga, passada de geração em geração, mas atualmente houve um resgate e valorização dessa técnica, que está sendo muito utilizada pelos profissionais da panificação.

Os pães produzidos pelo processo de fermentação natural possuem características diferentes dos pães que são preparados com fermentos industrializados. Os pães produzidos pelo processo de fermentação natural apresentam miolo com alvéolos irregulares, crosta mais rústica e crocante, aroma, acidez e sabor diferenciados e maior durabilidade do produto final (APLEVICZ, [201-]; VIANNA, 2018).

Segundo Oliveira (2009, p. 7), "o fermento natural é formado, basicamente, por leveduras que se encontram no ambiente, conhecidas como leveduras selvagens". O pré-fermento natural é definido como uma massa levedada por uma *massa-madre*. Nesse sentido, Gisslen se pronuncia afirmando que:

> Uma *massa-madre* é uma massa que contém leveduras e bactérias que se desenvolvem naturalmente; tem acidez pronunciada, resultado da fermentação desses organismos, e é usada para fermentar outras massas. A *massa-madre*, um fermento natural, é também chamada de *levain* e massa azeda (*sourdough starter* em inglês). [...] Há dois aspectos importantes que definem o fermento natural: a presença de leveduras selvagens, e não de fermentos comerciais, e a ação das bactérias (2011, p. 143).

O fermento natural, além de *levain ou le chef* (francês), também é chamado de massa *madre* (espanhol) e *sourdough* (inglês). Forkish (2012, p. 121, tradução nossa) esclarece que "a palavra francesa *levain* deriva do latim *levare*, que significa subir, levantar. As palavras *mother* (mãe), *chef* e *sourdough starter* se referem à mesma coisa: leveduras naturais que o padeiro usa como fontes de fermentação para suas massas". O mesmo autor ainda relata que "*chef* muitas vezes se refere a uma fermentação mestra que é alimentada separadamente, enquanto a palavra *starter* refere-se a uma porção do *chef* que é alimentada em uma ou mais etapas e adicionada à mistura final da massa" (2012, p. 121, tradução nossa).

### *Levain*

De acordo com Brochoire (2004, p. 91, tradução nossa), "a fermentação do *levain* acontece a partir de leveduras selvagens e de bactérias presentes nas matérias-primas utilizadas, no ar ou no ambiente da padaria. Elas promovem uma fermentação ácida". Para produzir esse tipo de fermento, é necessário fazer uma massa de farinha e água, podendo-se acrescentar cereais germinados, frutas secas e mel, umedecidos em água ou no leite. Essas substâncias fornecem os açúcares necessários para a fermentação, proporcionando assim, bactérias específicas, enzimas e leveduras (BROCHOIRE, 2004, tradução nossa; VIANNA, 2018).

Um *levain* pode ser mantido sob refrigeração por vários anos ou séculos, porém deve-se cuidar das leveduras e bactérias lácticas, pois é a combinação desses microrganismos que proporciona as características de um pão produzido com fermentação natural. O fermento natural deve ser bem cuidado: à medida que vai sendo utilizado, deve ser acrescido de água e farinha nas mesmas proporções que foram retiradas, de forma que fique sempre com o mesmo peso. Depois desse processo de alimentar o fermento, ele deve permanecer em repouso para que os microrganismos possam se reproduzir novamente. Existem fermentos naturais produzidos a partir de caldo de cana, maçã, iogurte, suco de frutas, cerveja etc. (OLIVEIRA, 2009; VIANNA, 2018).

Segundo Canella-Rawls (2006), para o mercado norte-americano *sourdough* e *levain* são a mesma coisa, porém não é o caso da Europa: a Alemanha produz a cultura do *sourdough* com farinha de centeio e água. Na França, *levain* é a cultura produzida com farinha de trigo e água. Mas as duas formas de produção do fermento natural iniciam com a produção de uma pasta de consistência líquida ou mais firme, dependendo da quantidade de líquido (hidratação).

> Para manter a pureza e condições de uso do *levain* ou *sourdough*, uma pequena porção da massa inicial amadurecida é retirada antes da mistura final da massa. Essa porção é guardada, não contaminada por fermento, sal ou outras adições, e usada para iniciar a próxima massa (CANELLA-RAWLS, 2006, p. 123).

A fermentação com *levain* tem como objetivo equilibrar a ação das bactérias e das leveduras. O *levain* e o *sourdough* se diferenciam da *biga*, do *poolish*, da esponja ou da *pâte fermentée*, porque o *levain* e o *sourdough*, por serem produzidos de forma natural, podem durar anos ou séculos. Os demais pré-fermentos, que são os produzidos com fermento comercial, devem ser assados depois de algumas horas ou no dia seguinte (CANNELA-RAWLS, 2006; KAYSER, 2015).

Percebe-se que, em todos os processos que envolvem a fermentação, não existe uma receita pronta; o bom resultado depende muito da experiência do profissional da panificação, tanto na produção de pães elaborados a partir de fermentos biológicos, ou de pré-fermentos de leveduras comerciais, como os produzidos com pré-fermento natural. Como foi abordado neste capítulo, existem muitas variáveis durante as etapas de preparo de pães, inclusive no processo de fermentação.

O Quadro 1 apresenta diferentes categorias de pães e a utilização de diferentes tipos de fermentos, bem como a porcentagem de fermento utilizado em relação à farinha, tempo de fermentação e, por fim, as características do produto final. Vale ressaltar que esse quadro é somente um guia para o preparo de pães, pois algumas informações podem variar dependendo de outros fatores, como temperatura da farinha, do ambiente, hidratação etc.

QUADRO 1   Utilização de diferentes tipos de fermentos, porcentagem de fermento em relação à farinha, tempo de fermentação e características do produto final

| Tipo de pão | % de fermento/ farinha | Tempo de fermentação | Tipo de fermento | Características do produto final |
|---|---|---|---|---|
| Francês Cervejinha Baguetes Bengalas | 1-3% | 5-6 horas | Biológico seco | Crosta fina e crocante, miolo macio, acidez acentuada |
|  | 2-6% | 5-6 horas | Biológico fresco | Crosta fina e crocante, miolo macio, acidez acentuada |
|  | 20-30% | 24-30 horas | Natural | Levemente ácido, crosta fina e crocante |
| **Rústicos:** Italiano *Campagne* Baguete francesa | 1-3% | 5-6 horas | Biológico seco | Crosta crocante, miolo macio, acidez acentuada, alvéolos bem abertos |
|  | 2-6% | 5-6 horas | Biológico fresco | Crosta crocante, miolo macio, acidez acentuada, alvéolos bem abertos |
|  | 20-40% | 36-48 horas | Natural | Rústico, levemente ácido, crocante por fora e macio por dentro |
| *Ciabatas Focaccias* | 1-3% | 5-6 horas | Biológico seco | Crosta crocante, miolo macio, acidez acentuada, alvéolos bem abertos |
|  | 2-6% | 5-6 horas | Biológico fresco | Crosta crocante, miolo macio, acidez acentuada, alvéolos bem abertos |
|  | 20-30% | 36-48 horas | Natural | Levemente ácido, crocante por fora e muito macio por dentro, alvéolos bem abertos |
| **Massas doces:** Hambúrguer *Hot dog* Sonhos Pão de leite Sovado Sanduíche | 1-3% | 6-8 horas | Biológico seco | Crosta fina e lisa, miolo macio e acidez acentuada |
|  | 2-6% | 5-6 horas | Biológico fresco | Crosta fina e lisa, miolo macio e acidez acentuada |
|  | 20-30% | 24-36 horas | Natural | Massa macia e crosta fina, acidez acentuada devido à quantidade de açúcar e gordura presente na composição da receita |

*(continua)*

**QUADRO 1** Utilização de diferentes tipos de fermentos, porcentagem de fermento em relação à farinha, tempo de fermentação e características do produto final (*continuação*)

| Tipo de pão | % de fermento/ farinha | Tempo de fermentação | Tipo de fermento | Características do produto final |
|---|---|---|---|---|
| Brioche | 1-3% | 5-6 horas | Biológico seco | Crosta fina e lisa, miolo macio e acidez acentuada |
| | 2-6% | 5-6 horas | Biológico fresco | Crosta fina e lisa, miolo macio e acidez acentuada |
| | 20-30% | 24-36 horas | Natural | Crosta fina e lisa, miolo macio, levemente ácido |
| Australiano | 1-3% | 5-6 horas | Biológico seco | Crosta fina, crocante e lisa, miolo macio, acidez acentuada, porém imperceptível devido ao teor de cacau e mel ou melado utilizado na sua composição |
| | 2-6% | 5-6 horas | Biológico fresco | Crosta fina, crocante e lisa, miolo macio, acidez acentuada, porém imperceptível devido ao teor de cacau e mel ou melado utilizado na sua composição |
| | 20-30% | 24-36 horas | Natural | Crosta fina e lisa, macio, miolo macio com alvéolos abertos, levemente ácido |
| **Caseiros:** Aipim Milho Batata Abóbora | 1-3% | 5-6 horas | Biológico seco | Crosta fina e lisa, miolo macio e acidez acentuada |
| | 2-6% | 5-6 horas | Biológico fresco | Crosta fina e lisa, miolo macio e acidez acentuada |
| | 20-30% | 24-36 horas | Natural | Crosta fina e crocante, sabor levemente ácido, miolo macio e leve |
| **Integrais:** Multicereais Aveia Centeio Preto Fibras Chia Quinoa | 1-3% | 5-6 horas | Biológico seco | Crosta fina e lisa, miolo macio e acidez acentuada |
| | 2-6% | 5-6 horas | Biológico fresco | Crosta fina e lisa, miolo macio e acidez acentuada |
| | 20-30% | 24-36 horas | Natural | Sabor levemente ácido, crocante por fora e muito macio por dentro, rico em vitaminas e de fácil digestão |
| **Aromatizados:** Linguiça Azeitonas Frutas | 1-3% | 3-5 horas | Biológico seco | Crosta fina e lisa, miolo macio e acidez acentuada |

*(continua)*

**QUADRO 1** Utilização de diferentes tipos de fermentos, porcentagem de fermento em relação à farinha, tempo de fermentação e características do produto final *(continuação)*

| Tipo de pão | % de fermento/ farinha | Tempo de fermentação | Tipo de fermento | Características do produto final |
|---|---|---|---|---|
| **Aromatizados:** Linguiça Azeitonas Frutas | 2-6% | 5-6 horas | Biológico fresco | Crosta fina e lisa, miolo macio e acidez acentuada |
| | 20-30% | 24-36 horas | Natural | Crosta crocante, sabor levemente ácido, miolo macio e leve |
| **Recheados:** Panetones Chocotones Colombas | 1-3% | 3-5 horas | Biológico seco | Crosta fina e lisa, miolo macio e acidez acentuada |
| | 2-6% | 5-6 horas | Biológico fresco | Crosta fina e lisa, miolo macio e acidez acentuada |
| | 20-30% | 24-36 horas | Natural | Crosta fina, acidez acentuada, miolo macio e leve |
| *Croissants* Folhados e Semifolhados | 1-3% | 5-6 horas | Biológico seco | Crosta fina e lisa, miolo macio com alvéolos abertos e acidez acentuada |
| | 2-6% | 5-6 horas | Biológico fresco | Crosta fina e lisa, miolo macio com alvéolos abertos e acidez acentuada |
| | 20-30% | 12-24 horas | Natural | Miolo macio com alvéolos abertos, crosta fina porém crocante, sabor levemente ácido |

Fonte: elaborado pelos autores, 2019.

# REFERÊNCIAS

ANVISA. *Resolução CNNPA n. 38, de 1977*. Fermento biológico. Disponível em: http://portal.anvisa.gov.br/documents/3845226/0/Resolu%C3%A7%C3%A3o+-+CNNPA+n%C2%BA+38+de+1977.pdf/. Acesso em: 20 jul. 2019.

APLEVICZ, Krischina Singer. Fermentação natural em pães: ciência ou modismo. *Aditivos & Ingredientes*, p. 36-8, [201-]. Disponível em: http://aditivosingredientes.com.br/upload_arquivos/201603/2016030889359001459192809.pdf. Acesso em: 20 jul. 2019.

BROCHOIRE, Gérard (coord.). *Devenir boulanger*. Rouen, Editions Sotal, 2004.

CANELLA-RAWLS, Sandra. *Pão*: arte e ciência. 2.ed. São Paulo, Senac São Paulo, 2006.

CASTRO, Maria Helena M. M. S.; MARCELINO, Marlene S. *Dossiê técnico*: fermentos químicos, biológicos e naturais. Instituto de Tecnologia do Paraná. Tecpar, 2012.

DUQUE, Nathalia. *Fermentação*: tipos e processos. 2018. Disponível em: https://www.estudopratico.com.br/fermentacao/. Acesso em: 20 jul. 2019.

FORKISH, Ken. *Flour, water, salt, yeast*: the fundamentals of artisan bread and pizza. California, Ten Speed Press, 2012.

GIORILLI, Piergiorgio. *Pão & cia*. Lisboa, Lisma, 2003.

GISSLEN, Wayne. *Panificação e confeitaria profissionais*. Barueri, Manole, 2011.

KATZ, Sandor Ellix. *A arte da fermentação*: explore os conceitos e processos essenciais da fermentação praticados ao redor do mundo. São Paulo, Tapioca, 2014.

KAYSER, Éric. *Larousse dos pães*. São Paulo, Alaúde, 2015.

OLIVEIRA, Fernando de. *Panificação*: nível básico. Produzido por Padaria 2000 Comércio de Publicações e Promoções Ltda. São Paulo, 2009. DVD.

SALES, Sofia. *O culto do pão*. 84 p. Dissertação (Mestrado em Animação Artística) — Instituto Politécnico de Bragança, Escola Superior de Educação, Bragança, 2010. Disponível em: https://docplayer.com.br/1008898-O-culto-do-pao-sofia-sales.html. Acesso em: 20 jul. 2019.

SEBESS, Paulo. *Técnicas de padaria profissional*. Rio de Janeiro, Senac Nacional, 2010.

SUAS, Michel. *Panificação e viennoiserie*: abordagem profissional. São Paulo, Cengage Learning, 2012.

VIANNA, Felipe Soave et al. *Manual prático de panificação Senac*. São Paulo, Senac São Paulo, 2018 (Série Senac Gastronomia).

# Capítulo 6

# Aditivos

*Luis Fernando Carvalhal de Castro Pimentel*

## INTRODUÇÃO

Embora seja tecnicamente possível conseguir bons resultados na produção de pães mesmo sem o tempo adequado de descanso, é comum a utilização de aditivos ou melhoradores para obter melhores resultados nas produções em escala, nas quais os tempos de fermentação precisam ser reduzidos para aumentar a produtividade. Os aditivos são também muito utilizados para incrementar o valor nutricional dos pães e suas características de textura, aroma, sabor e aparência.

Neste capítulo serão apresentados os diversos aditivos, tais como compostos químicos e outros ingredientes, que podem ser acrescentados à massa de pão, e os efeitos que exercem sobre a estrutura, textura, sabor, aroma, aparência e valor nutricional do pão. Também serão dadas orientações sobre as proporções utilizadas e o momento adequado para serem adicionados no processo de formação da massa dos pães.

## TIPOS DE ADITIVOS

### Melhoradores

Afetam a formação da estrutura do pão, muitas vezes compensando limitações de tempo, temperatura e umidade e até mesmo a qualidade da farinha utilizada. Garantem a repetibilidade nas características do produto final em pequena e grande escala de produção. Na maioria das vezes são compostos preparados e fornecidos por fabricantes industriais (ver exemplos no Anexo 1).

## Oxidantes

Os oxidantes reforçam a cadeia de glúten e aumentam a fermentação da massa do pão. O resultado final é um pão mais estruturado e com maior crescimento. Os oxidantes mais populares para uso na panificação são o ácido ascórbico e o bromato de potássio, este último atualmente com utilização proibida na maioria dos países, "por possuir propriedades carcinogênicas" (SUAS, 2012). O ácido ascórbico reduz a extensibilidade e aumenta a elasticidade e a flexibilidade do glúten, produzindo um pão com formato melhorado e estrutura mais fina.

## Redutores

Os agentes redutores são utilizados para reduzir a elasticidade e aumentar a extensibilidade da massa do pão. Atuam no glúten de maneira oposta à dos oxidantes, enfraquecendo sua cadeia. São muito úteis para massas laminadas e massas de pizza, que precisam ser facilmente esticadas sem que encolham depois de cortadas.

> Os agentes redutores mais comuns na panificação são a L-cisteína e o Fermento Inativo, o último um fermento comum que passa por um processo de inativação de suas células. A dosagem excessiva deve ser evitada para que a massa não fique muito fraca e extensível (SUAS, 2012).

## Enzimas

As enzimas alfa e beta-amilases estão presentes na composição da farinha de trigo, e o nível presente depende das condições climáticas durante a colheita do trigo. O teor dessas enzimas na farinha de trigo pode ser medido nos laboratórios, e sua carência deve ser compensada para evitar a produção de pães com a casca muito pálida. Segundo Suas (2012), uma forma natural de corrigir essa deficiência é a adição de farinha de malte ou extrato de malte diastáticos diretamente à massa do pão. Diastático significa que as enzimas do malte ainda estão ativas.

Conforme Cauvain e Young (2009), as enzimas comercialmente disponíveis, e utilizadas como aditivos, consistem geralmente em "hemicelulases", "amilases" e "proteases", que, quando adicionadas, tornam a massa mais manuseável, aumentando suas propriedades de extensão, sem perda de resistência ou aumento de espessura.

A adição de hemicelulases produz uma massa mais estável, um produto final com maior volume e estrutura mais fina, com um miolo de cor melhorada, e um pão mais macio, com estrutura mais resiliente. Podem ser utilizadas em conjunto com quaisquer farinhas de trigo, porém seus efeitos são mais percebidos em farinhas de trigo integral e de centeio.

A adição das amilases ajuda a produzir um pão com maior volume, com textura mais fina e mais branca e com maior vida de prateleira.

As proteases, por sua vez, reduzem a força da massa, facilitando seu manuseio e obtendo melhor resultado final na textura do produto de panificação, porém devem ser usadas com comedimento para evitar a desestruturação total da massa.

## Emulsificantes

Emulsificantes são substâncias químicas que ajudam a estabilizar as misturas de água com as gorduras naturalmente presentes nas farinhas. Como resultado, a massa adquire uma textura mais firme, facilitando o processo de mistura mecânica e obtendo um pão com miolo mais macio.

Segundo Suas (2012), a lecitina de soja é o emulsificante mais utilizado para se obter um miolo mais macio, enquanto os ésteres de ácido diacetil tartárico de mono e diglicerídeos comestíveis (DATEM) atuam mais em "condicionar" a massa, facilitando a mistura mecânica. Os estaroil-2-lactil lactato de sódio (SSL) e cálcio (CSL) atuam tanto como condicionantes da massa quanto como amaciantes do miolo, sendo considerados emulsificantes de poder misto.

No Brasil, um dos emulsificantes mais utilizados para condicionamento da massa do pão ainda é o polissorbato 80, que já foi amplamente substituído pelo DATEM e por enzimas na Europa e nos EUA.

## Enriquecedores

O pão faz parte da dieta da maioria dos brasileiros, tornando-o um item que pode ser utilizado para enriquecer e balancear a dieta, ajudando a suprir a carência de nutrientes essenciais. Esse foi um dos motivos que levaram à obrigatoriedade de se adicionar ferro e ácido fólico às farinhas de trigo, o último para ajudar a prevenir a ocorrência de má formação do tubo neural durante o desenvolvimento fetal.

> Os pães podem estar relacionados com alimentos funcionais que, além de fornecerem a nutrição básica, promovem a saúde através de mecanismos não previstos na nutrição convencional, devendo ser salientado que esse efeito se restringe à promoção da saúde e não à cura de doenças (GEWEHR, 2010).

Os aditivos enriquecedores adicionam principalmente valores nutricionais à massa do pão, e muitos deles até mesmo são alimentos funcionais, mas também são adicionados para conferir aromas, sabores e texturas ao produto final. O motivo pelo qual são adicionados aos pães geralmente é para aumentar o valor nutricional, mas sempre vão afetar a estrutura do pão, textura, aromas e sabores.

Segundo Suas (2012), se sementes, frutas, castanhas ou outros ingredientes sólidos são adicionados à massa do pão como enriquecedores, isso deve acontecer depois que o processo de desenvolvimento inicial da massa já tenha acontecido e deve ser feito de forma bem suave, para evitar que esses ingredientes danifiquem a cadeia de glúten já formada, desestruturando a massa. Esse processo geralmente ocorre após a fermentação primária das massas, que são abertas, adicionadas desses elementos, que são polvilhados ou pincelados, e então dobradas ou enroladas, moldadas e preparadas para o processo de cocção.

Os principais enriquecedores adicionados aos pães são:

- açúcar;
- leite;
- ovos;
- gorduras;
- frutas;
- nozes, castanhas, sementes e cereais;
- cremes.

### Açúcar

"São carboidratos formados por unidades denominadas sacarídeos. Açúcar é o termo empregado para designar os carboidratos mais simples, incluindo os monossacarídeos e os dissacarídeos" (ZANETTI et al., 2009).

> O açúcar serve como alimento do fermento biológico, além de ter efeito sobre as características organolépticas do produto final, isto é, sobre a cor da superfície e seu aroma. A cor da superfície do pão deve-se à reação entre os açúcares e os aminoácidos (reação de Maillard) e à caramelização dos açúcares pelo calor: segundo o tipo e a quantidade de açúcar utilizado, obtém-se cor escura mais ou menos intensa (GEWEHR, 2010).

Segundo Suas (2012), quando o açúcar é adicionado em quantidades acima de 10%, ele pode afetar significativamente a mistura da massa e sua fermentação. Por suas características higroscópicas (absorve água), o açúcar compete com as proteínas da farinha pelo líquido adicionado à massa. Se grandes quantidades de açúcar forem adicionadas muito cedo à massa, ele prejudicará o desenvolvimento do glúten, aumentando o tempo de sova. Logo, nesse caso, a maior quantidade deverá ser adicionada após o desenvolvimento inicial da massa e aos poucos durante o processo de sova.

Ainda segundo Suas (2012), a quantidade e o tipo de açúcar adicionado afetam o sabor e a cor do produto final. Enquanto o açúcar mascavo cria sabores e aromas mais complexos, a adição de mel cria sabores únicos em produtos específicos, como o popular pão australiano (*honey wheat bread*). A adição de açúcar branco não altera a cor do miolo, mas afeta a cor da casca por favorecer as reações de Maillard e de caramelização na superfície do pão. Açúcar em formulações mais escuras, como o açúcar mascavo e o melaço, podem afetar também a cor do miolo, principalmente em pães doces.

Pela sua característica higroscópica, o açúcar ajuda a reter a umidade do pão, produzindo cascas e miolos mais macios, e pães com textura melhorada e maior vida de prateleira.

## Leite

O leite possui em sua composição vários nutrientes, incluindo lipídios (gordura), carboidratos, proteínas (principalmente a caseína), sais minerais e vitaminas (A, D, E, K e $B_2$). Quando adicionado à massa do pão, esses nutrientes se incorporam ao produto final.

Segundo Zanetti et al. (2009), além dos benefícios nutricionais, o leite adiciona aos produtos de panificação sabor, aroma e cor, além de conter gorduras naturais que fazem a massa ficar mais suave, obtendo um miolo mais macio e com textura mais fina. O leite contém também açúcares e proteínas que ajudam a potencializar as reações de Maillard, produzindo-se um pão com a casca mais dourada.

O leite é utilizado como substituto total ou parcial da água na hidratação da farinha na formação da massa. De preferência deve ser utilizado o leite integral, mas outros tipos também podem ser utilizados.

Segundo Suas (2012), é importante que a proteína do soro do leite (*whey protein*) tenha sido inativada, pois ela pode enfraquecer o glúten, resultando em uma massa muito densa. Nos leites pasteurizados ela já está inativa pelo processo de aquecimento na pasteurização; porém, se leite no seu estado natural for utilizado, ele deve ser aquecido até a ebulição e resfriado antes de se adicionar à mistura da massa. Leite em pó também pode ser utilizado, com a adição de água, e é muitas vezes a opção mais economicamente viável para as produções em escala, pela facilidade de armazenamento e maior durabilidade.

O leite é comumente utilizado como parte do líquido na massa de pães brancos ou na sua totalidade na massa de "folhados" (*Viennoiserie*), pães de forma, pães doces, pães de hambúrguer e de cachorro-quente.

## Ovos

Segundo Suas (2012), os ovos podem ser utilizados como agentes de hidratação da massa em substituição parcial da água (73% de hidratação), ao mesmo tempo que conferem sabor, cor e textura a um pão mais nutritivo.

A gema do ovo, que é rica em pigmentos carotenos, enriquece os pães com cor e sabor. As gorduras, colesterol e lecitina, ajudam a criar uma textura macia e fina em produtos de panificação, enquanto grandes quantidades de gema de ovos ajudam a emulsificar maiores quantidades de manteiga na massa. As proteínas na gema também ajudam nas reações de Maillard e promovem a cor dourada durante a cocção (SUAS, 2012).

Ainda segundo Suas (2012), o uso de grandes quantidades de ovos aumenta a maleabilidade da massa, muito importante em massas folhadas. As proteínas dos ovos coagulam durante a cocção, estruturando a massa dos produtos finais, enquanto a gordura das gemas atua como um agente de maciez e ajuda a reter a umidade, obtendo-se um pão com maior vida de prateleira.

Geralmente são utilizados ovos frescos em panificação, mas, por questões de eficiência na manipulação, armazenamento e segurança alimentar, cada vez mais aumenta a utilização de ovos pasteurizados fornecidos em embalagem "longa vida", principalmente nas produções em escala.

## Gorduras

As gorduras mais utilizadas em panificação são manteiga, margarina e óleos.

As gorduras provêm de fontes animais ou vegetais e podem ser encontradas na forma sólida ou líquida em temperatura ambiente. Enriquecem a massa de pão devido ao seu alto teor de lipídios.

Segundo Zanetti et al. (2009), as gorduras não só enriquecem a massa do pão como lhe conferem sabor, textura e cor. Elas inibem a formação de longas cadeias de glúten, resultando em um pão mais macio, e suas propriedades emulsificantes aumentam a vida de prateleira dos produtos de panificação, pois ajudam a reter a umidade na massa.

Segundo Cauvain e Young (2009), as gorduras também aumentam a capacidade de a massa ser trabalhada mecanicamente, pois a ação lubrificadora que exercem no glúten torna a massa mais elástica e estável, produzindo um produto final com maior volume.

As gorduras atuam como principal lubrificante da massa deixando-a mais branda, permitindo o deslizamento das camadas de glúten evitando que a massa se torne quebradiça. Outra propriedade importante dos lipídios é a conservação do pão durante a vida-de-prateleira, pois atuam nas paredes de bolhas de gás, melhorando a sua impermeabilização, e aumentando a resistência à saída de vapor de água, consequentemente, evitando a retrogradação do amido (BRASIL, 2006).

A quantidade de gordura adicionada à massa varia entre 4 e 70% em peso de farinha, e depende do tipo de pão produzido. Quanto maior a quantidade de gordura adicionada, mais cuidadoso deve ser o processo de desenvolvimento do pão, incluindo a mistura, fermentação, modelagem e cocção. Quando a porcentagem de gordura adicionada ultrapassa os 10%, deve-se sovar muito mais a massa para desenvolver a estrutura adequada. Para massas com alto conteúdo de gordura, como a do brioche, é necessária uma sova intensa.

A gordura deve ser adicionada somente depois que a massa já estiver quase completamente desenvolvida e em estado maleável e amolecido ("em pomada"). Se for adicionada muito cedo no processo de sova, demorará muito mais para a massa se desenvolver completamente e ficará mais difícil absorver grandes quantidades de gordura.

A gordura também é utilizada para desenvolver as finas camadas que separam as folhas de um pão de massa folhada. Geralmente é utilizada margarina especialmente desenvolvida para essa finalidade, e a porcentagem de gordura adicionada é a partir de 25 e até 100% em peso de farinha. Durante o processo de inserção da gordura na massa sua temperatura deve ser controlada para evitar que seja absorvida pela massa ou "vaze" para fora dela.

## Frutas

As frutas adicionadas a massas de pães geralmente se encontram pré-cozidas, para evitar que o alto teor de umidade prejudique a massa já desenvolvida e balanceada durante a cocção do pão.

Uma maneira prática de obter essa condição é "confitando" ou "cristalizando" as frutas antes de serem utilizadas. Confitar significa fazer a cocção lenta das frutas, geralmente em uma calda de açúcar. O processo de "cristalização" é parecido, porém se utilizam frutas menos maduras, que são mergulhadas em calda que já se encontra em uma temperatura maior, onde são rapidamente cozidas e resfriadas.

Outra maneira de utilizar as frutas na panificação é por meio do uso de frutas transformadas em geleias em um processo parecido com o de confitura, porém utilizando o suco das frutas ou as frutas em purê, e muitas vezes com adição de algum agente espessante como a pectina. A pectina pode ser adicionada de forma natural, acrescentando suco de limão ou de maçã.

Frutas desidratadas também podem ser utilizadas em variadas massas de pães e roscas.

Frutas que são extensivamente utilizadas em panificação, tanto confitadas, cristalizadas, desidratadas ou em geleia, incluem: pêssegos, damascos, uvas, nêsperas, ameixas, peras, maçãs, abacaxis, figos e todas as denominadas "frutas vermelhas".

As frutas podem também ser utilizadas em pães doces na forma de "marmeladas" em consistência cremosa. Nesse caso destaca-se a utilização, no Brasil, da goiabada, muitas vezes associada com queijos cremosos, em inúmeras versões da tradicional combinação "Romeu e Julieta".

## Nozes, castanhas, sementes e cereais

As nozes, castanhas, sementes e cereais são adicionados aos produtos de panificação principalmente por seu conteúdo nutricional, sendo que muitos desses aditivos são considerados alimentos funcionais.

As nozes e castanhas podem ser utilizadas inteiras, quebradas ou trituradas (como xerém) e geralmente já tostadas. Exemplos de nozes e castanhas utilizadas em produtos de panificação incluem: noz-persa, castanha de caju, castanha-do--Pará, amêndoa, noz-pecã, pistache, avelã e macadâmia.

As sementes são utilizadas inteiras e na maioria das vezes já tostadas. Exemplos de sementes comumente utilizadas em produtos de panificação incluem gergelim (pretas e brancas), girassol, chia, quinoa e linhaça. Além de nutritivas, essas sementes são alimentos funcionais.

Dessas sementes, uma que recentemente tem se destacado em produtos de panificação pelo seu alto teor nutritivo e relativamente baixo custo é a de quinoa.

> Quinoa pode ser considerada um pseudocereal bem nutritivo quando comparada com outros cereais comumente consumidos tais como trigo, cevada e milho. Tem um conteúdo relativamente alto de proteína de boa qualidade e pode ser considerada uma fonte muito boa de fibras alimentares e outros componentes bioativos como os fenóis. Tem uma longa história de uso seguro na América do Sul, principalmente em áreas mais pobres. Logo pode representar uma opção viável de cultivo em regiões mais pobres, fornecendo um novo ingrediente para alimentos específicos e com potenciais benefícios à saúde de certas populações alvo (REPO-CARRASCO-VALENCIA e SERNA, 2011).

Cereais também podem ser utilizados para enriquecer os pães, e os mais comuns são aveia, trigo integral, centeio e cevada.

Geralmente sementes e cereais são adicionados à massa, mas podem também ser adicionados à casca dos pães, dando um aspecto visual bem atrativo. Para alguns pães a adição de sementes na casca passou a ser o padrão, como no caso dos pães de hambúrguer. Estes recebem em escala industrial a adição de gergelim ou outras sementes por meio do uso de aplicadores.

> Independentemente do tipo de aplicador utilizado, é importante que ele seja posicionado corretamente e que os ajustes sejam compatíveis com as

sementes e o produto, assegurando um revestimento uniforme das superfícies dos pães de hambúrguer (CAUVAIN e YOUNG, 2009).

## Cremes

Cremes à base de ovos e de produtos lácteos podem ser adicionados à massa dos pães, porém devem ser forneáveis para que o seu sabor e características não se alterem negativamente durante o processo de cocção da massa do pão. Os cremes são utilizados como recheios de roscas, tortas, "folhados" e pães doces e salgados, e na cobertura de roscas, pães doces e "folhados".

Exemplos de cremes comumente utilizados na panificação incluem: creme de confeiteiro e suas variações, *curds* de frutas, cremes de chocolate e cremes de queijo forneáveis.

Muitos desses cremes são fornecidos em preparados industrializados e em versões "forneáveis" prontas para uso, principalmente para utilização nas produções em escala. Os fabricantes de pães artesanais geralmente privilegiam a utilização de cremes produzidos com elementos naturais e sem adição de conservantes artificiais.

## Corantes

Existem várias maneiras de adicionar cores aos pães, tanto naturais como artificiais.

Várias farinhas alimentícias que adicionam cores às massas de macarrão também podem ser utilizadas para colorir massas de pão. As mais utilizadas são as farinhas de beterraba, de cenoura e de espinafre. Outros vegetais em pó, como o açafrão e a cúrcuma, também trazem cor às massas sem grandes alterações no sabor dos pães.

Alguns vegetais podem ser adicionados diretamente à massa na forma de purês, alterando a cor e também sabores e texturas, tais como: cenoura, abóbora, batata-baroa, beterraba, batata-roxa e até mesmo feijão-preto, que pode ser sovado junto com a massa para adicionar uma coloração púrpura.

Uma maneira de obter um pão "diferente" é colorindo a massa de negro com a adição de tinta de lula ao líquido de hidratação da massa.

Os corantes alimentícios também podem ser utilizados para colorir a água ou outros líquidos que serão utilizados como hidratantes da massa, produzindo pães com cores artificiais.

Outra maneira de colorir pães doces é adicionando corantes aos *fondants* e glacês que serão utilizados como cobertura.

Os corantes geralmente não modificam sabores, aromas e texturas dos pães, mas são mais uma maneira de torná-los mais atrativos por meio de efeitos visuais e decorativos.

## IMPACTOS DE ADITIVOS NO RESULTADO FINAL

O impacto da utilização dos aditivos no resultado final da produção de pães está resumido no Quadro 1.

QUADRO 1  Utilização dos aditivos e o resultado final nos produtos de panificação

| Aditivo | Efeito no pão |
|---|---|
| Ácido ascórbico | Pães com maior volume<br>Pães de massas cilindradas menos espessos |
| Glúten | Pães com maior volume |
| Extrato ou farinha de malte (diastáticos) | Pães com casca dourada (evita pães com casca pálida) |
| Fermento inativo | Pães de massas cilindradas menos espessos |
| L-cisteína | Pães de massas cilindradas menos espessos |
| Lecitina de soja (E322) | Pães com miolo mais macio |
| DATEM (E472e) | Pães com maior volume |
| SSL (E481) e CSL (E482) | Pães com maior volume e miolo mais macio |
| Açúcar | Pães mais nutritivos, macios, duráveis e dourados |
| Leite | Pães mais nutritivos, macios e dourados |
| Ovos | Pães mais nutritivos, macios e dourados |
| Gorduras | Pães mais nutritivos, macios e duráveis, e com maior volume, e massas "folhadas" |
| Frutas<br>Nozes, castanhas, sementes e cereais<br>Cremes | Pães mais nutritivos |

Fonte: elaborado pelo autor (2019).

## UTILIZAÇÃO DE ADITIVOS E SEUS EFEITOS

A utilização de aditivos e seus efeitos estão resumidos no Quadro 2.

**QUADRO 2** Aditivos de panificação com os efeitos obtidos, dosagens utilizadas e formas de utilização

| Aditivos | Efeito | Dosagem em massa [% farinha] ou [ppm de farinha] | Utilização |
|---|---|---|---|
| Ácido ascórbico (E300) | Reforçar o glúten, aumentar a extensibilidade e a flexibilidade da massa. | 20-40 ppm | Diretamente na mistura da farinha antes do preparo da massa. |
| Glúten | Suprir a carência de glúten. | 1-3% | Diretamente na mistura da farinha antes do preparo da massa. |
| Ácido ascórbico (E300) | Aumentar a tolerância de fermentação. | 15 a 30 ppm | Diretamente na massa do pão durante o preparo. |
| Extrato ou farinha de malte (diastático) | Suprir a carência de enzimas. | 0,4-1% | Diretamente na mistura da farinha antes do preparo da massa. |
| Fermento inativo | Aumentar a extensibilidade. | 0,1-1% | Diretamente na massa do pão durante o preparo. |
| L-cisteína | Aumentar a extensibilidade. | 10-90 ppm | Diretamente na massa do pão durante o preparo. |
| Lecitina de soja (E322) | Aumentar a maciez e melhorar a textura. | 0,25-1% | Diretamente na massa do pão durante o preparo. |
| DATEM (E472e) | Condicionar a massa para mistura mecânica. | 0,1-0,5% | Diretamente na massa do pão durante o preparo. |
| SSL (E481) e CSL (E482) | Aumentar a maciez, melhorar a textura e condicionar a massa para mistura mecânica. | 0,25-1% | Diretamente na massa do pão durante o preparo. |
| Açúcar | Aumentar a maciez, melhorar a textura e aumentar a vida de prateleira do pão. Prover aroma, sabor e cor. | Conforme indicação | Diretamente na massa do pão durante o preparo. |
| Leite | Melhorar a maciez e a cor do pão. | Como substituto do hidratante na massa. Leite líquido: na proporção desejada ou no máximo até a absorção total pela farinha. Leite em pó: 1-6%. | Diretamente na massa do pão durante o preparo. |

*(continua)*

**QUADRO 2** Aditivos de panificação com os efeitos obtidos, dosagens utilizadas e formas de utilização (*continuação*)

| Aditivos | Efeito | Dosagem em massa [% farinha] ou [ppm de farinha] | Utilização |
|---|---|---|---|
| Ovos | Melhorar a maciez e a cor do pão. | Conforme indicação e como substituto parcial do hidratante da massa. | Diretamente na massa do pão durante o preparo. |
| Gorduras | Enriquecer a massa e aumentar sua elasticidade. Aumentar a maciez e a vida de prateleira do pão. "Folhar" a massa, no caso de massas folhadas. | Depende do tipo de massa: Pobre: 2%. Semirrica: 5-25%. Folhada: 25-100%. | Diretamente na massa do pão após seu desenvolvimento quase completo. Deve ser adicionada aos poucos e "em pomada". No caso da massa folhada, gelada e "em bloco" sobre a massa totalmente desenvolvida. |
| Frutas Nozes e castanhas Sementes Cereais Cremes | Enriquecer o valor nutricional, o sabor, textura e aromas do pão. | Conforme indicação. | Diretamente na massa do pão após seu desenvolvimento completo. |

Fonte: elaborado pelo autor (2019).

# REFERÊNCIAS

BRASIL, J. A. *Efeito da adição de inulina sobre os parâmetros nutricionais, físicos e sensoriais do pão*. Dissertação (Mestrado em Nutrição) – Faculdade de Nutrição, Universidade Federal de Pernambuco, Recife, 2006.

CAUVAIN, S. P.; YOUNG, L. S. *Tecnologia da panificação*. 2.ed. Barueri, Manole, 2009.

GEWEHR, M. F. *Desenvolvimento de pão de forma com adição de quinoa*. Dissertação (Mestrado) – Programa de Pós-graduação em Ciência e Tecnologia de Alimentos, Faculdade de Ciência e Tecnologia de Alimentos, Universidade Federal do Rio Grande do Sul, Porto Alegre, 2010.

REPO-CARRASCO-VALENCIA, R. A.; SERNA, L. A. Quinoa (*Chenopodium quinoa*, Willd.) as a source of dietary fiber and other functional components. *Ciência e Tecnologia de Alimentos*, Campinas, v. 31, n. 1, p. 225230, 2011.

SANTOS, L. M. P.; PEREIRA, M. Z. Efeito da fortificação com ácido fólico na redução dos defeitos do tubo neural. *Cadernos da Saúde Pública*, Rio de Janeiro, *23(1)*:17-24, 2007.

SUAS, M. *Advanced bread and pastry*: a professional approach. Delmar, Cengage Learning, 2012.

ZANETTI, B.; SCHMITZ, F.; APLEVICZ, K.; SCHEUER, P. M. *Apostila de panificação I*. 2ª revisão. Ministério da Educação. Secretaria de Educação Profissional e Tecnológica. Instituto Federal de Educação, Ciência e Tecnologia de Santa Catarina. Campus Florianópolis. Continente. Florianópolis, 2009.

# Anexo 1: Exemplos de fichas técnicas de melhoradores industriais

 **FICHA TÉCNICA**

## PRODUTO: MELHORADOR ADIPLUS
## CÓDIGO: FT 035

### DESCRIÇÃO
Condicionador de massa em pó para produção de pães
(melhorador super forte)

### INGREDIENTES
Ingredientes: Amido de milho ou fécula de mandioca, antiumectante carbonato de cálcio, estabilizante polisorbato 80 e estearoil-2-lactil lactato de cálcio, melhoradores de farinha ácido ascórbico e enzima de alfa amilase. **CONTÉM GLÚTEN.**

### PROPORÇÃO DE USO
Adicionar 500 g para 50 kg de farinha de trigo.

### ALERGÊNICOS
ALÉRGICOS: PODE CONTER AMENDOIM, SOJA, OVOS, CASTANHA DE CAJU, TRIGO, CENTEIO, AVEIA, CEVADA, LEITE

### CÓDIGO DE BARRA
Caixa 20kg granel: 7898228370776
Embalagem 500g: 7898228370530

### CLASSIFICAÇÃO FISCAL
1901.2000

### CARACTERÍSTICAS MICROBIOLÓGICAS
De acordo com MINISTÉRIO DA SAÚDE – A.N.V.S. – RDC Nº12, DE 2 DE JANEIRO DE 2001. Item 10-h

| Determinação | Resultado |
|---|---|
| Bacillus Cereus | Máx. 5000 UFC/g |
| Coliformes a 45°C | Máx. 100 NMP/g |
| Salmonella sp | Ausente em 25 g |

### CARACTERÍSTICAS FÍSICO QUÍMICA

| Determinação | Resultado |
|---|---|
| Aspecto | Pó |
| Coloração | Amarelada |
| Odor | Característico |
| Umidade | Máx 12% |

### EMBALAGEM
Fardo com 20 embalagens de 500g cada
Caixa de papelão 20kg á granel com polietileno interno.

### DIMENSÕES DA EMBALAGEM

| Embalagem | Comprimento (mm) | Largura (mm) | Altura (mm) |
|---|---|---|---|
| Fardo 20x500 g | 500 | 290 | 110 |
| Caixa 20kg | 385 | 300 | 280 |

### ARMAZENAMENTO E TRANSPORTE
Conservar em local, seco, fresco, arejado em temperatura ambiente.
Cuidado no manuseio. Não transportar com produtos não alimentícios

### PRAZO DE VALIDADE
6 meses, a partir da data de fabricação, sob as condições de armazenagem recomendada

### INFORMAÇÃO NUTRICIONAL

INFORMAÇÃO NUTRICIONAL
Porção de 20g (1 $\frac{1}{2}$ colheres de sopa)

| Quantidade por porção | | %VD (*) |
|---|---|---|
| Valor energético | 66Kcal= 277KJ | 3% |
| Carboidratos | 16g | 5% |
| Proteínas | 0g | 0% |
| Gorduras totais | 0,4g dos quais: | 1% |
| Gorduras Saturadas | 0,4g | 2% |
| Gordura Trans | 0g | ** |
| Gorduras Monoinsaturadas | 0g | ** |
| Gorduras Poliinsaturadas | 0g | ** |
| Colesterol | 0mg | ** |
| Fibra Alimentar | 0g | 0% |
| Sódio | 2mg | 0% |

(*)% Valores diários de referência com base em uma dieta de 2000 kcal ou 8400 kJ. Seus valores diários podem ser maiores ou menores dependendo de suas necessidades energéticas.** VD não estabelecido

Data: Julho/2019    Revisão 04

 **FICHA TÉCNICA**

## PRODUTO: MELHORADOR ENZIPAN 250
## CÓDIGO: FT 037

### DESCRIÇÃO
Condicionador de massa concentrado em pó para produção de pães

### INGREDIENTES
Amido de milho ou fécula de mandioca, estabilizante polisorbato 80 e estearoil-2-lactil lactato de cálcio, melhoradores de farinha ácido ascórbico e enzima alfa amilase. CONTÉM GLÚTEN.

### PROPORÇÃO DE USO
Adicionar 250 g para 50 kg de farinha de trigo.

### CÓDIGO DE BARRA
Embalagem 250g: 7898228378031

### ALERGÊNICOS
ALÉRGICOS: PODE CONTER AMENDOIM, SOJA, OVOS, CASTANHA DE CAJU, TRIGO, CENTEIO, AVEIA, CEVADA, LEITE

### CLASSIFICAÇÃO FISCAL
1901.2000

### CARACTERÍSTICAS MICROBIOLÓGICAS
De acordo com MINISTÉRIO DA SAÚDE – A.N.V.S. – RDC Nº12, DE 2 DE JANEIRO DE 2001. Item 10-h

| Determinação | Resultado |
|---|---|
| Bacillus Cereus | Máx. 5000 UFC/g |
| Coliformes a 45°C | Máx. 100 NMP/g |
| Salmonella sp | Ausente em 25 g |

### CARACTERÍSTICAS FÍSICO QUÍMICA

| Determinação | Resultado |
|---|---|
| Aspecto | Pó |
| Coloração | Amarelada |
| Odor | Característico |
| Umidade | Máx 12% |

### EMBALAGEM
Fardo com 40 embalagens de 250g

### DIMENSÕES DA EMBALAGEM

| Embalagem (mm) | Comprimento (mm) | Largura (mm) | Altura (mm) |
|---|---|---|---|
| Fardo 40x250 g | 580 | 320 | 90 |

### ARMAZENAMENTO
Conservar em local, seco, fresco, arejado em temperatura ambiente.
Cuidado no manuseio. Não transportar com produtos não alimentícios

### PRAZO DE VALIDADE
6 meses, a partir da data de fabricação, sob as condições de armazenagem recomendada

### INFORMAÇÃO NUTRICIONAL

INFORMAÇÃO NUTRICIONAL
Porção de 20g (1 $^{1}/_{3}$ colheres de sopa)

| Quantidade por porção | | %VD (*) |
|---|---|---|
| Valor energético | 58Kcal= 244KJ | 3% |
| Carboidratos | 9g | 3% |
| Proteínas | 0g | 0% |
| Gorduras totais | 2,3g dos quais: | 4% |
| Gorduras Saturadas | 2,3g | 10% |
| Gordura Trans | 0g | ** |
| Gorduras Monoinsaturadas | 0g | ** |
| Gorduras Poliinsaturadas | 0g | ** |
| Colesterol | 0mg | ** |
| Fibra Alimentar | 0g | 0% |
| Sódio | 28mg | 1% |

(*)% Valores diários de referência com base em uma dieta de 2000 kcal ou 8400 kJ. Seus valores diários podem ser maiores ou menores dependendo de suas necessidades energéticas. ** VD não estabelecido

Data: Julho/2019   Revisão 03

# Capítulo 7

# Formulação de receitas

*Ingrid Schmidt-Hebbel Martens*

## INTRODUÇÃO

Frequentemente encontram-se livros com receitas de panificação trazendo as medidas em xícaras, copos, colheres, pitadas etc., o que sempre leva ao questionamento sobre o volume e, portanto, o peso de cada um dos ingredientes que efetivamente deve ser utilizado na receita.

Mesmo que o volume dos nossos utensílios de cozinha fosse padronizado ainda restaria a dúvida em relação a como encher esses utensílios. Por exemplo: deve-se apertar a farinha na xícara ou não? Fica evidente que essas medidas não são suficientemente precisas quando se quer reproduzir de forma exata determinada receita inúmeras vezes, e, inclusive, por diferentes pessoas, atingindo sempre o mesmo resultado.

Para resolver essa dificuldade tem-se adotado nas padarias profissionais, mas também pode ser adotado em casa, um método exato, estabelecendo uma relação matemática entre os ingredientes de uma receita.

Este capítulo tem a finalidade de apresentar a utilização de porcentagens do padeiro, a relação (coeficiente) entre os principais ingredientes do pão, de modo a que o leitor possa formular as suas próprias receitas a partir do conhecimento adquirido.

## A PORCENTAGEM DO PADEIRO

A porcentagem do padeiro (em inglês: *baker's percentage* ou *baker's math*; em francês: *le pourcentage du boulanger*) é o método mais simples para aumentar ou diminuir ingredientes de uma receita sem alterar o equilíbrio da preparação. Todos os ingredientes são pesados em uma balança digital, o que nos permite trabalhar com precisão, pois utilizamos apenas uma unidade de medida (o grama). O peso da farinha é sempre expresso como 100% e cada ingrediente da receita é expresso como uma porcentagem do peso da farinha. Além de facilitar a comunicação entre os profissionais da cozinha, a técnica possibilita a avaliação de uma receita pelas porcentagens dos ingredientes utilizados (COZINHA TÉCNICA, 2018). Segundo Canella-Rawls (2012, p. 208), no decorrer do tempo o processo de produção de pão foi aprimorado por diversos fatores, um deles a utilização de fórmulas que substituíram as receitas antigas. Essas receitas tinham como característica a ausência de padrão, uma vez que utilizavam como medida pratos fundos, canecas, pitadas, colher cheia etc., e que não garantiam a mesma quantidade de ingredientes. De acordo com Reinhart (2007, p. 105), as porcentagens do padeiro permitem a alteração na receita (para volume maior ou menor) quando se quer produzir uma quantidade maior ou menor da receita escolhida. Analisando a porcentagem entre os ingredientes e a farinha, os padeiros conseguem dizer qual será o sabor, a textura e a aparência do pão. Utilizando a porcentagem do padeiro, este pode criar qualquer volume de produção, uma vez que as porcentagens do padeiro são basicamente uma fórmula a ser seguida.

De acordo com Suas (2009, p. 955), a utilização da porcentagem do padeiro é importante para ter padronização na produção, facilidade para calcular a taxa de absorção da farinha, facilidade para aumentar ou diminuir o volume de massa usando a mesma fórmula, facilidade na comparação de fórmulas diferentes, capacidade de verificar se uma fórmula está bem equilibrada, bem como a capacidade de corrigir fórmulas inadequadas. A utilização de fórmulas, ou porcentagem do padeiro, também diminui o desperdício, uma vez que é possível produzir sem dificuldade exatamente a quantidade de massa necessária para a produção (CANELLA-RAWLS, 2012, p. 209).

A porcentagem do padeiro se baseia sempre no peso total das farinhas presentes na fórmula, sendo a farinha sempre expressa como 100% (SUAS, 2009, p. 995). Na prática isso significa que, se você está utilizando apenas um tipo de farinha na receita, esta corresponde a 100%; ao utilizar mais do que uma farinha, a somatória delas representa 100% na fórmula, conforme segue nos exemplos:

Farinha de trigo: 100%
Água: 60%
Sal: 2%
Fermento biológico: 1,5%
Total: 163,5%

Utilizando dois tipos de farinha, em proporções diferentes, temos:

Farinha de trigo: 75%
Farinha de centeio: 25%

Sal: 2%
Fermento biológico: 1,5%
Total: 163,5%

Note que as fórmulas diferem apenas em relação às farinhas presentes; na primeira utilizou-se apenas farinha de trigo, que representa 100% da fórmula, enquanto na segunda utilizaram-se duas farinhas diferentes (trigo e centeio), porém a somatória de ambas é 100%.

Segundo Canella-Rawls (2012, p. 209), o peso de cada ingrediente adicional é expresso como uma porcentagem do peso total da farinha. Ao utilizar a porcentagem do padeiro, deve-se observar que todas as medidas dos ingredientes estarão na mesma unidade, ou seja, não é possível misturar gramas (g) com mililitros (mL), ou quaisquer outras unidades diferentes entre si. Outro fator importante é que as medidas devem ser utilizadas em unidades de peso e não de volume. O sistema mais fácil de ser utilizado no método de porcentagens do padeiro é o sistema métrico, uma vez que está baseado em múltiplos de 10 (SUAS, 2009, p. 995).

Em outro exemplo (REINHART, 2007, p. 143), temos:

Farinha de trigo integral: 58%
Farinha de trigo branca: 42%
Sal: 1,3%
Levedura seca: 1,2%
Leite: 62,5%
Mel: 2,8%
Manteiga sem sal ou óleo: 8%
Canela em pó: 1%
Passas: 33%
Total: 216,8%

O cálculo da porcentagem do padeiro pode ser facilmente feito a partir da receita em quilogramas ou gramas. Vamos verificar como pode ser feito, de acordo com Suas (2009, p. 995), para a receita a seguir:

Farinha: 50 kg
Água: 30 kg
Sal: 1 kg
Levedura: 0,75 kg

Como todos os ingredientes foram dados em quilogramas, não há necessidade de converter as quantidades da receita antes de transformá-la em porcentagem do padeiro. Para o cálculo da porcentagem do padeiro pode-se utilizar a regra de três ou frações, conforme segue:

Usando a regra de três e lembrando que a farinha sempre representa 100%:

Farinha: 50 kg — 100%
Água:     30 kg — x
x = (30 · 100)/50 = 60%

Ou seja, a água representa 60% do peso da farinha utilizado na receita. Da mesma forma podemos proceder para os demais ingredientes (sal e levedura) e chegaríamos a 2% para o sal e 1,5% para a levedura.

E se a intenção fosse utilizar apenas 20 kg de farinha, quanta água seria necessária?

Nesse caso, sabendo que a água representa 60% do peso da farinha, temos:

Farinha: 20 kg — 100%
Água:     x — 60%
Portanto:
x = (20 · 60)/100 = 12 kg

Para os demais ingredientes, o cálculo é feito de forma análoga.

Usando frações:
Farinha: 50 kg
Água:     30 kg
Usando esse método para calcular, temos que:
Água = 30/50 = 0,60 ou 60%

Em outras palavras, devemos calcular quantas partes de água (ou outro ingrediente) temos em relação às partes de farinha presentes na receita.

Supondo agora que temos uma fórmula com as porcentagens do padeiro e gostaríamos de transformar em quilos para fazer a receita, conforme segue (SUAS, 2009, p. 996):

Farinha: 100% (lembre-se de que a farinha sempre representa 100%)
Água: 65%
Sal: 2%
Levedura: 1%

Para fazer o cálculo é preciso determinar a quantidade a ser utilizada; supondo que serão utilizados 30 kg de farinha, temos:

Farinha:    100%    = 30 kg
Água:       65%     = 30 · 0,65 = 19,5 kg
Sal:        2%      = 30 · 0,02 = 0,6 kg (ou 600 g)
Levedura:   1%      = 30 · 0,01 = 0,3 kg (ou 300 g)

Se eu tiver determinada quantidade de massa a ser feita, supondo que tenha uma entrega de 30 pães, cada um com 0,75 kg, é possível utilizar a porcentagem do padeiro e produzir exatamente a quantidade de massa necessária. Nesse caso devemos proceder da seguinte forma, utilizando a receita:

Farinha: 100%
Água: 65%
Sal: 2%
Levedura: 1,5%

A quantidade total de massa necessária para fazer os 30 pães será de: 30 · 0,75 kg = 22,5 kg. Somando as porcentagens dos ingredientes, temos um total de 168,5%, que equivale aos 22,5 kg.

Portanto:
22,5 kg — 168,5%
x — 100% (para calcular primeiro a farinha)
Farinha = (22,5 · 100)/168,5 = 13,35 kg

Para os outros ingredientes, temos:

Água = (22,5 · 65)/168,5 = 8,68 kg
Sal = (22,5 · 2)/168,5 = 0,267 kg
Levedura = (22,5 · 1,5)168,5 = 0,200 kg
Total: 22,5 kg

Se se quiser aumentar o número de pães, ou aumentar o peso deles, os cálculos devem ser feitos sempre de forma similar aos cálculos apresentados para esse exemplo. Mesmo que a receita tenha mais ingredientes o procedimento para calcular é exatamente o mesmo.

Conforme Canella-Rawls (2012, p. 213), ao utilizar o pré-fermento (massa azeda ou *poolish*) há duas considerações em relação à porcentagem do padeiro.

A primeira é simples; o pré-fermento é apenas mais um ingrediente. A segunda diz respeito à configuração das porcentagens. Vamos considerar a fórmula (CANELLA-RAWLS, 2012, p. 213) para pão francês elaborado com pré-fermento:

| Farinha | 100% | 3.000 g |
| --- | --- | --- |
| Sal | 3% | 90 g |
| Açúcar | 1% | 30 g |
| Gordura | 2% | 60 g |
| Fermento fresco | 2% | 60 g |
| Água | 48% | 1.440 g |
| Massa azeda | 96% | 2.880 g |

Analisando essa fórmula, parece excessivo utilizar 3% de sal, enquanto 48% de água parece muito pouco. No entanto, qual a proporção de ingredientes na massa azeda? Ao utilizar massa azeda é recomendável expressar também a fórmula dessa massa, ou seja, a soma de toda a farinha, água e demais ingredientes, e basear as porcentagens nesse total (CANELLA-RAWLS, 2012, p. 214).

Supondo que a massa azeda tenha sido elaborada com partes iguais de farinha, água e um pouco de fermento, temos:

| Farinha | 100% | 1.500 g |
| --- | --- | --- |
| Água | 100% | 1.500 g |
| Fermento | 1% | 15 g |

Acrescentando esses ingredientes ao restante da massa, temos (CANELLA-RAWLS, 2012, p. 214):

| **Farinha** | 3.000 g + 1.500 g | 100% |
| --- | --- | --- |
| Sal | 90 g | 2% |
| Açúcar | 30 g | 0,7% |
| Gordura | 60 g | 1,3% |
| **Fermento** | 60 g + 15 g | 1,7% |
| **Água** | 1.440 g + 1.500 g | 65% |

Analisando agora a porcentagem dos ingredientes, a fórmula parece mais equilibrada do que parecia ser ao considerar a massa azeda um ingrediente.

# FÓRMULAS

A seguir serão vistas algumas fórmulas de produtos de panificação, apenas para ilustrar exemplos. Caso o leitor se interesse por outras produções (doces e salgadas), poderá recorrer às referências utilizadas para elaborar a listagem a seguir.

## Bagels

(SUAS, 2009, p. 272)

**TABELA 1** Bagels – fórmula

| Ingredientes | Peso | Porcentagem do padeiro |
|---|---|---|
| Farinha | 2,961 kg | 100,0% |
| Água | 1,480 kg | 50,0% |
| Sal | 0,038 kg | 1,3% |
| Fermento | 0,009 kg | 0,3% |
| Malte | 0,047 kg | 1,6% |
| Rendimento total | 4,536 kg | 153,2% |

**TABELA 2** Bagels – esponja

| Ingredientes | Peso | Porcentagem do padeiro |
|---|---|---|
| Farinha | 0,888 kg | 100,0% |
| Água | 0,570 kg | 50,0% |
| Fermento | 0,003 kg | 0,3% |
| Rendimento total | 1,468 kg | 165,3% |

**TABELA 3** Bagels – massa final

| Ingredientes | Peso | Porcentagem do padeiro |
|---|---|---|
| Farinha | 2,073 kg | 100,0% |
| Água | 0,903 kg | 43,57% |
| Sal | 0,038 kg | 1,86% |
| Fermento | 0,006 kg | 0,3% |
| Malte | 0,047 kg | 2,29% |
| Esponja | 1,468 kg | 70,84% |
| Rendimento total | 4,536 kg | 218,86% |

**OBS.:** Misture todos os ingredientes do pré-fermento até incorporar bem. Deixe descansar durante 6 a 8 horas em temperatura ambiente (18-21 °C). Em seguida, leve à geladeira durante a noite.

**Mistura:** Misture a massa final, adicionando todos os ingredientes, até obter uma massa firme.
**Temperatura desejada da massa:** 23-24 °C.
**Fermentação:** 30 minutos.
**Modelagem:** Divida em porções de 0,085 kg e modele *bagels*.
**Descanso:** 20-30 minutos.
**Fermentação final:** 12-18 horas em baixa temperatura.
**Branqueamento:** Branquear em água fervente por 45 segundos.
**Cozimento:** Asse em forno de convecção, com vapor (2 segundos), a 238 °C, por 15 minutos.

## Ciabatta

(KING ARTHUR FLOUR, s. d.)

**TABELA 4** Ciabatta – fórmula

| Ingredientes | Peso | Porcentagem do padeiro |
|---|---|---|
| Farinha | 10,0 kg | 100% |
| Água | 7,6 kg | 76% |
| Sal | 0,2 kg | 2,0% |
| Fermento | 0,12 kg | 1,2% |
| Rendimento total | 17,92 kg | 179,2% |

**TABELA 5** Ciabatta – biga

| Ingredientes | Peso | Porcentagem do padeiro |
|---|---|---|
| Farinha | 3,0 kg | 100% |
| Água | 1,8 kg | 60% |
| Fermento | 0,003 kg | 0,1% |
| Rendimento | 4,803 kg | 160,1% |

**TABELA 6** Ciabatta – massa final

| Ingredientes | Peso |
|---|---|
| Farinha | 7,0 kg |
| Água | 5,8 kg |
| Fermento | 0,117 kg |
| Biga | 4,803 kg |
| Rendimento | 17,92 kg |

*Biga:* Misture todos os ingredientes. Cubra e deixe em temperatura ambiente até amadurecer, cerca de 16 horas. Farinha pré-fermentada = 30%.

**Massa final:** Adicione todos os ingredientes à tigela e misture na primeira velocidade por 3 minutos para incorporar os ingredientes. Ajuste a hidratação conforme necessário. Misture na segunda velocidade por mais 4-5 minutos, para moderar o desenvolvimento de glúten. Como alternativa, a massa pode ser misturada usando a técnica de autólise.

**Temperatura desejada da massa:** 23,9 °C.

**Fermentação:** 2 horas, com uma dobra após 1 hora.

**Modelagem:** Divida a massa em retângulos de 0,57 kg. Coloque os pães em tábuas de pão bem enfarinhadas com o lado bom voltado para baixo.

**Fermentação final:** Aproximadamente 1 hora.

**Cozimento:** Asse a 238 °C; cozinhe no vapor, coloque o pão e cozinhe no vapor novamente. Pães retangulares pesando 0,57 kg assam em aproximadamente 36 minutos.

## Focaccia

(SUAS, 2009, p. 232)

**TABELA 7** *Focaccia* – fórmula

| Ingredientes | Peso | Porcentagem do padeiro |
|---|---|---|
| Farinha de trigo | 2,555 kg | 100,0% |
| Água | 1,687 kg | 66,0% |
| Fermento (seco) | 0,013 kg | 0,5% |
| Sal | 0,051 kg | 2,0% |
| Óleo | 0,153 kg | 6,0% |
| Queijo ralado | 0,077 kg | 3,0% |
| Rendimento total | 4,536 kg | 177,50% |

**TABELA 8** *Focaccia* – pré-fermento

| Ingredientes | Peso | Porcentagem do padeiro |
|---|---|---|
| Farinha de trigo | 0,639 kg | 100,0% |
| Água | 0,415 kg | 65,0% |
| Fermento (seco) | 0,004 kg | 0,6% |
| Sal | 0,013 kg | 2,0% |
| Rendimento total | 1,071 kg | 167,60% |

**TABELA 9** *Focaccia* – massa final

| Ingredientes | Peso |
|---|---|
| Farinha de trigo | 1,917 kg |
| Água | 1,271 kg |
| Fermento (seco) | 0,009 kg |
| Sal | 0,038 kg |
| Óleo | 0,153 kg |
| Queijo ralado | 0,077 kg |
| Pré-fermento | 1,071 kg |
| Rendimento total | 4,536 kg |

**OBS.:** Misture todos os ingredientes do pré-fermento até incorporar bem. Deixe descansar durante 1 a 1,5 hora em temperatura ambiente (18-21 °C). Em seguida, leve à geladeira durante a noite.

**Mistura:** Misture a massa final, adicionando todos os ingredientes, rapidamente.
**Temperatura desejada da massa:** 23-26 °C.
**Fermentação:** 2 horas, com uma dobra na metade do tempo.
**Modelagem:** Divida em porções de 3,2-3,5 kg em assadeira untada, esticando a massa para as bordas.
**Fermentação final:** 1 hora a 26 °C, com 65% de umidade relativa.
**Cozimento:** Asse em forno de convecção, com vapor (2 segundos).

## Pão de aveia

(KING ARTHUR FLOUR, s. d.)

**TABELA 10** Pão de aveia – fórmula

| Ingredientes | Peso | Porcentagem do padeiro |
|---|---|---|
| Farinha de trigo | 7,5 kg | 75% |
| Farinha de trigo integral | 2,5 kg | 25% |
| Água | 6,25 kg | 62,5% |
| Fermento | 0,25 kg | 2,5% |
| Sal | 0,225 kg | 2,3% |
| Óleo | 0,75 kg | 7,5% |
| Mel | 0,75 kg | 7,5% |
| Leite | 1,125 kg | 11,3% |
| Aveia (flocos grossos) | 1,65 kg | 16,5% |
| Rendimento total | 21 kg | 210% |

**Mistura:** Coloque os flocos de aveia no leite por 20 minutos. Adicione todos os ingredientes restantes à batedeira. Em um misturador espiral, misture na primeira velocidade por 3 minutos para incorporar os ingredientes. Misture por mais 3-4 minutos, para um desenvolvimento moderado de glúten.
**Temperatura desejada da massa:** 24,4 °C.
**Fermentação:** 2 horas, com uma dobra após 1 hora.
**Divisão:** Divida a massa em pedaços de 0,68 kg se estiver fazendo pães de forma de 23,8 × 12,5 cm (9 × 5").
**Modelagem:** Modele em toras, umedeça a superfície superior em um pano úmido e depois em uma assadeira com aveia crua. Coloque os pães nas assadeiras.
**Fermentação final:** Deixe fermentar adequadamente.
**Cozimento:** Leve ao forno a 220 °C por cerca de 35 minutos.
**Obs.:** Também podem ser feitos pequenos rolos com a massa.

## Pão de sêmola

(KING ARTHUR FLOUR, s. d.)

TABELA 11   Pão de sêmola – fórmula

| Ingredientes | Peso | Porcentagem do padeiro |
|---|---|---|
| Farinha de trigo | 4,0 kg | 40% |
| Sêmola (semolina) | 6,0 kg | 60% |
| Água | 7,26 kg | 72,6% |
| Sal | 0,2 kg | 2% |
| Gergelim (torrado) | 0,5 kg | 5% |
| Rendimento total | 17,96 kg | 179,6% |

TABELA 12   Pão de sêmola – *levain* líquido

| Ingredientes | Peso | Porcentagem do padeiro |
|---|---|---|
| Farinha de trigo | 2,0 kg | 100% |
| Água | 2,5 kg | 125% |
| Cultura | 0,4 kg | 22% |
| Rendimento total | 4,5 kg | 247% |

TABELA 13   Pão de sêmola – massa final

| Ingredientes | Peso |
|---|---|
| Farinha de trigo | 2,0 kg |
| Sêmola (semolina) | 6,0 kg |

*(continua)*

**TABELA 13**  Pão de sêmola – massa final *(continuação)*

| Ingredientes | Peso |
|---|---|
| Água | 4,76 kg |
| Sal | 0,2 kg |
| *Levain* líquido | 4,5 kg |
| Sésamo | 0,5 kg |
| Rendimento total | 17,96 kg |

**OBS.:** Aproximadamente 16 horas antes de misturar a massa final, misture os ingredientes para o *levain* líquido. Deixe descansar à temperatura ambiente, coberto. Farinha pré-fermentada = 20%.

**Mistura:** Misture a massa final adicionando todos os ingredientes à batedeira (primeiro remova uma porção de *levain* líquido para perpetuar a cultura). Em um misturador espiral, misture na primeira velocidade por 3 minutos, depois vire o misturador para o segundo e misture para moderar o desenvolvimento de glúten, cerca de 3-4 minutos.

**Temperatura desejada da massa:** 24-25,5 °C.
**Fermentação:** 2 a 2½ horas, com uma dobra na metade.
**Modelagem:** Divida, modele e cubra os pães para a fermentação final.
**Cozimento:** Asse a 232 °C, com vapor. Os pães com peso de 0,75 kg devem assar por 36-40 minutos.
**Obs.:** Os pães também podem ser retardados durante a noite antes de assar. Nesse caso, uma fermentação de 2 horas é suficiente.

## REFERÊNCIAS

CANELLA-RAWLS, S. *Pão:* arte e ciência. 5.ed. São Paulo, Senac São Paulo, 2012.
COZINHA TÉCNICA. 2018. *Porcentagem do padeiro:* como aumentar ou diminuir ingredientes? Disponível em: https://cozinhatecnica.com/2018/09/como-aumentar-ou-diminuir-ingredientes-de-uma-receita/. Acesso em: 1º fev. 2020.
KING ARTHUR FLOUR. Sd. *Baker's formulas. Disponível* em: https://www.kingarthurflour.com/pro/formulas. Acesso em: 10 fev. 2020.
REINHART, P. *Whole grain breads:* new techniques, extraordinary flavor. Berkeley, Ten Speed Press, 2007.
SUAS, M. *Advanced bread and pastry:* a professional approach. Del Mar, Cengage Learning, 2009.

## Capítulo 8

# Sova

*Vinícius Val Gonçalves Cordeiro Fernandes*
*Danilo Minelli da Costa*

## INTRODUÇÃO

Todos os métodos de produção de pães são diferenciados pelo tipo de fermentação empregado e também pelo método de mistura utilizado. Este capítulo irá abordar distintamente os métodos de sova e desenvolvimento simples e complexo do glúten, assim como nomenclaturas e características sensoriais e físicas dos processos envolvidos.

## MÉTODOS

No decorrer do desenvolvimento do glúten, alguns processos e métodos podem ser adotados com base no resultado desejado pelo profissional, e também nas características organolépticas finais esperadas pelo produto em questão. Por meio das distintas técnicas de processamento empregadas, identificaremos quão importantes e contribuintes são a qualidade dos ingredientes e a formulações desenvolvidas no decorrer dos processos específicos no ramo da panificação.

No processamento e desenvolvimento de massa há dois métodos clássicos que podem ser subdivididos e serão aprofundados separadamente. São eles o método direto e o indireto.

O método direto pode ser aplicado em qualquer tipo de massa e com qualquer tipo de equipamento utilizado, seja ele automatizado e mecânico ou manual e simples. Tal método consiste em iniciar a mistura dos ingredientes a fim de atingir a hidratação dos componentes básicos necessários presentes na massa, como a farinha e o fermento, a fim de desenvolver uma rede de fibras proteicas conhecida como rede de glúten, conforme abordado anteriormente. Para que esse processo ocorra de forma correta, é empregado o uso de ação mecânica com o auxílio de masseiras, amassadeiras e manuais, sendo necessário manter o controle de temperatura para que a massa não comece seu estágio fermentativo prematuramente em seu modo de batimento simples. No caso de masseiras e amassadeiras, esse processo ocorre na velocidade baixa do equipamento, enquanto em processo manual ocorre em sova simples, sem que haja aplicação de velocidade ou intensidade em demasia para com a massa (REINHART, 2016).

Para que seja alcançado o resultado final desejado da massa, após aplicação do método direto é necessário que a massa tenha um tempo de descanso de bancada antes do seu manuseio, a fim de que ocorra uma redução de temperatura da massa, resultante de toda a energia de batimento aplicada sobre ela, e um tempo para que toda a rede de fibra proteica desenvolvida relaxe a fim de que não aconteça seu rompimento, conforme se explicará posteriormente.

Outro método clássico empregado no desenvolvimento de massa é conhecido como método indireto: a massa em questão é produzida em dois ou mais estágios envolvendo ações enzimáticas e fermentativas. Tal processo se inicia a partir de um pré-fermento e pode ser desenvolvido posteriormente por meio dos mesmos processos supracitados no método direto, tendo em vista sempre o controle de temperatura para que não haja qualquer processo prematuro indesejado (REINHART, 2016).

Independentemente do método escolhido e aplicado, existem processos químicos envolvidos em cada estágio da produção. Um dos mais específicos refere-se à adição retardada de sal, quando este passa a ser adicionado somente após obter-se um ponto de véu simples, que será explicado posteriormente, a fim de permitir uma hidratação por completo das proteínas presentes na farinha previamente aos efeitos de aglutinação desencadeados pelo cloreto de sódio. O sal passa então a ser incorporado à massa próximo ao final do seu desenvolvimento devido a sua fácil dissolução. Embora inicialmente tenha a ausência de seu efeito inibidor de processos fermentativos, o sal não representa problemas posteriores devido ao futuro tempo de descanso de bancada da massa.

## CARACTERÍSTICAS DA SOVA

Conforme explanado por Kalanty (2012, p. 89), o objetivo principal de todo e qualquer tipo de sova é homogeneizar todos os ingredientes presentes em uma formulação. A sova rítmica controlada, independentemente de ser automatizada ou manual, ocorre de forma mecânica a fim de desenvolver a rede de fibras proteicas de glúten, que têm características elásticas devido a uma das proteínas insolúveis em meio hídrico (glutenina). Tal característica pode ser notada quando pressionado um pedaço de massa: seu retorno à forma original é quase instantâneo, permitindo assim que a massa mantenha sua forma enquanto se desenvolve no estágio fermentativo e de assamento. Outra característica da massa é a extensibilidade, também devida a uma das proteínas insolúveis em meio hídrico (gliadina). Tal característica pode ser notada quando um pedaço de massa, ao sofrer tensão de esticamento, torna-se mais longo sem que haja seu rompimento.

Quando desenvolvida de forma correta, a rede de glúten permite que a massa tenha capacidade de expansão uniforme, tal como de armazenamento interno de dióxido de carbono, produzido por meio do processo fermentativo sem que haja seu desabamento no processo fermentativo ou de assamento.

Para que haja esse equilíbrio entre controle de temperatura, desenvolvimento da rede de glúten, homogeneização de ingredientes e controle fermentativo, existem basicamente três tipos de desenvolvimento de massas: básico, aprimorado e intensivo.

Suas (2012, p. 34) explica que o desenvolvimento básico recebe esse nome devido às características alcançadas em misturas sovadas à mão ou em masseiras e amassadeiras em velocidade baixa. Tende a incorporar menos quantidade de oxigênio oriundo do batimento e a agregar características de coloração mais voltadas aos tons de creme devido à pouca oxidação da massa. Para que haja esse tipo de desenvolvimento, é necessário maior tempo de produção e de fermentação, além da inserção de água ou líquido na massa em temperaturas geladas inferiores a 12 °C, para que não haja temperaturas superiores a 26 °C e não seja ativado o processo fermentativo prematuramente em decorrência do maior tempo de batimento. Para utilizar esse processo manualmente, é necessário empregar a técnica de sova, que consiste em puxar e empurrar a massa em movimentos contínuos sobre a bancada até que a massa esteja completamente lisa e livre de grumos, a fim de que assim possa descansar posteriormente. A técnica produz uma rede de glúten parcial para a qual se faz necessária a aplicação de modelagens, dobras e fermentações intermediárias (tempo de descanso) a fim de que, no final, atinja o ponto correto e ideal.

O desenvolvimento aprimorado tem início em massas que possam ou não conter pré-fermentações e que, da mesma forma que ocorre no desenvolvimento básico, tem início em velocidade baixa para que haja a homogeneização dos ingredientes e o princípio do desenvolvimento da rede de glúten. Posteriormente, após a uniformidade da massa, é elevada a uma velocidade de batimento superior, havendo assim uma quantidade de incorporação de ar maior oriunda desse batimento que se faz notavelmente superior ao desenvolvimento básico e inferior ao desenvolvimento intensivo. A massa adquire uma coloração em tons mais claros em comparação ao básico por conta de sua oxidação mais avançada. Essa metodologia de desenvolvimento é adotada quando se deseja atingir uma rede de glúten um pouco mais desenvolvida em comparação à básica, também permitindo que a massa seja modelada, cilindrada, sofra ação de dobras caso seja mais hidratada, passe por laminadoras em que a massa tende a finalizar por completo o desenvolvimento da sua rede de glúten, ou até mesmo sofra tempo de descanso de bancada superior. Assim, permite-se que o processo osmótico ocorra e resulte no equilíbrio hídrico entre as células, a fim de que a massa finalize seu desenvolvimento por completo da rede de glúten. Ressalta-se que o desenvolvimento final adotado varia de acordo com o tipo de massa produzida.

O desenvolvimento intensivo segue os mesmos princípios dos demais, tendo início em um batimento simples de velocidade baixa até a homogeneização dos ingredientes e podendo ou não conter pré-fermentações (pouco indicadas). A única diferença é o fato de que a massa, após sofrer a homogeneização visível, tem sua velocidade de batimento elevada, resultando assim em uma massa que possui tempo superior nessa modalidade de batimento em comparação à de desenvolvimento aprimorado. Assim, reduz-se o tempo de produção do produto tanto quanto sua complexidade de sabores e aromas devido ao total desenvolvimento da rede de glúten em masseiras ou amassadeiras. Esse método não é recomendado para pães com crostas complexas ou com o uso de pré-fermentações e longas fermentações naturais. Resultando em uma massa de coloração clara devido à grande oxidação, esse é um método muito utilizado em grandes panificações devido ao tempo reduzido de produção, por não serem necessários maiores descansos para o desenvolvimento completo da rede de glúten e pelo rendimento final do produto.

### Sova adequada

Para que ocorra uma sova de forma adequada, é necessário se ater a alguns estágios fundamentais na mistura: pesagem dos ingredientes, controle de temperatura, mistura e homogeneização dos ingredientes e desenvolvimento da massa.

Iniciando pela pesagem, ela deve ser precisa e elaborada mediante as formulações desenvolvidas. Esse estágio é, de fato, o principal e mais importante de todo o processo, pois qualquer erro de pesagem resultará em uma fórmula desequilibrada, em características diferentes do produto desejado e até mesmo na total perda de ingredientes.

Quando abordado o tópico sobre controle de temperatura, também é essencial que haja esse controle desde o primeiro momento do batimento para que uma temperatura desejável e ideal seja alcançada ao término do batimento da massa. A temperatura ideal para que exista um ponto fermentativo favorável ao desenvolvimento da massa varia entre 24 e 26 °C e é conhecida como temperatura desejada da massa. Caso se encontre acima dessa temperatura teremos uma atividade fermentativa prematura, acelerando a atividade das leveduras presentes na massa antes mesmo que ela atinja o equilíbrio de textura, o desenvolvimento adequado da rede de glúten e as complexidades de sabores desejadas. Entre os fatores que contribuem para a elevação de temperatura podemos citar a temperatura ambiente do local onde a massa está sendo manipulada, a quantidade de calor e energia transferida para a massa pela ação da sova manual ou por meio de masseiras e amassadeiras, a temperatura de todo e qualquer tipo de pré-fermentação utilizada no desenvolvimento da massa e, principalmente, a temperatura da farinha e da água ou qualquer líquido utilizado no estágio inicial do batimento, sendo estas ultimas as de mais fácil controle e maior precisão de aferição. A energia transferida em forma de calor para a massa varia muito de acordo com o tipo de massa e os procedimentos adotados para a incorporação de ingredientes e também conforme o equipamento utilizado. A temperatura pode variar entre 0,2 e 3,6 °C por minuto de mistura, aferida com base no cálculo de quantos graus a massa tende a subir em seu primeiro minuto em batimento intensivo (velocidade elevada) multiplicado pela quantidade de minutos que essa massa permanecerá nessa modalidade de batimento. Essa variação existe baseada no tipo de cuba utilizada pelo equipamento, e também pelo material, angulação e forma do gancho. No caso de sova manual esse cálculo não deve ser levado em consideração, já que a temperatura corporal tende a variar mediante esforço físico, tal como a superfície de sova, que manterá contato com a massa, sofrendo ação física direta de atrito, de forma a elevar a temperatura da massa.

Com relação à mistura e à total homogeneização dos ingredientes, deve-se levar em questão a máxima higiene pessoal, assim como dos equipamentos e utensílios, buscando evitar qualquer tipo de microrganismo indesejado durante todo o processo, assim como qualquer resíduo já solidificado de massas anteriores, que tendem a deixar pedaços e grumos sólidos no produto já finalizado.

Conforme explica Forkish (2012, p. 26), os métodos convencionais e comuns da etapa de mistura dos ingredientes têm início com a farinha, seguida dos demais ingredientes, de acordo com a formulação desenvolvida. É possível deixar um ou mais ingredientes para adição final ou parcial no decorrer do batimento, seguindo porcentagens e métodos de preparo desenvolvidos pelo operador, a fim de obter uma massa lisa e homogênea sem que haja elevação excessiva de temperatura durante o processo. Um processo famoso, desenvolvido pelo mestre de panificação e professor francês Raymond Calvel, leva o nome de autólise, e consiste em misturar toda a farinha com toda a água presente na formulação e permitir que essa mistura se mantenha em repouso pelo mínimo de 15 a 20 minutos a fim de dar início a duas reações importantes para o segmento de panificação: uma delas é a quase total hidratação das proteínas da farinha por meio do processo osmótico, levando-as ao aprimoramento das propriedades específicas do glúten, que consistem em melhor textura e maior retenção de dióxido de carbono. Outra das ações consiste em permitir a ação da enzima específica conhecida como protease, responsável pela ação de degradação de proteínas e degradando também, em consequência, algumas das ligações do glúten. Isso permite que ele tenha mais extensibilidade e melhor desenvoltura em processos aprimorados e mecânicos futuros. Após realizado o processo de autólise, passa-se a adicionar os demais ingredientes, como fermento e sal, para que o processo não perca seu efeito devido à diminuição de ação enzimática por conta do sal e da criação ácida pela ação do fermento, que causará uma redução na extensibilidade da massa.

Durante o processo de desenvolvimento da massa é necessário prestar atenção a suas características visuais. Um dos testes visuais mais utilizados por profissionais da área leva o nome de ponto de véu, cujo procedimento se descreve a seguir: após instantes de batimento, uma pequena porção de massa é retirada de sua totalidade e delicadamente esticada com as pontas dos dedos até atingir uma aparência fina e translúcida, de modo que seja possível a luz atravessá-la. A porção deve ser suavemente elástica e resistente ao toque das pontas dos dedos. Quando esse estágio é alcançado, tornam-se notáveis as mudanças físicas ocorridas desde o estágio inicial até o final desenvolvimento.

Cauvain e Young (2009, p. 276) observa que a qualidade das proteínas presentes na farinha mantém relação direta com a espécie de trigo utilizado para sua manufatura, assim como época de colheita, moagem, armazenamento e transporte, podendo até mesmo absorver 200 a 250% de seu peso em água e desenvolver de forma mais acelerada a rede de glúten. Após ser formado e permanecer em ação mecânica, seja manual ou pela ação do gancho, o glúten tende a produzir estruturas mais organizadas por meio de dois movimentos distintos, o primeiro de extensão das cadeias e o segundo de atração destas, que, quando submetidos a um período pouco maior de batimento, acabam por se alongar mais e se sobrepõem em finas camadas, criando uma rede de glúten tridimensional. Em função dessa sobreposição e organização de suas cadeias, o glúten tende a se tornar perceptivelmente mas firme na reologia da massa, concedendo-lhe a propriedade de se manter na mesma forma e de não se deformar e escoar durante o processo de assamento e cocção, aumentando sua capacidade de retenção de dióxido de carbono.

Com base em estudos químicos, é distinta a capacidade de absorção de água entre as proteínas e amidos presentes na farinha de trigo, sendo a de proteínas mais lenta, o que torna necessário que haja inicialmente o batimento em velocidade baixa para assegurar uma boa qualidade de glúten.

Mudanças químicas ocorrem também durante o processo de formação e batimento da massa ao ser adicionada água em contato direto com a farinha. Esse contato dá início a reações enzimáticas e fermentativas, provocando alterações de acordo com a quantidade de água utilizada; pode ser uma massa com características mais fermentativas, caso sofra maior hidratação, tendo que sofrer pequenas alterações em sua formulação com relação à porcentagem utilizada de fermento.

A oxidação da massa também ocorre durante seu desenvolvimento devido à incorporação de oxigênio no processo de batimento ou sova, conforme demonstrado por Suas (2012, p. 74), reagindo quimicamente com as moléculas de proteínas e formando uma rede de glúten mais consistente, criando um reforço e maior tolerância da massa. O sal é utilizado para que os efeitos negativos provenientes da oxidação sejam minimizados por meio da atividade química, aumentando sua durabilidade. No entanto, ele pode comprometer as características organolépticas da massa dependendo de seu momento de inserção.

Sovas manuais específicas são aplicadas ao redor do mundo, sendo adaptáveis à pessoa que as aplica e podendo promover melhores resultados dependendo do tipo de massa a ser desenvolvido e da característica final desejada.

A mais comum e básica recebe o nome de sova. Conforme explicado anteriormente, consiste em misturar os ingredientes até homogeneizar. Com o apoio de uma bancada, inicia-se o processo segurando uma das pontas da massa com uma das mãos e esticando-a diretamente na bancada, beneficiando-se do atrito ali existente e retornando a massa sobre si mesma de volta à posição inicial, virando-a em aproximadamente 90 graus e retomando o processo inicial até que a massa obtenha a característica lisa e com ausência de grumos. O teste de ponto de véu pode ser aplicado para acompanhar o desenvolvimento da rede de glúten. Caso bem desenvolvida, a massa pode permanecer boleada e coberta sobre a bancada, a fim de relaxar e reduzir a temperatura.

A técnica de bolear consiste em organizar a massa dando a ela um formato arredondado, com superfície lisa e levemente tensionada devido ao processo de esticar extremidades disformes, tornando-as um bolo de massa arredondado similar a uma bola.

Uma técnica antiga utilizada por padeiros franceses e popularizada pelo famoso professor e padeiro Richard Bertinet (BERTINET, 2019) recebe o nome de *slap and fold*, que, assim como a sova tradicional, tem o papel de esticar e dobrar a massa sobre si mesma aproveitando-se da viscosidade oriunda de uma fonte maior de hidratação na massa. Essa técnica é indicada para massas com alto porcentual de hidratação. O processo consiste em erguer a massa com as duas mãos, estando os polegares acima dela e os demais dedos sob a massa, e golpear contra a bancada a sua extremidade inferior para que grude na bancada e sofra uma dobra por si mesma; depois, reergue-la em um movimento de 180 graus e retomar o processo inicial. O resultado final de desenvolvimento da rede de glúten deve ser tão satisfatório quanto o método clássico.

Outra técnica de sova, ensinada pelo professor sul-africano de panificação Emmanuel Hadjiandreou (HADJIANDREOU, 2012), demanda um tempo maior de trabalho, porém não tão exaustivo quanto os demais, e é indicada para pães com alta hidratação em suas formulações. A técnica consiste em misturar os ingredientes até serem homogeneizados e, depois, iniciar esticando as pontas desuniformes e dobrando-as na direção do centro da massa até que esta tenha sua rede de glúten desenvolvida. Esse processo pode demorar cerca de trinta minutos, com pequenos períodos de descanso, para que o glúten relaxe e o processo osmótico continue ocorrendo.

Técnicas conhecidas como dobras ou dobras espaçadas exercem o mesmo papel de sova, porém demandam maior disponibilidade de tempo e maiores intervalos entre as ações. Quando os ingredientes já estão homogeneizados, a massa deve ser dobrada sobre si mesma de forma a ser sobreposta em partes iguais, de modo similar ao processo de dobra em uma folha de papel em três partes iguais, mantendo-se um descanso entre a repetição do mesmo processo de pelo menos trinta minutos. Assim como a forma anteriormente exemplificada, a ação osmótica ocorre nesse período de descanso, gerando total equilíbrio hídrico do meio, assim como do desenvolvimento da rede de glúten. Tal metodologia é bastante aplicada em pães de fermentação natural para que ocorra maior preservação de gases desenvolvidos a partir do processo fermentativo.

Por fim, um método manual bastante conhecido é o de Rubaud, desenvolvido pelo padeiro francês Gérard Rubaud, que consiste basicamente em, após ter os ingredientes homogeneizados em um recipiente, iniciar o processo de raspagem de quatro dedos indicadores por baixo da massa, esticando-a e soltando-a rapidamente. Esse método permite que haja penetração de ar por baixo da massa e total desenvolvimento do glúten graças à repetição.

Ressalte-se que os métodos e técnicas abordados tendem a variar de acordo com a massa manipulada, mas todos eles alcançam o resultado de desenvolvimento da rede proteica de glúten com sua devida especificidade e a característica desejada do produto.

### Pouca sova e sova excessiva

Conforme explanado anteriormente e exemplificado por Cauvain e Young (2009, p. 97), muitos fatores estão envolvidos no processo de desenvolvimento de qualquer massa, e a sova afeta diretamente o resultado alcançado. Uma série de defeitos pode existir em um produto final assado que não seja diretamente ligado ao seu processo de assamento por conta de pouca sova ou de uma sova excessiva da massa.

Para que a massa se desenvolva de forma correta e satisfatória, as etapas e características citadas devem ser seguidas. Caso exista pouco batimento de massa, não haverá o total desenvolvimento da rede de glúten, ou seja, não haverá a completa hidratação das proteínas, tampouco elasticidade e extensibilidade da massa, impedindo assim que a massa tenha capacidade de receber determinadas modelagens e de armazenar de forma correta o dióxido de carbono proveniente da fermentação, podendo vir a murchar ou até mesmo não desenvolver o crescimento adequado e ideal nesse ponto. Durante o processo de assamento a massa pode sofrer pouca ação do salto de forno, assim como sofrer rupturas em sua casca externa devido ao pouco desenvolvimento de glúten e ao pouco tempo fermentativo.

Massas que possuem características de pouca sova após seu processo de batimento manual ou automatizado quebram mais facilmente e podem ser facilmente identificadas pelo teste de ponto de véu, já explicado, demonstrando característica pouco translúcida e com pouca capacidade extensiva e elástica provenientes de uma rede proteica de glúten bem desenvolvida.

Quando o processo de batimento é interrompido propositalmente antes do total desenvolvimento do glúten, a massa tende a sofrer processos posteriores que venham a impor maiores cargas de energia sobre elas, como processos de cilindragem, facilmente exemplificados na produção de pães franceses: após porcionados no peso desejado, sofrem maior tensão de cilindros em paralelo, resultando no desenvolvimento final do glúten. Outro exemplo dá-se em massas laminadas, como no caso dos *croissants*, que, após batimento e desenvolvimento simples da rede de glúten, sofre basicamente o mesmo tipo de energia aplicado pelas laminadoras, que tendem a esticar a massa. Esta posteriormente recebe dobras para folhagens e retorna ao seu ponto inicial de laminação, resultando no desenvolvimento completo do glúten.

Pães sem sova recebem tal titulação por não sofrerem ação mecânica manual de sova básica ou ação mecânica por meio de masseiras e amassadeiras. Apenas possuem seus ingredientes misturados de forma homogênea e sofrem processos de dobra com intervalos maiores. Conforme explanado anteriormente, possuem ação osmótica, que tende a hidratar e desenvolver a rede de glúten sem que haja contato ou energia aplicada em demasia sobre a massa.

Sovas excessivas tendem a ser um grande problema em relação às massas e aos resultados obtidos pós-cocção. Depois de obter a rede de glúten bem desenvolvida e após a obtenção das cadeias finas e sobrepostas e da total estrutura tridimensional do glúten, o batimento em excesso tende a esticar em demasia essas cadeias a ponto de rompê-las. Caso a massa não seja bem desenvolvida em batimento simples e seja submetida a batimento intensivo precipitadamente, acarreta a organização do glúten sem que haja sua completa formação, prejudicando toda a sua estruturação até o término de seu batimento.

Quando a massa enfrenta um tempo excessivo de batimento, uma quantidade exacerbada de oxigênio passa a ser incorporado a ela em seu estágio prematuro, e os componentes naturais presentes no núcleo do trigo, responsáveis pela coloração creme claro da farinha, tal qual pelo sabor específico, conhecidos por pigmentos carotenoides, serão negativamente afetados, ocasionando sua deterioração e provocando o surgimento de características visuais e gustativas indesejadas após assamento. O excesso de oxigênio na massa é ruim, pois acelera demasiadamente sua oxidação.

Uma massa que sofra sova excessiva tende a ter seu processo fermentativo prejudicado devido à aceleração de etapas, reduzindo sua primeira fermentação e diminuindo sabores e texturas complexas, somente obtidas por processos mais lentos e controlados. Após sofrer o rompimento de parte da rede de glúten por conta de seu batimento, a massa perde estruturação por conta do rompimento das células, permitindo assim que a água já absorvida volte em sua parcialidade a se tornar água livre, tornando a massa mais fluida e pouco resistente à modelagem, fermentação e tempo de forno enquanto é assada.

Podem ocorrer alterações em sua coloração final devido a processos químicos supracitados, assim como o aumento de temperatura em seu batimento, que resultará em uma fermentação prematura da massa, encurtando o tempo máximo de fermentação pelo aumento hídrico do meio por conta do rompimento de estrutura.

## REFERÊNCIAS

BERTINET, Richard. *Dough*: simple contemporary bread. London, Kyle Books, 2019.
CAUVAIN, Stanley P.; YOUNG, Linda S. *Tecnologia da panificação*. Barueri, Manole, 2009.
FORKISH, Ken. *Flour water salt yeast*: the fundamentals of artisan bread and pizza. Berkeley, Ten Speed Press, 2012.
HADJIANDREOU, Emmanuel. *Pães*. São Paulo, Publifolha, 2012.
KALANTY, M. *Como assar pães*: as cinco famílias. São Paulo, Senac São Paulo, 2012.
SUAS, Michel. *Advanced bread and pastry*. California, Nelson Education, 2012.

# Capítulo 9

# O pão assado e a solução de problemas na produção de pães

*Ingrid Schmidt-Hebbel Martens*

## INTRODUÇÃO

À primeira vista parece fácil fazer pão com características sensoriais adequadas, crosta crocante por fora e miolo macio, com bolhas de tamanho regular, distribuídas uniformemente, apenas para citar algumas características desejáveis. No entanto, o pão passa por vários estágios, mistura dos ingredientes, fermentação, descanso, moldagem, enformagem e cocção (assamento) até se transformar em um produto comestível e adquirir as características adequadas. Nessas etapas, em maior ou menor grau, ocorre uma série de transformações físicas e químicas cujo entendimento é essencial para saber reconhecer as características de um pão assado de forma correta, bem como de um pão assado incorretamente. Um aspecto prático desse entendimento é a possibilidade de, numa situação futura, identificar eventuais problemas com a massa, bem como problemas no produto final, que possam ser contornados antes de assar o pão, uma vez que essa etapa é definitiva.

Este capítulo tem a intenção de esclarecer as diferentes etapas da produção de pão, com suas particularidades, de modo a mostrar como é possível diferenciar um pão que foi assado corretamente de um com defeito no processo de assamento, permitindo a compreensão e o reconhecimento de problemas ocorridos ao longo do processo de produção de pão e que comprometem seu resultado final, tentando solucioná-los.

## O PÃO ASSADO

Após a mistura e a fermentação terem sido realizadas adequadamente, o próximo passo é assar a massa no forno. Em sua busca por criar o pão perfeito, os padeiros se beneficiam de uma extensa seleção de fornos que levam em consideração a capacidade de produção, os tipos de pão a assar e o custo da energia. No entanto, igualmente importante para a produção de pães consistentes é um sólido entendimento das alterações químicas e físicas que ocorrem na massa durante o processo de cozimento. O desafio para o padeiro é manter controle suficiente sobre essas alterações para produzir resultados saborosos e atraentes de forma consistente (SUAS, 2009).

De acordo com Cauvain e Young (2009), a mistura dos ingredientes consiste na sua homogeinização, enquanto o amassamento tem a função de desenvolver a estrutura da massa, pelo desenvolvimento do glúten, após a mistura inicial.

Murano (2003) explica que o processo básico de panificação envolve a mistura de ingredientes até que a farinha seja convertida em massa rígida, seguido de assar a massa para obtenção de um pão. O objetivo do processo de fabricação de pão é produzir massa que aumente facilmente de volume e apresente as características sensoriais desejadas pelo consumidor. A massa deve ser extensível o suficiente para relaxar e expandir enquanto está crescendo, mas uma massa de pão de qualidade é extensível – ela se estica quando puxada. Também deve ser elástica, com força para reter os gases produzidos durante a fermentação e estável o suficiente para reter sua forma e estrutura celular. Esse caráter viscoelástico da massa depende da formação adequada de glúten. O glúten é formado a partir de duas proteínas presentes na farinha: gliadina, importante por sua viscosidade, e glutenina, importante por sua elasticidade. Estas formam a rede ou matriz de glúten quando misturadas com água e criam as propriedades extensíveis e elásticas especiais da massa.

Para Cauvain e Young (2009), a fermentação, o assamento e o resfriamento são as etapas do processo de produção de pão, que transformam uma massa em fermentação em um produto estável, pronto para o consumo.

Quatro propriedades físicas da massa são importantes na panificação: resistência à deformação, extensibilidade, elasticidade e viscosidade. Para entender as três primeiras propriedades, pode-se utilizar a analogia com uma faixa elástica. Quando a faixa é esticada, um certo grau de força é necessário para modificar o formato da faixa, à medida que ela resiste à deformação. Se soltamos uma das extremidades, uma vez que o material tem elasticidade, a faixa volta ao seu formato original. No entanto, se voltarmos a esticar a faixa e continuarmos a aplicar força sem soltar a faixa, atingiremos um ponto de extensão em que ela irá se romper; esse ponto é considerado a medida da extensibilidade da massa. A viscosidade de uma massa se traduz na capacidade de grudar em uma superfície, de modo que, ao aplicar força em determinada direção, a massa exerce uma força de adesão antes de se separar da superfície (CAUVAIN e YOUNG, 2009). Portanto, quanto maior a viscosidade de uma massa, maior será a força de adesão que ela irá exercer.

Para Germani (s. d.), durante a etapa de assamento, a massa sofre uma transformação radical em suas características, por meio da ação do calor, apresentando-se ao final como um produto digerível, de aroma e paladar agradáveis. Nesse processo ocorrem mudanças de ordem física e química. As principais mudanças químicas são: desnaturação proteica, gelatinização do amido, ação/inativação enzimática, produção de cor e aroma, caramelização e a reação de Maillard. Todos os compostos responsáveis pelo aroma se formam durante o assamento, na região da crosta, e depois penetram no miolo, ficando nele solubilizados e podendo ser liberados pelo reaquecimento dos pães. Embora a formação de todos esses compostos ocorra no forneamento, não se pode obter pão com bom aroma sem a adequada fermentação, simplesmente pela insuficiência de açúcares, aminoácidos e de acidez do meio.

Ainda de acordo com Murano (2003), após a mistura, a massa é deixada para descansar (fermentar). Durante a fermentação, a massa muda de uma massa densa sem extensibilidade para uma massa lisa e extensível com boas propriedades de retenção de gás. As células de levedura crescem, o glúten forma redes e o álcool e o dióxido de carbono são formados a partir da quebra de amido e açúcar. O dióxido de carbono aprisionado nas células gasosas da massa a faz crescer. Durante a fermentação, cada célula de levedura forma um núcleo em torno do qual se formam bolhas de dióxido de carbono. Milhares dessas bolhas formam células dentro da massa, cada uma cercada por uma fina película de glúten. O aumento no tamanho da massa ocorre quando as células se enchem de gás e se expandem.

Cauvain e Young (2009) mencionam que a produção de uma estrutura celular definida no pão assado depende da formação e da retenção de bolhas de gás na massa de pão. Depois de concluída a etapa de mistura dos ingredientes, o único gás que é adicionado à massa provém da fermentação. A força da farinha (v. capítulo 2) está diretamente relacionada ao tempo de fermentação necessário: em geral, quanto mais forte a farinha, mais longo será o período de fermentação necessário para atingir o desenvolvimento ideal da massa, e melhor será a qualidade final do pão, com volume maior, estrutura de miolo mais fina e miolo mais macio. A força da farinha está relacionada à quantidade e qualidade da proteína presente na farinha utilizada na massa, de modo que farinhas de proteínas superiores necessitam de tempo de fermentação mais longo do que massas feitas com farinha com proteínas inferiores. Por outro lado, a presença de farelo na farinha utilizada também afeta o tempo de fermentação: quanto maior a quantidade de farelo, maior será o tempo de fermentação necessário para obter um pão de qualidade.

A rede de glúten é um sistema complexo que requer uma mistura adequada para se formar. A mistura distribui uniformemente os ingredientes e permite o desenvolvimento da rede de glúten. Os lipídios naturalmente presentes na farinha (glicolipídios), ligados aos carboidratos, associam-se às proteínas do glúten na matriz da massa. Durante a mistura, as proteínas da farinha formam glúten à medida que elas e as moléculas de amido da farinha se hidratam. Juntos, após o cozimento, eles formam a estrutura do miolo do produto final. O aquecimento inicial faz com que as proteínas do glúten se estendam e se expandam à medida que os alvéolos da massa aumentam de volume (salto de forno). Em seguida ocorre a desnaturação da proteína e a gelatinização do amido. A formação de vapor, durante o cozimento, proveniente da água presente na massa, também contribui para o salto de forno (MURANO, 2003).

Conforme SUAS (2009), assim que o calor atinge a massa e aumenta sua temperatura, uma sucessão de reações químicas e físicas a transforma em pão. Durante os primeiros 4 a 6 minutos do tempo de cozimento, a atividade de leveduras e enzimas é estimulada pelo rápido aumento da temperatura. Isso faz com que uma grande quantidade de dióxido de carbono (gás) seja produzida e retida pela estrutura do glúten, que, por sua vez, desenvolve o volume do pão (salto de forno). Os padeiros sempre devem ter em mente essa intensa produção de gás ao avaliar o final da fermentação, para garantir que o glúten consiga reter uma quantidade suficiente de gás quando a massa entrar no forno.

Quando a temperatura no interior da massa atinge 50 °C, os grânulos de amido começam a inchar e o fermento começa a atingir o estágio de morte. A 60 °C, o amido começa a gelatinizar à medida que os grânulos de amido se rompem, liberando numerosas cadeias de amido que formam uma matriz muito complexa, semelhante à gelatina. Esse processo é conhecido como gelatinização do amido. Após o resfriamento, essa matriz cria o miolo do pão (SUAS, 2009).

A 63 °C, todas as células de levedura foram mortas e a atividade da levedura se encerra. No entanto, o gás produzido pelo fermento começa a se expandir sob o efeito do calor, e o pão continua aumentando em volume. A 67 °C, a gelatinização do amido está completa. A 74 °C, o glúten começa a coagular e as cadeias de proteínas começam a se solidificar, em um processo chamado de coagulação do glúten. Nesse ponto, a estrutura do pão está totalmente definida. A 82 °C, toda atividade enzimática cessa e não ocorre mais transformação química (SUAS, 2009).

Quando a superfície do pão atinge a temperatura de 100 °C, um pouco de umidade evapora, criando o início da crosta. O aumento da temperatura por um longo período de tempo criará a crosta final, com características finas e delicadas. A coloração da crosta ocorre a uma temperatura mais alta, quando os açúcares naturalmente presentes na massa começam a caramelizar. Esses açúcares, que são o resultado da atividade enzimática da farinha, também são chamados de açúcares residuais, e ocorrem porque o fermento não os utilizou durante a atividade de fermentação (SUAS, 2009).

Como mencionam Cauvain e Young (2009), o miolo do pão está menos exposto aos efeitos do assamento do que a superfície externa, uma vez que nos primeiros minutos do assamento ele está protegido pela massa circundante, o que permite que permaneça no auge da produção de gás. Ou seja, o centro do pão apresenta um tempo adicional de fermentação, que acaba compensando o seu início mais lento de fermentação nessa etapa. Quando finalmente o centro do pão começa a aquecer, uma série de mudanças físicas, químicas e bioquímicas ocorrem, e que são independentes das condições do forno. Durante o assamento não ocorre mudança significativa de umidade no miolo, tanto é que no início e no fim do assamento o miolo apresenta praticamente a mesma quantidade de umidade.

Para Cauvain e Young (2009), a formação de uma casca satisfatória é um dos aspectos mais importantes do assamento, uma vez que ela é responsável pela maior parte da resistência, bem como do sabor do pão. A espessura, a cor e a textura definem o produto final. Como já mencionando anteriormente, ao contrário do que acontece no miolo, onde as mudanças que ocorrem durante o assamento são em geral químicas e bioquímicas, na casca ocorre uma série de mecanismos físicos bastante complexos. A condensação da superfície do pão no início do assamento é essencial para o desenvolvimento do brilho, mas a temperatura na casca se eleva rapidamente, iniciando a evaporação na superfície do pão. Assim que a superfície atinge a temperatura de ebulição da água, em torno de 100 °C, a taxa de perda de água se acelera. Uma vez seca a superfície do pão, a linha de evaporação se move para baixo da superfície e a casca começa efetivamente a se formar. A perda de umidade é essencial para a formação da casca e, portanto, das características organolépticas do pão.

Conforme Cauvain e Young (2009), grande parte das mudanças desejáveis, que resultam do desenvolvimento adequado da massa, relaciona-se com a capacidade da massa de reter bolhas de gás, o que permite sua expansão sob influência do dióxido de carbono que é formado no processo de fermentação e do assamento.

Ainda de acordo com os mesmos autores (CAUVAIN e YOUNG, 2009), é necessário fazer uma distinção entre a produção e a retenção de gás (dióxido de carbono) nas massas fermentadas. A produção de gás ocorre como consequência natural da fermentação, uma vez que as células de levedura se mantêm viáveis (vivas) durante o processo de fermentação, e, desde que tenham suficiente substrato à disposição, a produção de gás se mantém. A expansão da massa, no entanto, só irá ocorrer se o dióxido de carbono ficar retido na massa, o que por sua vez depende da rede de glúten formada durante o amassamento, ou seja, para uma boa retenção de gás, há necessidade de uma massa bem desenvolvida. O desenvolvimento adequado da massa depende dos ingredientes e dos parâmetros de processamento, os quais nem sempre são independentes entre si.

A reação de Maillard é uma das várias modificações químicas que ocorrem em pães durante o seu processamento térmico, causando o maior impacto nas características sensoriais e nutricionais. Essa reação refere-se a um conjunto complexo de reações, que se inicia com a reação entre aminas e compostos carbonila, os quais, em alta temperatura, decompõem-se e, após condensação, transformam-se em um produto marrom, insolúvel, conhecido como melanoidinas. A reação de Maillard é uma reação de escurecimento não enzimático. Os derivados de carbonila formados reagem rapidamente com aminoácidos livres, resultando na degradação destes, em aldeídos, amônia e dióxido de carbono, reação que é conhecida como degradação de Strecker. Os sacarídeos mais importantes que participam da reação de Maillard são a glicose e a frutose, sendo a primeira formada na hidrólise enzimática do amido presente na massa de pão (DAMODARAN et al., 2010). A temperatura afeta a velocidade e o mecanismo da reação de Maillard, sendo que a energia de ativação varia entre 10 e 160 kJ/mol. A velocidade dessa reação de escurecimento aumenta com o aumento da temperatura, ou seja, quanto maior a temperatura maior será a velocidade da reação. A atividade de água do alimento também é importante, uma vez que em baixo conteúdo de água a reação é lenta, atingindo a sua maior velocidade na faixa de atividade de água de 0,3 a 0,7. Em conteúdo de água superior, a concentração de reagentes é baixa, de modo que a velocidade de reação diminui. O pH também influencia a velocidade da reação de Maillard, uma vez que ela aumenta conforme aumenta o pH, atingindo o seu ponto máximo em pH levemente alcalino (DAMODARAN et al., 2010). Embora a reação de Maillard seja favorável do ponto de vista sensorial, com o desenvolvimento de cor e *flavor* do alimento, ela tem impacto negativo sobre os aspectos nutricionais do pão, uma vez que vai indisponibilizando a lisina, um dos aminoácidos essenciais, e que naturalmente se encontra em baixa concentração em proteínas do trigo. Em geral, a lisina é afetada principalmente nas camadas externas de produtos (pães e carnes) aquecidos de modo convencional, expostos a altas temperaturas durante a cocção, grelha ou fritura, enquanto no centro os produtos da reação são desprezíveis (DAMODARAN et al., 2010).

Conforme mencionado por Murano (2003), o aroma do pão recém-assado é perdido no resfriamento e armazenamento devido à volatilidade das moléculas de aroma. O sabor do pão se origina principalmente dos processos de cozimento e fermentação. A formação de crosta e o escurecimento durante o cozimento são os principais responsáveis pelo sabor do pão, pela reação de Maillard. Durante a fermentação, o fermento hidrolisa (quebra) os açúcares presentes na massa. Como resultado, vários álcoois são formados: etanol, álcool isoamílico, álcool isobutílico, bem como os seguintes ácidos: fórmico, cáprico, lático, succínico, pirúvico e hidrocinâmico, e todos esses produtos contribuem para o sabor do pão.

De acordo com Brown (2011), a gelatinização ocorre quando os grânulos de amido são aquecidos em um líquido. Quando o líquido é aquecido, as ligações de hidrogênio que mantêm o amido unido enfraquecem, permitindo que a água penetre nas moléculas de amido, fazendo com que inchem até atingir seu pico de viscosidade. O inchaço dos grânulos de amido aumenta seu tamanho várias vezes, e o aumento do volume e a elasticidade associados à gelatinização alteram radicalmente a textura dos alimentos, incluindo o pão. A gelatinização depende de vários fatores, incluindo a quantidade de água, a temperatura, o tempo, a agitação e a presença de ácido, açúcar, gordura e proteína. Água suficiente deve estar disponível para absorção pelo amido. A quantidade de líquido necessário para absorção depende da concentração de amilose e amilopectina no amido. Os amidos não se dissolvem em líquidos frios ou à temperatura ambiente. Nos líquidos aquecidos, os grânulos de amido incham e explodem, liberando mais partículas de amido no líquido. O espessamento geralmente ocorre a aproximadamente 60 °C; a temperatura na qual um amido em particular gelatiniza cai dentro de uma faixa estreita, geralmente entre 56 e 75 °C, chamada de temperatura de transição.

Murano (2003) menciona que os grânulos de amido incham a aproximadamente 60 °C, e, na presença da água liberada pelo glúten, o grânulo de amido se rompe e o amido no interior forma uma pasta espessa em forma de gel, que ajuda na estrutura da massa. Os filamentos de glúten que circundam as células gasosas individuais são transformados na estrutura semirrígida comumente associada ao miolo do pão.

A desnaturação proteica é um fenômeno no qual a estrutura bem definida de uma proteína, formada sob condições fisiológicas, é transformada em uma estrutura final mal definida sob condições não fisiológicas, por meio de um agente desnaturante, não envolvendo nenhuma mudança química na proteína. Quando uma solução de proteína é aquecida acima da temperatura de desnaturação, que é específica para cada proteína, ocorre uma transição brusca da proteína, do estado nativo para o desnaturado. O mecanismo de desnaturação de proteínas se baseia essencialmente na quebra das pontes de H, responsáveis pela estrutura terciária das proteínas (DAMODARAN et al., 2010). No caso do assamento do pão, o agente desnaturante das proteínas é o calor aplicado durante o processo.

Para Murano (2003), a desnaturação proteica, do ponto de vista químico, ocorre como um desdobramento da estrutura da proteína (devido à quebra das pontes de H), sem quebra das ligações covalentes da proteína. As propriedades originais da proteína mudarão durante a desnaturação (p. ex., a atividade enzimática será interrompida; a solubilidade na água diminuirá). A desnaturação pode ser entendida como o relaxamento da estrutura terciária das proteínas, com diminuição da solubilidade e mudança nas propriedades funcionais das proteínas. A desnaturação ocorre exclusivamente em proteínas. A coagulação é distinta da desnaturação; à medida que moléculas individuais de proteína se agregam, ocorre a precipitação delas (geralmente como resultado da entrada de energia, como aquecimento ou tratamento ácido).

De acordo com Cauvain e Young (2012), a avaliação de um pão se baseia, em grande medida, em avaliações subjetivas de especialistas, embora cada consumidor apresente suas preferências em relação às características organolépticas do pão. Entre as características externas do pão, avaliam-se as dimensões, o volume, a aparência, a cor e a formação da crosta. A aparência externa é um fator importante na avaliação do produto, uma vez que atrai o olhar do consumidor. Não apenas a cor mas também a formação da crosta são importantes, a tal ponto que o ato de sulcar ou marcar a superfície do pão, além da importância do assamento, deve ser compatível com a "norma" do produto. O contraste entre a casca mais escura e as áreas mais claras é um atributo de qualidade do pão. Essas áreas mais claras decorrem da expansão tardia da massa durante o assamento, conhecida como "salto de forno", e que deve ser controlado e uniformizado; caso contrário, será considerado defeito no produto. Ainda de acordo com os mesmos autores, a avaliação das características internas do pão limita-se ao tamanho, à quantidade e à distribuição das células no miolo. Cada tipo de pão apresenta seus próprios requisitos de estrutura, não havendo um padrão único para todos os tipos de pão. A textura e as características sensoriais do miolo são propriedades importantes em pães, sendo a maciez (ou firmeza) do miolo a característica que mais chama a atenção do consumidor, uma vez que é associada à percepção de frescor. A análise de sabor nos produtos de panificação se baseia em avaliações subjetivas de indivíduos ou grupos, treinados ou não para essa finalidade, utilizando-se descritores-padrão para sabor. Essa técnica é subjetiva, uma vez que dificilmente se chegará a um descritor-padrão, sendo necessário que os indivíduos que testam o sabor se baseiem em comparações ou "memórias de sabor".

Pães feitos de farinha que carece de enzimas frequentemente não obtêm boa coloração durante o cozimento. Menos atividade enzimática produz menos açúcares simples e, portanto, menos açúcar residual. Como resultado, o pão permanecerá pálido e não será tão atraente. A adição de algum malte diastático (0,5-1%, com base no peso total da farinha) à massa resolverá esse problema. Quando a coloração é adequada, a crosta assume inicialmente uma tonalidade laranja-dourada, e em temperaturas mais altas a coloração se intensifica, chegando à coloração caramelo. É interessante notar que o aroma produzido durante o processo de caramelização desempenha um papel significativo no sabor do produto final, e ajuda a explicar por que os apreciadores de pão sempre preferem uma boa cor de crosta (SUAS, 2009).

A reação de Maillard, já descrita anteriormente, contribui para o desenvolvimento de cor na crosta do pão, uma vez que os açúcares simples, que não foram utilizados pela levedura durante a fermentação, reagem com aminoácidos das proteínas sob aquecimento. À medida que o pão assa, a cor e o aroma da crosta se tornam mais intensos; de fato, a fragrância causada pela reação de Maillard tem um efeito importante no sabor do pão (SUAS, 2009).

É importante notar que, se um dos componentes da reação aumentar, toda a reação será mais intensa. Por exemplo, se a massa contém excesso de açúcar, a reação de Maillard ocorre com maior intensidade e produz uma crosta de cor muito escura e potencialmente amarga. Para contrabalançar o excesso de açúcar, o padeiro deve assar a uma temperatura mais baixa. É o caso de pão feito de massa doce. Se o nível de proteína da farinha aumentar devido ao uso de farinha com alto teor de glúten, a quantidade de aminoácidos será automaticamente maior e a taxa da reação de Maillard aumentará. Isso também pode gerar uma crosta com uma cor marrom demais e, às vezes, cria um sabor ligeiramente amargo (SUAS, 2009).

Para Suas (2009), às vezes é difícil avaliar se o pão está cozido corretamente. Padeiros geralmente se baseiam no tempo de assamento, na cor, no som ou exercendo pressão sobre a crosta. A cor nem sempre é a melhor maneira de determinar quando o cozimento termina, porque um forno quente pode colorir o pão muito rapidamente sem assar adequadamente o miolo. Se estiver associada a um fator de tempo, no entanto, a cor é um dos principais parâmetros na avaliação do cozimento. Muitos padeiros testam o cozimento ouvindo um som oco quando batem suavemente na crosta do pão com um dedo. Embora não exista nada científico nessa técnica, um padeiro com um pouco de experiência pode realmente confiar nela para determinar se o pão está pronto para ser retirado do forno.

Pressionar a lateral do pão depois de removido do forno também pode fornecer algumas orientações sobre o assamento. Suavidade excessiva é um sinal claro de que o pão passou um tempo insuficiente no forno para ter consistência adequada. É importante notar que às vezes a crosta parece dura e suficientemente assada, mas fica encharcada quando o pão esfria. Esse é geralmente o caso dos pães feitos com farinha de trigo integral com alto teor de cinzas (SUAS, 2009). O encharcamento ocorre quando o farelo do trigo absorve a água que não evapora durante o cozimento e é liberada na crosta durante o resfriamento. O padeiro pode evitar isso deixando a crosta secar antes de retirar o pão do forno, simplesmente abrindo a porta do forno por alguns minutos no final do cozimento. O pão irá assar em uma atmosfera seca e perderá umidade sem ganhar coloração adicional. Se o forno estiver equipado com amortecedores, também é possível abri-los no final do cozimento para permitir a saída de vapor (SUAS, 2009).

Para Murano (2003), a mistura excessiva da massa produz massa muito extensível, mas com propriedades elásticas reduzidas. Uma mistura insuficiente pode criar pequenas áreas não misturadas, que não irão crescer adequadamente.

O *rope* é a deterioração bacteriana do pão, que ocorre inicialmente com um odor desagradável de frutas, seguido pela degradação enzimática do miolo, que se torna macio e pegajoso devido à produção de polissacarídeos extracelulares viscosos, responsáveis pelo miolo pegajoso (THOMSON et al., 1993). As espécies envolvidas nesse tipo de deterioração do pão são, principalmente, *Bacillus subtilis* e, ocasionalmente, *Bacillus licheniformis*, *Bacillus pumilus* e *Bacillus cereus*, embora alguns isolados de *Bacillus* produtores de *rope* frequentemente não sejam identificados no nível da espécie (PEPE et al., 2003). Os esporos de *B. subtilis* são resistentes ao calor e podem sobreviver durante o cozimento no núcleo do miolo, onde a temperatura máxima é de 97 a 101 °C, por alguns minutos (ROSENKVIST e HANSEN, 1995). Além disso, as cepas causadoras de *rope* se caracterizam por um desenvolvimento mais rápido e uma produção acelerada de protease e amilase durante o crescimento no miolo do pão. A fermentação utilizando fermento natural permite a acidificação natural capaz de controlar a deterioração do *rope*. Estudos demonstraram que dar início à produção de pão de trigo incrementando o teor de fermento natural aumenta a inativação térmica dos esporos de *B. subtilis* (RÖCKEN, 1996, *apud* PEPE et al., 2003).

## SOLUÇÃO DE PROBLEMAS NA PRODUÇÃO DE PÃO

Durante a elaboração dos pães, mesmo tomando o máximo cuidado ao longo de todas as etapas do processo, é possível que surjam alguns problemas e/ou defeitos, sendo que diversos fatores podem ocasioná-los. Esses defeitos precisam ser corrigidos, uma vez que diminuem a qualidade dos pães. É importante entender também que um determinado problema ou defeito apresentado pelo pão pode ter mais do que uma causa, e consequentemente mais do que uma solução. Saliente-se mais uma vez que o processo de produção de pão envolve ingredientes que podem ter características muito diferentes (levedura/fermento biológico e farinha), de modo que sempre será necessário experimentar um pouco para chegar à solução adequada para os ingredientes específicos utilizados.

O Quadro 1 apresenta os principais defeitos encontrados em pães, as possíveis causas, bem como as eventuais soluções. Quando não se menciona especificamente um tipo de massa, o problema é geral, as causas são comuns, bem como as soluções. Quando há referência específica a um tipo de massa, o problema, as causas e as soluções também o são.

**QUADRO 1** Defeitos encontrados em pães, suas causas e soluções

| Problema/defeito | Causa | Solução |
|---|---|---|
| Falta de fermentação | Pouca mistura; muito tempo de descanso na mesa; massa muito fria por causa da temperatura ambiente baixa ou uso de água excessivamente gelada; esfriamento da massa durante a fermentação; conteúdo de fermento muito baixo; fermento velho e enfraquecido; excesso de sal; farinha de trigo muito forte; ou uso de qualquer produto que tende a retardar a fermentação | Utilizar farinhas adequadas; dosar o fermento e o sal corretamente; não ultrapassar o tempo de descanso da massa. (CPT, s. d.). Fazer o teste de fermentação descrito em "Pão quebrou na lateral" |
| Casca quebradiça | Forno muito quente; fermentação excessiva; processo muito curto de elaboração; e esfriamento muito rápido do pão, causado por correntes de ar frio | Baixar a temperatura do forno; obter uma fermentação e um crescimento final mais completos; melhorar as condições para esfriamento do pão (CPT, s. d.) |
| Viscosidade do pão | Aumento de temperatura e da umidade do ambiente; más condições de higiene; esfriamento deficiente do pão; temperatura do forno muito elevada; fermentação muito rápida; e farinha úmida, ou envelhecida | Aumentar o tempo de mistura da massa, sem permitir que sua temperatura se eleve; utilizar água gelada e manter a massa preparada ao redor dos 27 °C; cuidar para que o tempo de descanso da massa não seja excessivo; reduzir ligeiramente a temperatura do forno; aumentar a permanência da massa no forno, para obter o assamento ideal; adotar um controle rígido das fermentações; manter higiene rigorosa em todas as etapas do processo (CPT, s. d.) |
| Pão muito denso, duro e seco | Massa muito seca, falta de umidade (água) na massa | Acrescentar mais água à massa (a massa deve esticar facilmente apenas pela força da gravidade quando segurada pela extremidade) (MASON, 2016) |
| Pão quebrou na lateral, onde ficou em contato com a bandeja | Faltou descanso para a massa antes do assamento | Deixar a massa crescer por mais tempo; para verificar se cresceu adequadamente, fazer o teste |

*(continua)*

QUADRO 1   Defeitos encontrados em pães, suas causas e soluções (*continuação*)

| Problema/defeito | Causa | Solução |
|---|---|---|
|  |  | da fermentação antes de assá-la (afundar a massa firmemente com o dedo; se o dedo afundar facilmente, a massa está muito fermentada; se resistir por um minuto ou mais, precisa continuar fermentando; se voltar à posição inicial em um minuto, a massa está pronta para assar) (MASON, 2016) |
| Pão afundou no meio e/ou transbordou na lateral da forma | Excedeu o tempo de fermentação antes de assar | Ver a solução acima (MASON, 2016) |
| A crosta descola do pão | Excedeu o tempo de fermentação antes de assar | Ver a solução acima (MASON, 2016) |
| A massa de pão doce não cresceu no tempo previsto | Massas de pão com ingredientes como manteiga, ovos, nozes e frutas secas crescem mais lentamente que as massas mais simples, uma vez que esses ingredientes retardam a fermentação | Usar o teste da fermentação, descrito em "Pão quebrou na lateral", para verificar se a massa está pronta para assar. Em geral, a massa doce está pronta para ir ao forno quando crescer uma vez e meia (MASON, 2016) |
| O pão doce ficou manchado, com pequenos pontos queimados e/ou a superfície murchou totalmente | A massa cresceu demais. O pão precisa ser assado no momento certo, sem deixar que cresça demais antes de ir ao forno | Ver a solução acima (MASON, 2016) |
| A massa de pão doce está difícil de modelar (está muito mole e grudenta) | Modelar a massa doce é mais complicado, por conta dos ingredientes da massa | Evitar adicionar mais farinha à massa, ou enfarinhar a bancada, exceto se a receita indicar. A primeira fermentação pode ser feita na geladeira, durante a noite, o que deixará a massa mais resistente, porém mais fácil de modelar. Uma vez modelada, a massa precisa voltar à temperatura ambiente para a segunda fermentação (MASON, 2016) |
| Fonte: Padaria 2000, *s. d.* | | |
| A massa de centeio não cresce | O crescimento da massa de centeio é mais lento do que o da massa de trigo | Deixar a massa crescer por mais tempo, de preferência coberta (pode ser utilizada uma touca de banho), para não secar. A massa de centeio pode levar |

(*continua*)

QUADRO 1   Defeitos encontrados em pães, suas causas e soluções (*continuação*)

| Problema/defeito | Causa | Solução |
|---|---|---|
|  |  | até 8 horas para fermentar adequadamente, dependendo das condições ambientais (MASON, 2016) |
| O pão de centeio está grudento e pouco assado ao ser cortado, mesmo um dia ou dois dias depois | O pão não foi assado por tempo suficiente; temperatura de forno muito baixa; excesso de fermento na massa; a massa cresceu demais | Usar um termômetro com sonda para verificar se o miolo do pão atingiu a temperatura adequada (98 °C); usar um termômetro de forno para checar a temperatura do assamento; poucos graus podem significar uma grande diferença (MASON, 2016) |
| A superfície do pão de centeio começa a queimar antes do pão | Temperatura do forno muito alta | Verificar a temperatura do forno com um termômetro. Se a temperatura está correta, cubra o pão com papel-manteiga e continue a assar (MASON, 2016) |
| O miolo esfarela<br><br>Fonte: Padaria 2000, *s. d.* | Uso de água quente demais na massa (caso tenha sido usada); falta de sal; pouca quantidade de melhorador de farinha | Diminuir a temperatura da água da receita. Usar água gelada (você criará um retardo na fermentação, porém não correrá risco); aumentar a quantidade de sal usada na massa, até o máximo de 1,5% sobre o total de farinha; usar a quantidade correta de melhorador (aprox. 1% sobre o total de farinha) ou usar farinha de melhor qualidade (TRIGO SANTO, 2017) |
| Pão sem cor (pálido, com aspecto cru)<br><br>Fonte: Padaria 2000, *s. d.* | Excesso de fermento na massa; falta de açúcar; forno frio ou pouco tempo de forneamento | Diminuir quantidade de fermento; aumentar quantidade de açúcar na massa; verificar temperatura correta e aumentar tempo (TRIGO SANTO, 2017) |

*(continua)*

QUADRO 1  Defeitos encontrados em pães, suas causas e soluções (*continuação*)

| Problema/defeito | Causa | Solução |
|---|---|---|
| Pestana fechada (mesmo cortada, pestana não abre)  Fonte: Padaria 2000, *s. d.* | Falta de água; água quente na massa: excesso de sal: corte errado da pestana; modelagem apertada; excesso de crescimento; forno com teto quente ou falta de vapor | Verificar quantidade de água correta na receita (aprox. 60% de líquido, dependendo do tipo de farinha e absorção); utilizar água gelada; utilizar sal na quantidade correta (aprox. 1,5% sobre o total de farinha); fazer o corte na profundidade e extensão corretas (aprox. 0,5 mm de profundidade); abrir a modeladora em um ou mais pontos, ou manualmente não apertar tanto quando for enrolar; diminuir tempo de descanso da massa (o melhor parâmetro é quando o volume dobrar de tamanho); avaliar as condições do forno (para fornos profissionais) (TRIGO SANTO, 2017) |
| Massa cresce demais (massa fermenta em demasia)  Fonte: Padaria 2000, *s. d.* | Massa muito quente; utilização de muito fermento; tempo de fermentação muito longo; falta de sal; excesso de melhorador de farinha | Baixar a temperatura da massa com água gelada; verificar quantidade correta de fermento (aprox. 2 a 3% sobre o total de farinha; para pães doces pode chegar a 4%); diminuir tempo de fermentação (aprox. até a massa dobrar de tamanho); aumentar a quantidade de sal; diminuir quantidade de melhorador (TRIGO SANTO, 2017) |
| Pão alastrado (pão não cresce, se esparrama)  Fonte: Padaria 2000, *s. d.* | Excesso de água; falta de sal; mistura insuficiente; falta de melhorador de farinha; modelagem "frouxa"; pouco fermento; fermento estragado ou com pouca atividade; forno frio ou com pouco vapor | Verificar a quantidade de água correta na receita; verificar e, se precisar, aumentar a quantidade de sal; deixar a massa misturar por mais tempo; adicionar mais melhorador ou utilizar outro; fechar a modeladora em um ou mais pontos; aumentar a quantidade de fermento; verificar a qualidade do fermento; avaliar as condições do forno (TRIGO SANTO, 2017) |

(*continua*)

QUADRO 1  Defeitos encontrados em pães, suas causas e soluções (*continuação*)

| Problema/defeito | Causa | Solução |
|---|---|---|
| Pão sem volume (pão não cresce, não se desenvolve)  Fonte: Padaria 2000, *s. d.* | Pouca quantidade de água; água quente na massa; melhorador fraco ou pouca quantidade; excesso de sal; modelagem muito apertada; fermento velho ou com baixa atividade; falta de descanso da massa; forno quente ou sem vapor | Aumentar a quantidade de água; utilizar água gelada ou adicionar gelo; aumentar a quantidade ou trocar o melhorador; utilizar sal na quantidade correta (aprox. 1,5% sobre o total de farinha); abrir a modeladora em um ou mais pontos; avaliar fermento (trocá-lo se necessário); deixar a massa descansar para o fermento agir; avaliar as condições do forno (TRIGO SANTO, 2017) |
| Miolo pegajoso, com cheiro de fruta  Fonte: BAKERpedia, *s. d.* |  Rope | Utilizar ingredientes (farinha, levedura, glúten, aditivos etc.) de boa qualidade; manter equipamentos e ambiente bem higienizados (THOMSON et al., 1993) |

# REFERÊNCIAS

BAKERpedia. *S. d. Rope Spoilage.* Disponível em: https://bakerpedia.com/processes/rope-spoilage/. Acesso em: 26 fev. 2020.
BROWN, Amy. *Understanding food:* principles and preparation. 4.ed. Wadsworth, Cengage Learning, 2011.
CAUVAIN, Stanley P.; YOUNG, Linda S. *Tecnologia da panificação.* 2.ed. Barueri, Manole, 2009.
CPT. *Defeitos nos produtos panificados*: causas e soluções. Disponível em: https://www.cpt.com.br/dicas-cursos-cpt/defeitos-nos-produtos-panificados-causas-e-solucoes. Acesso em: 10 fev. 2020.
DAMODARAN, Srinivasan; PARKIN, Kirk L.; FENNEMA, Owen. *Química de alimentos de Fennema.* 4.ed. Porto Alegre, Artmed, 2010.
GERMANI, Rogério. *Árvore do conhecimento*: tecnologia de alimentos. Panificação. Disponível em: http://www.agencia.cnptia.embrapa.br/gestor/tecnologia_de_alimentos/arvore/CONT-000fid5sgie02wyiv80z4s473xsat8h6.html. Acesso em: 9 fev. 2020.
MASON, A. *Pães artesanais*: passo a passo da fermentação natural para preparar pães perfeitos, saudáveis e deliciosos. Barueri, Quarto, 2016.
MURANO, Peter S. *Understanding food science and technology.* Brooks/Cole, Cengage Learning, 2003.

PADARIA 2000. PANIS: *produção de pães e doces*. Defeitos dos pães. Disponível em: http://www.padaria2000.com.br/panis/producao-de-paes-e-doces/defeitos-dos-paes/40. Acesso em: 11 fev. 2020.

PEPE, Olimpia; BLAIOTTA, Giuseppe; MOSCHETTI, Giancarlo; GRECO, Teresa; VILLANI, Francesco. 2003. Rope-producing strains of *Bacillus* spp. from wheat bread and strategy for their control by lactic acid bacteria. *Appl Environ Microbiol., 69(4)*:2321-9. Disponível em: https://aem.asm.org/content/aem/69/4/2321.full.pdf. Acesso em: 12 fev. 2020.

ROSENKVIST, Hanne; HANSEN, Åse. 1995. Contamination profiles and characterisation of Bacillus species in wheat bread and raw materials for bread production. *Int. J. Food Microbiol., 26*:353-63. Disponível em: https://www.sciencedirect.com/science/article/abs/pii/016816059400147X. Acessado em: 12 fev. 2020.

SUAS, Michel. *Advanced bread and pastry*: a professional approach. Del Mar, Cengage Learning, 2009.

THOMPSON, Jackie M.; DODD, Christine E. R.; WAITES, Will M. 1993. Spoilage of bread by *Bacillus*. *Int. Biodeterior. Biodegrad., 32*:55-66. Disponível em: https://www.sciencedirect.com/science/article/pii/0964830593900395. Acesso em: 11 fev. 2020.

TRIGO SANTO. *Pão*: defeitos, causas e soluções. 2017. Disponível em: https://trigosanto.com.br/defeitos-causas-solucoes/. Acesso em: 11 fev. 2020.

# Capítulo 10

# Utensílios e equipamentos para panificação

*Renata Zambon Monteiro*
*Alexia Schmidt-Hebbel*

## INTRODUÇÃO

A panificação requer equipamentos e utensílios específicos para que uma massa atinja a qualidade pretendida.

Utensílios e equipamentos de qualidade são essenciais para o sucesso das produções e atribuem padronização e agilidade à preparação dos produtos.

A diferença básica entre equipamentos e utensílios é que, em geral, já que algumas exceções podem existir, os equipamentos são de uso genérico dentro da cozinha e podem ser utilizados por mais de uma pessoa ao mesmo tempo, por exemplo, fornos e mesas, e utensílios são usados de forma individual, representando como uma extensão do braço do *chef*, por exemplo, facas e assadeiras.

A seguir faremos uma relação de equipamentos e utensílios que são os mais utilizados na área de panificação profissional, para, depois, mencionar os equipamentos e utensílios mais necessários para todos aqueles que querem e gostam de exercer a panificação num âmbito mais amador.

## UTENSÍLIOS E EQUIPAMENTOS DE USO PROFISSIONAL

### Utensílios

1. **Aros ou cortadores de massa:** utensílios usados para corte de massa em diferentes tamanhos. Os adequados são os construídos em aço inoxidável.

Fonte: http://www.doupan.com.br/departamentos/cortador/.

2. **Assadeiras:** são os utensílios usados para crescer ou para assar pães que não precisam de um molde para ir ao forno, por exemplo, pães italianos, roscas e broas, além de pizzas e biscoitos. As assadeiras podem ter diferentes funções, ser lisas ou perfuradas (facilitando a formação de uma crosta crocante), em formatos diversos (redondas, quadradas, retangulares etc.) e de diferentes materiais, como alumínio e aço inoxidável, ambos com ou sem revestimento antiaderente tipo teflon, de silicone antiaderente ou de pedra própria para forneamento, como a pedra vulcânica. Podem ter diferentes tamanhos, mas em geral o tamanho é de 40 × 60 ou 80 × 60 cm. Atualmente vêm também sendo usadas as formas padrão *gastronorm* 1/1, que medem 32,5 × 53 cm. Dentre os tipos usados para panificação podemos destacar:
   ▸ **Assadeira lisa:** ideal para assar pães de queijo, esfihas, *croissants, macarons,* biscoitos, pães, bolos, tortas, folhados e empadas.

Fonte: https://loja.perlima.com.br/home/177-bandeja-plana-lisa-estampada-de-aluminio-60x70--baa58e1.html.

   ▸ **Assadeira ou esteira ondulada canelada, lisa ou perfurada:** são um tipo de assadeira feita especialmente para pães em formato cilíndrico, como o pão francês e as baguetes de todo tipo. Possuem divisórias em canaletas que fazem com que mesmo as massas mais moles mantenham sua forma, tanto no momento da fermentação quanto no forneamento. As esteiras também podem ser feitas de diversos materiais, e muitas delas possuem furinhos em toda a sua extensão que contribuem para dar crocância ao pão, deixando-o dourado por fora e macio por dentro.

Fonte: https://loja.perlima.com.br/bandejas-onduladas/80-bandeja-ondulada-perfurada-5-calhas--com-janela-60x70-bo58005jl.html.

- **Assadeira para pão tipo *hot dog*:** possuem reforços em barra chata ou arame, e as cavidades de *hot dog* podem ter finais ovais, quadrados ou apontados.

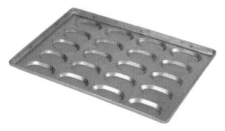

Fonte: http://www.cainco.com.br/produto.php?prod=19.

- **Assadeira para pão de hambúrguer:** própria para assar pães de hambúrguer, para diferentes tamanhos de pães.

Fonte: http://www.metalurgicamarpan.com.br/assadeira-hamburguer-60x80-cm.html.

3. **Formas:** são adequadas para conter receitas mais líquidas, como de bolo ou de pães muito macios, cuja massa pode escorrer para os lados ao crescer. São também usadas para manter os formatos tradicionais de *madeleines*, panetones, pães de forma, dentre outros. Além de poderem ser construídas com os mesmos materiais das assadeiras, podem ainda ser construídas em cerâmica e ferro fundido.

Fonte: http://www.cainco.com.br/produto.php?prod=13.

4. ***Banneton* ou cesto de fermentação:** cesto usado na segunda fermentação para evitar que a massa esparrame pela bancada, mantém o formato de massas mais hidratadas, além de retirar a umidade excessiva através das pequenas aberturas entre suas ripas. É um cesto de fermentação onde a massa do pão é colocada para descansar e crescer após ser modelada. Feito de ratan (ou rotim), uma palmeira encontrada no sudoeste da Ásia, pode também ser feito de materiais alternativos, como polpa de celulose, vime ou plástico. Redondos, ovais e até triangulares, os *bannetons* podem ser encontrados em vários tamanhos e cada um suporta uma quantidade específica de massa.

Fonte: https://banneton.com.br/.

5. ***Bowl* ou tigela para misturar:** recipiente em aço inoxidável utilizado na cozinha para diferentes funções, para porcionar, misturar ou armazenar alimentos.

Fonte: https://www.tramontina.com.br/p/61224241-52-bowl-para-preparo-aco-inox-o-24cm.

6. **Formas de papel forneáveis:** são formas resistentes à gordura, aceleram o processo de cozimento e suportam temperaturas de até 220 °C. Conservam o produto por mais tempo, são antiaderentes e não precisam de bandejas de metal para apoio no forno.

Fonte: www.sulformas.com.br/t7u704uf6-forma-bolo-ingles-plumpy-tam-g-vermelho-10un.

7. **Manta de silicone:** confeccionada em silicone resistente a temperaturas de até 220 °C, assa alimentos por igual, deixando-os crocantes. O alimento não gruda na assadeira, não necessita untar e permite que o calor circule por igual sem necessidade de virar.

Fonte: https://www.reidacutelaria.com.br/tapete-de-silicone-silpat-58-5x38-5-cm-40038/p.

8. **Rolo de abrir massa:** rolo maciço em polietileno para alongar massas, como pasta americana, *biscuit*, pastel, pães, entre diversos outros tipos de massa.

Fonte: https://www.marfimetal.com.br/produto/rolo-para-massa-macico.

9. ***Fouet:*** também chamado de batedor manual, é produzido em aço inox ou silicone, é resistente e não altera o aroma e o sabor dos alimentos. É um utensílio culinário usado para bater claras, mexer molhos e ingredientes em geral. É formado por várias hastes curvadas em forma de gota e presos a uma pega.

Fonte: https://www.utifacil.com.br/produto/batedor-de-clara-inox-30-cm-fue.html.

## Equipamentos

1. **Masseira ou amassadeira:** as duas formas são corretas para definir o equipamento utilizado para sovar massas pesadas em grande quantidade. É utilizada principalmente para as massas mais duras e sólidas, como de pão ou pizza. A amassadeira é mais resistente do que as batedeiras, e, devido a sua velocidade, diminui o tempo de exposição da massa. Existem dois tipos de amassadeiras:
   - **Amassadeira basculante:** suporta entre 80 e 150 kg de massa, conforme o modelo, e funciona com dois braços mecânicos. Possui um braço que auxilia a bascular o recipiente, facilitando a retirada da massa.

Fonte: http://ferneto.com/equipamentos/amassadeiras/amassadeira-basculante-ABx/amassadeira--basculante-ferneto-ab-480.

   - **Amassadeira espiral:** semelhante à batedeira planetária industrial, possui um único braço em espiral que fica perpendicular ao tacho ou bacia de inox. Sua capacidade varia entre 5 e 100 kg, sendo mais adequada para cozinhas profissionais de produção constante e em larga escala.

Fonte: http://ferneto.com/equipamentos/amassadeiras/amassadeiras-espiral-AEF/amassadeira-espiral--ferneto-aef012.

2. **Batedeira planetária:** possui um único batedor fixado à máquina girando por toda a bacia. É um equipamento que pode utilizar diferentes acessórios, como batedores específicos para massas pesadas (de pães ou pizzas), mais leves (como de macarrão, bolo ou biscoitos) e ultraleves (merengues, pães de ló etc.). A capacidade, como as amassadeiras, é medida em litros, podendo chegar a 150 litros de massa. O uso da amassadeira para sovar os pães não exclui o uso da batedeira, que produz massas mais finas como de bolos, biscoitos, folhados, brioches e outras mais delicadas.

Fonte: http://ferneto.com/equipamentos/batedeiras/batedeira-planetaria-BTF/batedeira-planetaria--ferneto-btf020.

3. **Resfriador:** o uso da água gelada é indicado quando é necessário produzir pães em grande quantidade, pois dessa forma o crescimento inicial da massa é controlado e o glúten tem mais tempo para se desenvolver de forma uniforme. É uma máquina semelhante a um filtro elétrico que tem capacidade de resfriar de 2 a 7 °C a quantidade de 50 a 600 litros de água. Esse equipamento pode ser conectado diretamente à amassadeira com controle digital da temperatura e da quantidade de água a ser adicionada à massa.

Fonte: http://ferneto.com/equipamentos/frio/refrigeradores-de-agua-raf/refrigerador-de-agua-ferneto--raf100i.

4. **Dosador de água gelada:** é um equipamento para dosar água gelada utilizada na fabricação de massas, pois a água, assim como outro ingrediente, deve ser quantificada adequadamente. Esse equipamento pode estar localizado junto à amassadeira espiral e pode estar incorporado a ela, utilizando o comando da amassadeira para dosar a água. A programação da quantidade de água, a contagem da quantidade de água em décimos de unidade e a medição instantânea da temperatura da água são as principais características de um dosador de água.

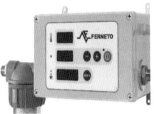

Fonte: http://ferneto.com/equipamentos/frio/doseador-de-agua-daf.

5. **Divisora de massa:** máquina cuja função é dividir a massa em unidades de mesmo peso. Padronizar os pães impede que pães fiquem de tamanhos variados e que, ao assar juntos, os maiores fiquem crus por dentro, ou que os menores fiquem secos e queimados. Existem modelos variados de divisoras, mas todas funcionam com o mesmo princípio: transformar a totalidade da massa em unidades menores. Após serem divididas, as unidades deverão aguardar o crescimento, ser moldadas e aguardar a fermentação para posteriormente serem levadas ao forno. Algumas divisoras possuem um funil que pode ser conectado diretamente à amassadeira, e outras já transformam as unidades de massa em bolas.

Fonte: http://perfecta.itwfeg.com.br/perfecta/produto/divisora-manual-dvc30.

6. **Modeladora:** máquina utilizada para moldar e modelar cada pãozinho antes que ele seja levado para assar no forno. Esse processo ocorre após a divisão da massa e a primeira fermentação. As bolas de massa são transformadas em baguetes cilíndricas, pão de campanha, que são então colocadas em *bannetons* ou cestos, pãezinhos franceses, dentre outros.

Fonte: http://perfecta.itwfeg.com.br/perfecta/produto/modeladora-de-paes.

7. **Estufa ou câmara de fermentação:** a fermentação de pães é influenciada por fatores externos, como a temperatura e a umidade do ambiente. As estufas de fermentação são armários fechados dedicados ao crescimento da massa de pão (trabalho na levedura do pão) e cuja temperatura e umidade podem ser controladas. Atualmente as estufas de fermentação podem ser controladas em uma temperatura mais baixa (em torno de 75% e 27 °C) para a primeira fermentação e mais alta para a segunda fermentação (em torno de 80% e 35 °C), garantindo melhores resultados para o pão, independentemente da previsão de umidade e temperatura externa.

Fonte: https://www.ramalhosbrasil.com.br/pt_br/estufa_fermentacao.php?estufa=Estufa.

8. **Câmara de frio:** ao contrário da estufa de fermentação, a câmara de frio tem por objetivo desacelerar a atividade da levedura no pão, permitido que a massa cresça mais lenta e controladamente, porém não deixando o fermento inativo. Pode ser usada para permitir que os pães cresçam de um dia para outro. Na fermentação natural, que é um processo mais lento, a câmara de frio ajuda a conservar a massa enquanto ela cresce para mantê-la em temperaturas mais baixas.

Fonte: https://www.ramalhosbrasil.com.br/pt_br/camara_frio.php?camara=Conservacao.

9. **Forno:** é o equipamento utilizado para assar as massas. As principais características que esse equipamento deve ter para ser usado de forma profissional é possuir um sistema de distribuição de calor para que todos os pães assem de forma homogênea, controle preciso da temperatura e injeção de vapor de água, responsável pela formação da crosta do pão, coloração e formação dos alvéolos no miolo. Há vários modelos diferentes de forno profissional para panificação. De maneira geral, eles se distinguem pela forma como o calor é distribuído, assim como a fonte utilizada (lenha, gás ou eletricidade). Os principais tipos de forno para panificação são:
    - **Forno de lastro:** o lastro é um material construído por meio de uma mistura de minerais que formam um composto refratário, normalmente com 25 mm de espessura, durável e que permite um aquecimento uniforme por toda a sua área. A principal característica do forno de lastro é sua forma de aquecimento, que, a princípio, ocorre de baixo para cima, no chamado efeito lastro.

        Os atuais fornos de lastro possuem resistências elétricas superiores ("de teto"), promovendo calor também de cima para baixo, que confere benefícios diretos sobre o crescimento da massa, cor, crocância, entre outros fatores. O forno de lastro é o mais recomendado para panificação, porque o processo de aquecimento é estático, o que impede o pão de desidratar ou ressecar. Pode ter aquecimento a gás, lenha, *diesel* ou elétrico.

Alguns modelos disponíveis têm iluminação nas câmaras, temporizadores, controle de temperatura diferentes para o teto e o lastro e painéis de comando em LCD, além de sistema automático de injeção de vapor. Também em alguns modelos é possível registrar programas de cocção com identificação própria para cada receita, e, no caso dos elétricos, como as câmaras são independentes, é possível realizar preparos diferentes em cada uma delas, maximizando o potencial do produto. Apesar de cada tipo de forno ter suas particularidades e aplicações, o forno de lastro é indicado para pão francês, todos os demais pães brancos (inclusive as massas doces), os integrais e os "rústicos".

Fonte: https://www.ramalhosbrasil.com.br/pt_br/forno_modular.php?forno=Classic.

▶ **Forno rotativo:** pode ser elétrico ou a gás e possui injeção de vapor. Tem uma câmara só, em que as assadeiras giram dentro do forno a fim de garantir a distribuição do calor e o forneamento homogêneo. É ideal para médias e grandes produções. Um forno rotativo é bem semelhante ao forno de lastro na qualidade e serve, em alguns casos, como alternativa àquele. Esse equipamento apresenta uma relação equilibrada entre a velocidade de ventilação e o calor que reduz a desidratação do produto assado. O carregamento é feito diretamente em carrinhos com ganchos ou com plataforma, o que agiliza a linha produtiva e amplia a produtividade. O forno rotativo possui tamanhos variados e uma capacidade produtiva elevada em relação a outras soluções.

Fonte: https://www.ramalhosbrasil.com.br/pt_br/forno_rotativo.php?forno=Small.

- **Forno turbo ou de convecção:** funciona com eletricidade e conta com ventiladores e turbinas que geram uma circulação acelerada do ar dentro do forno, permitindo que o calor se distribua. Ideal para massas folhadas, o forno turbo é também chamado de forno de convecção com cozimento por ar quente. São modelos mais versáteis, normalmente recomendados para a finalização de produtos ou preparos mais rápidos.

A vantagem do forno turbo é o fato de possuir um preaquecimento mais rápido. O sistema também permite a distribuição do calor e resultados uniformes. Os modelos atuais já possuem sistema de injeção de vapor automático.

Um forno turbo não é tão robusto quanto o forno de lastro ou o rotativo, mas geralmente é uma solução prática e bem eficiente para padarias que operem com uma variedade alta de produtos de confeitaria, pães e um volume de saída relativamente pequeno. Os fornos turbo são, ainda, indicados para assar *croissants*, *macarons* e confeitaria em geral (PICKINA, 2018).

Fonte: https://www.ramalhosbrasil.com.br/pt_br/forno_conveccao.php?forno=8060.

10. **Resfriador/congelador rápido Irinox MultiFresh®:** é um equipamento que opera com ciclos de +90 °C até –40 °C, com a possibilidade de resfriar, ultracongelar, fermentar, descongelar, regenerar, pasteurizar e cozinhar em baixa temperatura. O MultiFresh® propõe ciclos para uma fermentação natural de pães, preservando a umidade sem variações. No final do ciclo é possível encontrar os produtos fermentados e resfriados ou congelados, tudo pré-programado automaticamente.

Fonte: https://www.engefood.com.br/irinox.

11. **Fatiadora:** equipamento utilizado para cortar os pães automaticamente em fatias iguais e sem amassar nem danificar a estrutura do pão.

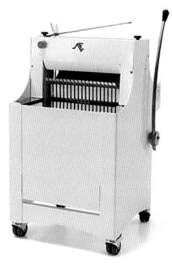

Fonte: http://ferneto.com/equipamentos/cortadoras/cortadora-manual-cpf/cortadora-manual-ferneto-cpf412.

## UTENSÍLIOS E EQUIPAMENTOS PARA PADEIROS AMADORES E/OU NÃO PROFISSIONAIS

Para quem é amador, ou ainda não chegou ao estágio profissional da panificação, existem poucos utensílios e equipamentos absolutamente essenciais, principalmente quando se trata de produzir o pão do dia a dia. No entanto, como qualquer outra atividade, ter diversos utensílios e equipamentos pode ajudar a alcançar melhores resultados ou até mesmo a tornar o processo mais eficiente, tanto do ponto de vista do tempo como da limpeza. Definir o que é essencial e o que é complementar fica a critério de cada um.

### Utensílios

1. **Assadeiras:** vale a pena investir em boas assadeiras, que não deformam no calor. Podem ser usadas tanto para fermentar os pães na segunda fermentação como para assá-los. Só é necessário tomar o cuidado de polvilhar com farinha (fubá e semolina são ótimos substitutos). No exterior existe o *parchment paper*, que é antiaderente e perfeito para forrar assadeiras e formas. Com o

papel-manteiga brasileiro, é necessário tomar cuidados, visto que nem todos são antiaderentes, correndo-se o risco de ficarem grudados na massa de pão mesmo depois de assar. Se quiser usar papel-manteiga, também polvilhe com farinha. Assadeiras para baguete e pão francês costumam ser perfuradas e onduladas, mas assadeiras comuns também podem ser usadas para assar esses pães. Existem outras assadeiras mais especializadas, como a de pães para *hot dog*, hambúrguer, pão de mel, entre outros (HADJIANDREOU, 2015).

2. **Balança e colheres de medida**: a panificação, principalmente a de fermentação natural, requer seguir proporções, principalmente de farinha, água e fermento. Por isso é necessária uma balança e colheres de medida, a fim de que as proporções sejam consistentes (assim, o resultado será sempre similar) (BERTINET, 2014).
3. **Borrifador**: um borrifador simples tem diversas utilidades na panificação, como molhar as mãos antes de trabalhar com a massa de pão, adicionar água aos poucos a uma massa que está com baixa hidratação, borrifar por cima do pão pouco antes de fornear, molhar levemente um pano que vai ser usado para cobrir a massa, entre outras (BERTINET, 2014a).
4. **Cesto de fermentação (*banneton*)**: os cestos de fermentação são tradicionalmente feitos de vime ou palha ou até mesmo *ratan*, mas também existem cestos feitos de plástico. Também é possível improvisar usando um escorredor de macarrão com um pano generosamente polvilhado com farinha. É usado na segunda fermentação do pão, inclusive para dar um acabamento bonito (forma anéis na superfície dos pães, se usados sem forro). É necessário preparar o cesto antes de utilizar, polvilhando generosamente com farinha sem glúten (como farinha de arroz, amido de milho, entre outros; farinhas com glúten se transformarão em uma cola devido à umidade da massa). (BERTINET, 2014a; HADJIANDREOU, 2015).
5. **Cortadores (aros)**: para alguns pães, cortadores ou aros são necessários para dar a forma final, por exemplo, *english muffins*. Opte por cortadores feitos de aço inox, já que são mais duráveis que as alternativas (*vide* anteriormente).
6. **Cronômetro**: dependendo do método de fazer pão, um cronômetro se mostra útil para marcar o tempo, por exemplo, o tempo entre as dobras da massa, o tempo que resta para destampar a panela no forno, entre outros (BERTINET, 2014).
7. **Espátulas e colheres**: as espátulas e colheres de plástico facilitam bastante a vida, tanto para misturar os ingredientes como para gentilmente desgrudar a massa de pão da tigela. A massa de fermentação natural tende a ser mais grudenta que as massas de fermentação com fermento biológico. São multiuso: ajudam a amassar, modelar, cortar e deslocar a massa sem precisar usar as mãos diretamente na massa (HADJIANDREOU, 2015).

8. **Estilete de padeiro (*lame*):** os estiletes são utilizados como forma de controlar o crescimento do pão no forno (evitando as rachaduras que podem ocorrer durante o processo de assar), além de contribuir para a beleza do pão, sendo possível desenhar padrões. A internet possui diversos vídeos e tutoriais de como fazer esses cortes, assim como padrões e o impacto que exercerão no formato do pão. É possível usar facas com lâminas finas e afiadas, assim como lâminas de barbear. Uma tesoura bem afiada, assim como uma faca bem afiada, também são boas alternativas (BERTINET, 2014).

Fonte: https://www.lojachefsb.com.br/emporio-acessorios/riscador-lamina-profissional-de-pao-scari-tech.

9. **Formas:** ideais para massas de pães mais líquidas ou com pouco ou nenhum glúten, por exemplo, pães de centeio de alta hidratação. Também são ótimas para iniciantes, uma vez que permitem observar com clareza o quanto a massa está crescendo, e não é necessária tanta modelagem quanto os pães que vão em assadeiras; untando adequadamente, o pão sempre sairá da forma sem dificuldades. Formas também são necessárias para assar panetone, colomba pascal, entre outros. Vale a pena investir nas que são feitas de uma única chapa, sem emendas (*vide* a seguir) (HADJIANDREOU, 2015; KAYSER, 2015).

Fonte: https://www.alojadopadeiro.com.br/forma-pao-caseiro-aluminio.

10. **Grade para esfriar:** a grade é fundamental para que o pão possa esfriar corretamente e não ficar úmido por baixo, estragando toda a textura resultante do forneamento (BERTINET, 2014a).

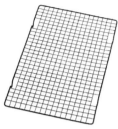

Fonte: https://www.gazoni.com.br/grade-para-resfriamento-antiaderente-grelha-gazoni.

11. **Pá de madeira ou metal:** a pá de madeira ou metal pode ser bastante útil para colocar os pães no forno, se estiver usando uma pedra de assar pizza ou até mesmo se tiver uma assadeira preaquecida. Existem alguns modelos de pá específicos para baguetes e *ciabattas*, que facilitam a transferência da superfície de trabalho para o forno (BERTINET, 2014a; HADJIANDREOU, 2015).

Fonte: https://www.tramontinastore.com/pa-para-pizza-tramontina-utilinea-em-madeira-marupa-com--cabo-curto-55x30-cm_13268182.

12. **Panela de ferro fundido:** como num forno doméstico é difícil de reproduzir as condições de um forno industrial, uma alternativa é uma panela de ferro fundido, pois não só ajuda a reter o calor como também ajuda a criar um ambiente propício para a formação da casca do pão, uma vez que todo o vapor gerado será retido dentro da panela. Existem outras alternativas, por exemplo, usar uma pedra de pizza junto com uma assadeira, ou até mesmo uma tigela de aço inox, virados por cima do pão.

Fonte: https://www.apaneladeferro.com.br/panelas-cacarolas/conjunto-cacarola-frigideira-multiuso-forno-holandes--p.

13. **Panos:** os panos têm diversas utilidades na panificação: podem cobrir tigelas, ser usados como forro no cesto de fermentação, servir de superfície de fermentação, entre outras. Para usar como forro de cesto de fermentação, use um pano liso e enfarinhe generosamente tanto a toalha como a massa. Quando a massa ficar pronta, basta virá-la na assadeira. A touca de banho também é uma excelente alternativa ao pano para cobrir massa de pão, seja na forma, *banneton*, entre outros, na falta de um pano ou até mesmo quando for descansar a massa na geladeira (BERTINET, 2014a; HADJIANDREOU, 2015).
14. **Pedra de assar:** os fornos de padaria tipicamente possuem um piso quente, feito de pedra, no qual o pão é assado. Para imitar esse ambiente em fornos domésticos, é comum usar pedra de assar, também conhecida como pedra refratária, embora possam ser feitas de outros materiais, como pedra-sabão e de ferro. Nos fornos domésticos também é necessário improvisar vapor, que é algo presente nos fornos de padaria e que ajuda na formação da casca (tanto no aspecto como na cor do pão). Existem diversas maneiras de improvisar, como jogar água em uma assadeira preaquecida na parte de baixo do forno, virar uma tigela de metal por cima do pão, borrifar água, deixar uma assadeira com toalhas de algodão encharcadas de água, entre outras. É necessário experimentar essas alternativas para ver qual é a mais adequada ao seu forno doméstico (BERTINET, 2014; HADJIANDREOU, 2015).

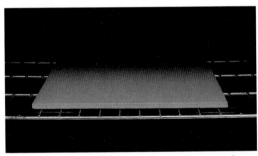

Fonte: https://pizzariadesucesso.com/como-limpar-uma-pedra-refrataria-do-forno-de-assar-pizza-passo-
-a-passo/.

15. **Pincel macio:** o pincel pode ser usado para limpar o excesso de farinha do cesto de fermentação, assim como para limpar a bancada (nesse caso é necessário que o pincel seja mais largo, para cobrir uma área maior, ou use uma escova larga com cerdas macias). Também é bastante útil para tirar o excesso de farinha da massa do pão, por exemplo, na massa folhada, ou no pão que foi tirado de um cesto de fermentação (nesse caso, existe o risco de destruir os anéis de farinha que o cesto deixa). Pode-se usar um pincel de cerdas culinário ou até mesmo os de pintura com cerdas naturais e macias (BERTINET, 2014a).

Utensílios e equipamentos para panificação 141

Fonte:http://www.panipano.iluria.com/pd-69158b-escovinha-para-banneton.html?ct=25c15c&p=1&s=1.

16. **Raspadores:** os raspadores, como o nome já diz, são úteis para raspar a massa das tigelas e superfícies de trabalho. Em muitos casos, também são ferramentas úteis para incorporar ingredientes em uma massa de baixa hidratação, assim como para modelar pães (BERTINET, 2014a; KAYSER, 2015).

Fonte: https://www.reidacutelaria.com.br/espatula-plastica-meia-lua-pao-duro-sem-cabo/.

17. **Recipiente de vidro ou plástico:** com o fermento natural, é essencial ter um recipiente permanente que seja destinado exclusivamente a armazenar o fermento natural. Não é necessário se preocupar com o recipiente ser hermético ou não. Só é necessário ter consciência do tamanho do recipiente em relação à quantidade de fermento natural, pois mesmo na geladeira ele pode dobrar ou triplicar de tamanho (MASON, 2016).

Fonte: http://www.panipano.iluria.com/pd-7a8c69-vidro-para-levain-800ml.html?ct=&p=1&s=1.

18. **Rolo para massa:** um rolo para massa, de preferência que não tenha os pinos de apoio nas laterais, visto que eles não dão tanto controle ao que está sendo feito. Existem de diversos materiais, como madeira, mármore, aço inox etc., e todos eles têm suas vantagens e desvantagens. Podem ser necessários para alguns pães específicos, por exemplo, *croissant, english muffins*, entre outros (BERTINET, 2014a; KAYSER, 2015).
19. **Tecido de cânhamo:** é um tecido bastante resistente e forte, similar a um tecido de linho bem grosso, fabricado com fibra natural. Sua função é acomodar as massas enquanto crescem, especialmente baguetes e *ciabatta*. Ele é rígido o suficiente para ser dobrado e assim fazer separações entre as massas para que não grudem umas nas outras. Não é essencial ter, uma vez que é possível usar panos lisos bem enfarinhados no lugar (BERTINET, 2014a).

Fonte: http://www.panipano.iluria.com/pd-5e9d99-couche-56-x-130-cm.html?ct=&p=1&s=1.

20. **Tigelas:** você precisará de tigelas tanto para a massa de pão como para as refrescas do fermento natural antes de usar na massa de pão. É importante ter várias tigelas de diversos tamanhos, não só para poder fazer mais de um pão por vez, mas também para comportar diversos volumes de ingredientes e massa (BERTINET, 2014a; KAYSER, 2015).
21. **Termômetro:** para medir a temperatura do pão ao sair do forno, quando se quer ser preciso e não se confia no método de bater no pão. Também é uma ferramenta importante para medir a temperatura da massa antes e depois da sova, assim como ao longo do processo, para ter certeza de que não está esquentando demais a massa. Também é interessante ter um para forno, a fim de ter certeza que este está bem calibrado (BERTINET, 2014a).

## Equipamentos

1. **Batedeira:** existem diversos tipos de batedeiras, tanto domésticas como profissionais. Das domésticas, o padrão é a batedeira planetária (a KitchenAid é um exemplo bastante conhecido), mas nos últimos anos a Ankarsrum tem se destacado devido a sua forma de sovar a massa, que é diferente de uma batedeira planetária. Das profissionais, existem a basculante, a espiral e a de braços tufantes. A ideal é a de braços tufantes (são dois braços que trabalham a massa de uma forma bastante parecida com a sova manual), porém é difícil de encontrar no Brasil. Todas elas têm suas vantagens e desvantagens (KAYSER, 2015).
2. **Máquina de pão (panificadora):** as máquinas de pão ganharam bastante popularidade nos últimos anos, devido à praticidade que oferecem. Há diversos modelos, de diferentes marcas, desde os mais simples até os mais

Fonte: https://britania.com.br/panificadora-multi-pane-2-preta-funcao-timer-britania/p.

sofisticados. Os mais simples costumam ter uma função para programar o término do pão e capacidade menor, mas também podem substituir uma batedeira, pois costumam ter um programa específico para sovar massas. Os modelos mais sofisticados permitem programar o tempo de cada etapa, assim como a temperatura de crescimento, além de ter compartimentos para sementes e grãos. Alguns modelos mais sofisticados inclusive têm dois batedores para bater uma quantidade maior de massa.

Se você está começando na panificação, todos esses itens não são absolutamente necessários, porém, para ter um bom começo, alguns deles são necessários e não podem faltar de jeito nenhum. São eles:

- Recipiente para armazenar o fermento natural, se tiver um;
- Tigelas;
- Panos;
- Grade para esfriar;
- Assadeira ou forma para pão de forma;
- Balança e colheres de medida;
- Espátula e colheres.

# REFERÊNCIAS

A LOJA DO PADEIRO. Disponível em: https://www.alojadopadeiro.com.br/forma-pao-caseiro-aluminio. Acessado em: 15 nov. 2020.
A PANELA DE FERRO. Disponível em: https://www.apaneladeferro.com.br/panelas-cacarolas/conjunto-cacarola-frigideira-multiuso-lib--p. Acessado em: 15 nov. 2020.
BANNETON BRASIL. Disponível em: www.banneton.com.br/. Acesso em: 1º out. 2019.
BERTINET, Richard. *Pães*: deliciosos, simples e contemporâneos. Barueri, NBL, 2014.
BERTINET, Richard. *O livro do pão*: novas receitas simples e deliciosas. Barueri, Marco Zero, 2014a.
BRITÂNIA. Disponível em: https://britania.com.br/panificadora-multi-pane-2-preta-funcao-timer-britania/p. Acessado em: 15 nov. 2020.
CAINCO EQUIPAMENTOS PARA PANIFICAÇÃO LTDA. Disponível em: www.cainco.com.br/. Acesso em: 1º out. 2019.
DOUPAN INDÚSTRIA COMÉRCIO PRODUTOS PARA PANIFICAÇÃO. Disponível em: www.doupan.com.br/. Acesso em: 1º out. 2019.
ENGEFOOD. Disponível em: www.engefood.com.br/irinox/. Acesso em: 1º out. 2019.
FERNETO BRASIL IMPORTAÇÃO DE MÁQUINAS E ARTIGOS LTDA. Disponível em: https://www.ferneto.com.br/. Acesso em: 1º out. 2019.
GAZONI INDÚSTRIA E COMÉRCIO. Disponível em: https://www.gazoni.com.br/grade-para-resfriamento-antiaderente-grelha-gazoni. Acessado em: 15 nov. 2020.
HADJIANDREOU, Emmanuel. *Pães*: receitas passo a passo de pães doces e salgados, *focaccias*, pizzas e outros. São Paulo, Publifolha, 2015.
KAYSER, Éric. *Larousse dos pães*. São Paulo, Alaúde, 2015.

MARFIMETAL. Disponível em: www.marfimetal.com.br/. Acesso em: 1º out. 2019.
MARPAN – Equipamentos para Panificação e Confeitaria. Disponível em: www.metalurgicamarpan.com.br/. Acesso em: 1º out. 2019.
MASON, Jane. *Pães artesanais*. São Paulo, Brasil Franchising, 2016.
PANIPANO(a). Disponível em: http://www.panipano.iluria.com/pd-69158b-escovinha-para-banneton.html?ct=25c15c&p=1&s=1. Acessado em: 15 nov. 2020.
PANIPANO(b). Disponível em: http://www.panipano.iluria.com/pd-7a8c69-vidro-para-levain-800ml.html?ct=&p=1&s=1. Acessado em: 15 nov. 2020.
PANIPANO (c). Disponível em: http://www.panipano.iluria.com/pd-5e9d99-couche-56-x-130-cm.html?ct=&p=1&s=1. Acessado em: 15 nov. 2020.
PERLIMA METAIS PERFURADOS. Disponível em: www.perlima.com.br/. Acesso em: 1º out. 2019.
PERFECTA. Disponível em: http://perfecta.itwfeg.com.br/perfecta/. Acesso em: 1º out. 2019.
PICKINA, Marcos. Fornos para padaria: análise geral e contemporânea. *Massa Madre*, 2018. Disponível em: www.massamadreblog.com.br/know-how/info-tecnicas/fornos-para-padaria/. Acesso em: 1º out. 2019.
PIZZARIA DE SUCESSO. Disponível em: https://pizzariadesucesso.com/como-limpar-uma-pedra-refrataria-do-forno-de-assar-pizza-passo-a-passo/. Acessado em: 15 nov. 2020.
RAMALHOS BRASIL. Disponível em: www.ramalhosbrasil.com.br/. Acesso em: 1º out. 2019.
REI DA CUTELARIA. Disponível em: https://www.reidacutelaria.com.br/espatula-plastica-meia-lua-pao-duro-sem-cabo/. Acessado em: 15 nov. 2020.
SULFORMAS DISTRIBUIÇÃO E COMÉRCIO LTDA. Disponível em: www.sulformas.com.br/. Acesso em: 1º out. 2019.
TRAMONTINA STORE. Disponível em: https://www.tramontinastore.com/pa-para-pizza-tramontina-utilinea-em-madeira-marupa-com-cabo-curto-55x30-cm_13268182. Acessado em: 15 nov. 2020.
UTIFACIL. Disponível em: www.utifacil.com.br/. Acesso em: 1º out. 2019.

## Capítulo 11

# Fornecedores em panificação

*Rafael Cunha Ferro*
*Claudia Maria de Moraes Santos*
*Yasser Arafat Mohamad Chahin*

## INTRODUÇÃO

É reconhecível a importância dos fornecedores na área da panificação, pois eles contribuem cada dia mais ao apresentar soluções tecnológicas, seja em ingredientes ou equipamentos e utensílios, que facilitam e melhoram as técnicas da produção nacional de pães.

Sendo assim, este capítulo tem como objetivo evidenciar a importância dos fornecedores na área de panificação e suas contribuições para a melhoria dos processos produtivos a partir das tecnologias importadas ou inovadoras pesquisadas e criadas por eles. Busca-se também apresentar boas práticas para gestão de fornecedores e um panorama do setor de fornecimento de ingredientes, utensílios e equipamentos especializados em panificação. Porém, é pertinente ressaltar que este capítulo não é focado somente nas necessidades de profissionais da área: os autores também tiveram a preocupação de propor soluções para o fornecimento de ingredientes, utensílios e equipamentos para padeiros domésticos.

Para atingir tais objetivos, os autores se utilizaram de pesquisas em *sites* de fornecedores e encartes técnicos sobre o setor disponíveis em mecanismos de busca com o intuito de levantar informações sobre sua trajetória no Brasil. Ademais, foram consultadas, por meio de questionários, pessoas comuns, que produzem pães em casa, e profissionais da área de panificação e gastronomia, sobre suas principais dificuldades e facilidades de acesso a ingredientes, equipamentos e utensílios. Contou-se também com as vivências e experiências dos autores deste capítulo e seus contatos com profissionais da área.

Este texto é dividido em quatro partes, sendo as três primeiras focadas na apresentação e discussão de dados e informações relevantes ao tema: a evolução do setor, a importância da gestão de fornecedores e um panorama atual do setor de fornecimento em panificação. Por último, apresenta-se um apêndice sumarizando os principais fornecedores do setor de panificação no Brasil com atuação nacional, no intuito de auxiliar no processo de contato com novos fornecedores e seus produtos.

## A EVOLUÇÃO DO SETOR DE PANIFICAÇÃO NO BRASIL

As constantes mudanças no comportamento do consumidor vêm exigindo cada vez mais uma melhoria na produção dos produtos de panificação. Diante desses fatores de mudança de hábitos da população brasileira e para atender à legislação sanitária vigente, o setor de panificação busca a melhoria na produtividade por meio da monitoria na execução das tarefas, da qualidade da matéria-prima, da aquisição de equipamentos e utensílios adequados e da gestão do negócio (SEBRAE; ABIP, 2009).

Em face dessa tendência do mercado de panificação, a indústria de equipamentos, utensílios e ingredientes vem evoluindo e cada vez mais apresenta equipamentos de tecnologia que oferecem eficiência e qualidade no processo de produção dos pães, o que reflete diretamente na satisfação dos clientes e na lucratividade das empresas. Outro fator importante é que a utilização dos equipamentos adequados otimiza a mão de obra, reduz o tempo de preparo e contribui com o meio ambiente no processo de produção, reduzindo o desperdício de alimentos e economizando água e energia, fatores determinantes para uma produção sustentável (SEBRAE; ABIP; ITPC, 2012).

Outra tendência do mercado de panificação é a produção artesanal, elaborada com ingredientes rigorosamente selecionados. Fatores como o desemprego e a situação econômica do país direcionaram profissionais liberais e novos empreendedores para o segmento da panificação, proliferando as franquias, as minipadarias e o microempreendedor individual (MEI). Em muitos desses casos surgiram de forma doméstica ou como complemento de renda e evoluíram para uma produção profissional (SEBRAE, 2017). Esse fator tem movimentado o setor e influenciado as tecnologias utilizadas.

Somadas a isso, a facilidade de comunicação e a popularidade das pesquisas em plataformas de vídeos na internet e cursos *on-line*, a popularização de escolas e a demanda por cursos de panificação trouxeram mais possibilidades, e muitas pessoas começaram a se aventurar no universo da panificação.

Atentas a essas necessidades, surgiram na década de 1990 empresas nacionais e a importação de equipamentos e técnicas já conhecidos na Europa e nos EUA. O setor da panificação inova e introduz o processo de pães congelados, técnica que traz ao mercado nacional agilidade e padronização dos processos e otimização da mão de obra, atendendo a grandes demandas ou pequenos comércios (PRÁTICA, 2019; CAUVAIN; YOUNG, 2009).

Na mesma época, para atender ao desenvolvimento de processos artesanais diferenciados, o setor inicia a importação de insumos, como farinhas, maltes e enzimas de panificação, agregando maior qualidade e com isso valor maior de revenda.

Gradativamente, surgem novos fabricantes de equipamentos, especialmente para esse perfil de mercado, com sistema de venda por intermédio de lojistas, pulverizando a oferta de produtos e a baixo custo, com o propósito de facilitar o processo produtivo, aumentar a lucratividade, especialmente por meio da eliminação das perdas, tecnologia que tinha como objetivo central beneficiar, primeiramente, quem já atuava no mercado. O mesmo caso pode ser observado, ainda que em menor grau, com relação aos utensílios e ingredientes para panificação produzidos no território brasileiro.

A padaria foi se transformando no que se pode considerar um "Centro Gastronômico", fabricando "O pão nosso de cada dia", mas também aderindo a outras propostas do setor de *food service*, como serviço de café, de alimentação, pizzas e conveniência, aumentando a importância de novos fornecedores, comprometidos em solucionar as necessidades do setor.

## IMPORTÂNCIA E BOAS PRÁTICAS DE GESTÃO DOS FORNECEDORES NO SETOR DE PANIFICAÇÃO

Os dados divulgados pelo Sebrae, Abip e ITPC (2017) demonstram que o setor de panificação está em pleno crescimento. Atrelado a esse fato, o mercado de fornecedores tende a aumentar para suprir as necessidades do setor por matérias-primas, equipamentos e utensílios para atender aos padrões de qualidade da concorrência, que também tendem a se acirrar. Dessa maneira, a importância dos fornecedores para um estabelecimento de panificação não se restringe a simplesmente oferecer os materiais, mas apresentar novas tecnologias e matérias-primas diferenciadas que irão proporcionar melhorias nos processos produtivos, consequentemente melhorias aos produtos finais.

Diante desse contexto de importância dos fornecedores para os estabelecimentos de panificação, surgem também alguns apontamentos sobre como gerenciar a relação com esse *stakeholder* de sumo destaque no mercado. A gestão de fornecedores é uma das bases gerenciais de qualquer estabelecimento de alimentos e bebidas, pois boa parte dos custos e despesas de um negócio nessa área é representada pelas matérias-primas ou investimento nos equipamentos e utensílios. Para padeiros domésticos a gestão ainda é necessária para não impactar o orçamento familiar.

Destaca-se que a gestão dos fornecedores pode influenciar diretamente o preço do produto final a ser comercializado. Um bom relacionamento com o fornecedor pode ajudar o gestor do estabelecimento de panificação a diminuir o capital imobilizado em forma de estoque oferecendo custos mais acessíveis e flexibilização nos prazos de entrega, pagamento e atendimento de pedidos. Além dos fatos apontados, uma boa gestão de fornecedores irá proporcionar um *mix* de produtos mais amplo, o que é reconhecidamente significativo para o consumidor final.

Alguns critérios podem ser adotados para selecionar o fornecedor, sendo esta a primeira etapa do processo de gestão. Costuma-se pensar que a escolha de fornecedores se concentra somente no quesito habilidades técnicas/*know-how*, que os caracterizam como os mais aptos a fornecer materiais ou tecnologias de qualidade superior aos seus concorrentes. Mas outros pontos de atenção podem ser destacados, como: a comunicação efetiva, ou seja, responsividade e disposição para sanar dúvidas (de pré ou pós-venda) e responder a orçamentos; a localização do fornecedor, que deve ser conveniente; prazos para entrega dos produtos e flexibilização de pagamentos; e, por fim, preços, pois deve ser financeiramente viável para o estabelecimento fazer negócio com o fornecedor (SILVA; FLEURY, 2000)

É interessante eleger dentre esses critérios aqueles que possuem maior importância para o negócio que está se gerenciando, pois cada empresa possui seu planejamento estratégico. O mesmo caso pode se aplicar a um padeiro caseiro: podem existir preferências por um critério ou outro. O próximo passo depois de definir os critérios é eleger os melhores fornecedores, aqueles que terão a preferência no processo de compras, mas também é necessário eleger seus substitutos em caso de algum problema no fornecimento, até mesmo para manter uma análise criteriosa do mercado quanto ao custo que o fornecedor principal está praticando. É preciso deixar claro que a gestão de fornecedores é constante. Procedimentos de avaliação devem ser aplicados sempre que possível, seja em relação ao histórico de custos, de atendimento e flexibilização (DUARTE; THOMÉ, 2015).

Outro ponto importante a ser avaliado para escolher um fornecedor é a quantidade de produtos fornecidos por ele. Existem materiais ou tecnologias que podem ser oferecidas por um leque de opções de fornecedores, sendo esses denominados *multiple sourcing* (Figura 1), enquanto outros são exclusivos para determinados produtos ou tecnologias, por sua vez chamados de *single sourcing*. Fornecedores de *single sourcing* normalmente se caracterizam pelas habilidades técnicas/*know-how* sobre determinado produto, fazendo com que se concentrem em desenvolver produtos exclusivos, e por conta disso oferecem menos variedade (TALAMINI; PEDROZO; SILVA, 2005).

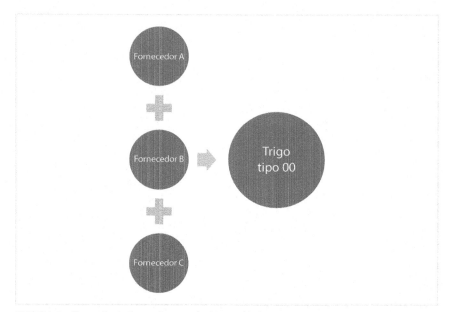

**FIGURA 1** Exemplo de fornecimento de tipo *multiple sourcing*.
Fonte: elaborada pelos autores, 2019.

É necessário refletir também sobre os possíveis canais para se comunicar com os fornecedores. O cenário de contato direto com o fabricante é, sem dúvida, o melhor canal de comunicação, pois diminui custos agregados com os distribuidores, que seria a segunda opção numa escala de fornecimento, mas esse cenário ainda oferece barreiras para pequenos empresários como valor de compra mínimo e é inacessível para a pessoa física. Exclusivamente sobre as matérias-primas, tem-se a opção dos atacadistas, que reúnem grande variedade de produtos e marcas (*multiple sourcing*) a pronta entrega, mas não necessariamente de boa qualidade, e, por se encontrarem no final da escala de fornecimento, apresentam custos mais altos ao comprador e os varejistas, que oferecem menor *mix* de produtos (sendo esses de marcas não profissionais) e apresentam um custo muito elevado, portanto só recomendado para padeiros domésticos. Em alguns casos, pode-se incluir a figura do representante de vendas direto do fabricante ou distribuidor. Abaixo se apresenta um esquema da escala de fornecimento do setor de panificação e pontos fortes e fracos para cada cenário (Figura 2):

FIGURA 2    Escala de fornecimento no setor de panificação.
Fonte: elaborada pelos autores, 2019.

De maneira geral, a construção do relacionamento com fornecedores é dada a partir de um processo de estabelecimento de confiança. Só assim irá gerar a tão esperada flexibilidade nas negociações, as vantagens financeiras e processuais de prazos. Sempre que houver um impasse em qualquer momento do fornecimento é preciso deixar claro ao fornecedor.

A seguir pretende-se apresentar um panorama do setor de panificação em relação aos fornecedores com base em indicadores gerados por pesquisas de mercado divulgadas por meio de encartes técnicos.

## PANORAMA E INDICADORES DE FORNECEDORES NA PANIFICAÇÃO

O setor de panificação movimenta em torno de R$ 5,66 bilhões somente em compras de matérias-primas, conforme dados da Abip/ITPC (SEBRAE; ABIP; ITPC, 2012). Também é possível observar um interesse latente em aquisição e investimento em tecnologias para melhorar os processos de produção. As indústrias, em sua busca por aumentar a fatia no *marketshare* do setor, lançam constantemente novas matérias-primas e tecnologias. Tentam criar soluções exclusivas e personalizadas, aumentando a produtividade para as padarias e a qualidade para o consumidor final.

Em um cenário interno, na análise dos gastos de uma empresa de panificação, identifica-se uma média de custo com matérias-primas, denominado também Custo de Mercadoria Vendida (CMV), em cerca de 27% em relação ao total de gastos da empresa (Figura 3). Ou seja, para manter essa margem estável de gastos com matérias-primas é preciso ter controle constante do estoque e, ainda mais importante, atenção ao relacionamento com os fornecedores, como visto anteriormente.

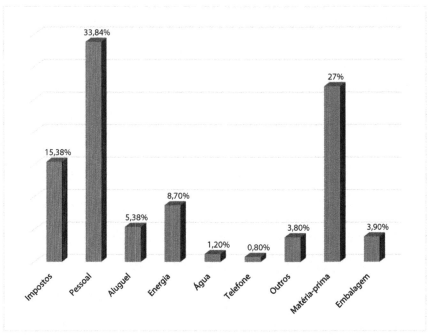

FIGURA 3   Composição média dos custos dos produtos produzidos em micro e pequenas padarias.
Fonte: Sebrae; Abip, 2007, p. 2.

Entretanto, como resultado da pesquisa realizada pelo Sebrae (2017), apresentam-se como fraquezas (de ambiente interno, das empresas) mais recorrentes a dificuldade de negociação com fornecedores e o custo alto com maquinários, gerando barreiras de ingresso e de competitividade no setor, e ameaças (de ambiente externo, do setor) como o aumento do preço das matérias-primas, causado por questões de cunha político, como impostos e tributações, e econômico, relacionado à comercialização de produtos *commodities*, como no caso do trigo.

Para entender o atual setor de panificação e confeitaria em relação a fronteiras tecnológicas ideais, identificadas pela demanda por máquinas e equipamentos utilizados em estabelecimentos de diferentes portes, foi realizado o "Estudo de Prospecção Tecnológica – Indústria de Panificação e Confeitaria", fruto de convênio entre a Associação Brasileira da Indústria de Máquinas e Equipamentos (Abimaq) e o Sebrae Nacional entre 2008 e 2009 (SEBRAE; ABIP, 2010).

O objetivo foi conhecer as demandas do segmento de panificação em relação à tecnologia, levantar as eventuais deficiências no mercado de máquinas e equipamentos, entender como padeiros conceituam um produto de qualidade, identificar os pontos fortes e fracos dos fornecedores de máquinas e ter acesso a sugestões para superar as deficiências. Para o panificador, é importante ter maior clareza quanto às tendências do setor de panificação em relação ao investimento em tecnologia e inovação e suas reais demandas. Da mesma forma, conhecer o perfil do fabricante de máquinas e equipamentos ajuda a perceber como é o seu fornecedor, quais os produtos que podem interessar em seu negócio e quais as inovações e tendências de modernização que eles apontam.

Como resultado da pesquisa, todos os fabricantes entrevistados atendem também a outros setores alimentícios, mas concentram 64% de sua produção em máquinas e equipamentos para o setor de panificação. A distribuição das máquinas e equipamentos fabricados pelos entrevistados é feita no mercado nacional e também internacional, especialmente para os países da América do Sul. Há casos também de exportação para países da América do Norte e Central, Europa e Ásia.

Apesar da importância do fornecimento de maquinários, o desenvolvimento e a utilização de novas tecnologias ainda são uma realidade distante da rotina da maioria das empresas de panificação e confeitaria. Os negócios de menor porte apresentam menos acesso a tais recursos, dificultando a competitividade desses estabelecimentos no mercado. Aproximar o panificador do seu fornecedor de máquinas e equipamentos contribui para viabilizar novas parcerias e, consequentemente, gerar mais resultados positivos ao segmento.

No cenário atual, faz-se necessário cada vez mais aliar a competência profissional às possibilidades de inovação e economia que a tecnologia proporciona. Especialmente no segmento da panificação, a qualidade do que se produz pode ser garantida por uma simples equação: a soma de matéria-prima de qualidade + mão de obra qualificada + equipamentos e máquinas adequados. Os resultados são, consequentemente, o aumento da produtividade e a satisfação dos clientes. Os oficiais padeiros entrevistados na pesquisa feita de fevereiro a março de 2009 (SEBRAE; ABIP, 2010) demonstraram alto grau de satisfação em relação aos equipamentos e máquinas da área de produção.

Conforme apontam as conclusões dessa mesma pesquisa: é preciso que os fabricantes construam um vínculo maior com os compradores e operadores de suas máquinas, o que aumentará o grau de satisfação da compra, melhorará a imagem da empresa fabricante e fortalecerá sua marca perante outros possíveis compradores.

Em uma tentativa de delinear o perfil do comprador das máquinas do setor de panificação e confeitaria, os entrevistados apontaram que, ao adquirir uma máquina, o comprador se preocupa com a garantia de assistência, pós-venda; garantia do aumento da produtividade; confiança na marca; saber que a marca é recomendada por outros investidores; responder às normas técnicas; sendo produto nacional, não ter dificuldade na reposição de peças; preço justo; a facilidade de manejo da máquina pelos empregados.

Dentre os principais canais para encontrar informações sobre novas tecnologias e maquinários (Figura 4), destacaram-se, na sequência, as lojas de máquinas, as feiras (p. ex., a Fipan), a internet e representantes de vendas.

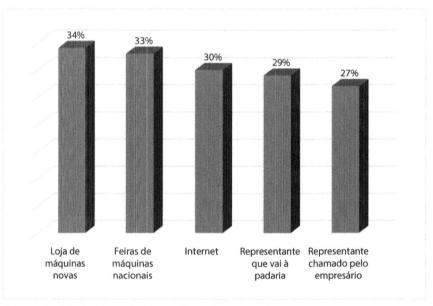

FIGURA 4   Principal fonte de informações sobre maquinários.
Fonte: Sebrae; Abip, 2010, p. 8.

No caso dos padeiros domésticos, poucos maquinários são exigidos para a produção, e quando são necessários é recomendável que a pessoa física busque lojas de fábrica da marca preferencial do equipamento ou lojas varejistas de equipamentos para *food service*/restaurantes. É recomendável ler o capítulo neste livro "Utensílios e equipamentos para panificação" a fim de verificar quais são os mais usuais no ambiente doméstico.

Utensílios normalmente são comercializados em lojas especializadas em confeitaria e panificação, *on-line* ou físicas, em grandes cidades. Novos utensílios estão ingressando no mercado também para auxiliar a melhoria na produção de pães, mas principalmente para padeiros domésticos não há uma imprescindibilidade no uso de utensílios, exceto aqueles recorrentes nas cozinhas das casas.

Recomenda-se observar o Quadro 2, com algumas sugestões de fornecedores para utensílios.

Quanto às matérias-primas, as pesquisas realizadas pelo convênio Sebrae, Abip e ITPC (2017) indicam que há poucos fornecedores, sendo a maioria deles grandes empresas, que atuam no mercado atualmente, visto a importância econômica do setor de fornecimento de insumos para panificação. Como dito anteriormente, muitos empresários enfrentam dificuldades de negociação com esse tipo de empresa, pois elas exigem um valor mínimo de compra. Isso resulta no baixo poder de barganha das padarias. Para contornar isso, os empresários, geralmente, fazem os pedidos para uma semana de produção a fim de obter preços mais justos. Outro ponto destacado é a logística inflexível dos fornecedores, que oferecem prazos muito longos para atender os pedidos.

Entretanto, em um estudo desenvolvido pela Sebrae (2017), os empresários alegaram uma satisfação média de 4,4 em uma escala de 1 a 5 para os serviços e produtos oferecidos pelos seus fornecedores.

No mesmo estudo do Sebrae (2017), os empresários relatam que possuem até três fornecedores para as matérias-primas essenciais, entre elas trigo, fermento, açúcar, gorduras, óleo, essências e ovos, sendo que a farinha, fermento e essências fazem parte dos 9% dos fornecedores que não estão presentes no mesmo estado onde a empresa se localiza, em contraponto com os demais ingredientes, que representam 70% dos fornecedores que estão presentes na própria cidade.

Segundo a cadeia produtiva elaborada pelo Sebrae em parceria com a Abip (2009) (Figura 5) o trigo representa 43% de toda a matéria-prima utilizada na panificação, seja ele de origem nacional ou importada. Cerca de 55% de todo o trigo produzido no Brasil é utilizado na panificação. No mercado brasileiro é possível encontrar mais de sessenta marcas de farinha de trigo. Essa diversificação é devida ao uso de farinhas específicas para diferentes tipos de produtos. Algumas são boas para a panificação, outras para massas e biscoitos etc.

Na maioria dos casos a indústria de transformação (C) é um intermediário entre as padarias (E), sendo essas os principais canais para o consumo final e o agronegócio, sendo, portanto, difícil o contato com o meio rural onde o ingrediente é produzido. Outro caso a destacar são os atacadistas (D), que deixam de ser essencialmente um meio de fornecimento de matérias-primas e se especializam cada vez mais na produção de pães a serem comercializados para o consumidor final, acirrando a competição no setor.

Ter bons e fiéis fornecedores, e manter uma relação justa e de confiança com eles, é a chave para qualquer negócio. Isso vai garantir um fluxo de suprimentos estável com boas condições de comercialização. Uma cadeia de suprimentos bem construída é um ótimo passo para garantir uma oferta segura, com qualidade

156 Panificação

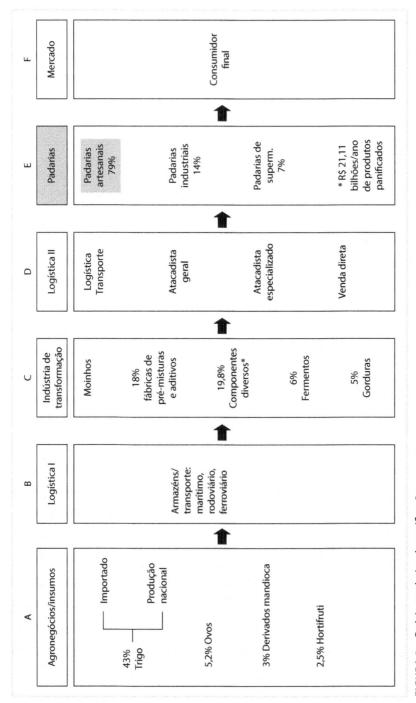

FIGURA 5  Cadeia produtiva da panificação.
Fonte: Sebrae; Abip, 2009, p. 12.

e a preços competitivos ao seu cliente, seja ele uma empresa, consumidor final ou para consumo próprio.

Nas seções seguintes sumarizaram-se os principais fornecedores de equipamentos, utensílios e matérias-primas em quadros. Muitos contatos apresentados nos quadros são dos fabricantes, mas nos *sites* é possível obter mais informações sobre locais de distribuição, revenda ou representantes de vendas na região do leitor. Buscou-se elencar fornecedores que possuam atuação nacional e de boa qualidade, mas é recomendável também que o leitor faça uma pesquisa em *sites* de busca a fim de selecionar outros fornecedores locais e regionais.

## APÊNDICE

**QUADRO 1** Fornecedores de equipamentos em panificação

| Empresa | Equipamentos | Site |
|---|---|---|
| Braesi | Masseiras, batedeiras, cilindros, divisoras, modeladoras, fatiador de pão | www.progas.com.br/braesi/home |
| Bermar | Amaciador de carnes, batedor de *milk shake*, *blenders* industriais, cilindros, cortadores de frios, despolpadores, despolpadeira, ensacadeira, extratores de sucos, liquidificadores e trituradores, misturadeira e picadores de carne, moedores, processadores de alimentos, raladores e serra fita | https://bermar.ind.br/home/produtos-bermar/ |
| Cozil | Linhas de produtos para cocção, refrigeração, distribuição, soluções para bebidas, mobiliário inox e vitrines | https://cozil.com.br/ |
| Eco | Cilindros, conjunto multicorte, boleadora, laminadoras, divisoras volumétricas, câmaras climatizadoras, ultracongeladores, resfriadores | www.eco.com.br |
| Elvi | Linhas de produtos para cocção, marcenaria, mobiliário, reciclagem, refrigeração e vitrines | http://elvi.com.br/ |
| Engefood | Fornos de convecção, resfriadores rápidos, ultracongeladores, processadores e *cutters* da *robot-coupe*, lavadoras, trituradores de resíduos, embaladoras a vácuo, máquinas de café e acessórios | www.engefood.com.br/ |
| Esmaltec | Linha vitrine vertical, expositor e conservador horizontal, recipientes para GLP | www.esmaltec.com.br/ |
| Europan Brasil | Linha de fornos, equipamentos automáticos para a produção de pão francês, baguetes e pão de forma. Produção de massa laminada, amassadeiras industriais para alta produção, câmaras de fermentação, modeladoras, resfriador e dosador de água e cilindros automáticos | www.europanbrasil.com.br/ |

*(continua)*

**QUADRO 1** Fornecedores de equipamentos em panificação (*continuação*)

| Empresa | Equipamentos | Site |
|---|---|---|
| Euro Formas | Mobiliário inox, estufas e carros de transporte para pães | www.euroformas.com.br |
| Ferri | Amassadeira espiral, cilindros, modeladoras, batedeira planetária, conjunto automático (divisão volumétrica, modelagem e alongamento da massa de panificação), divisora volumétrica, divisoras, laminadoras, moinhos, fatiadeiras, câmaras climáticas e resfriadores | http://ferri.com.br/ |
| G Paniz | Masseiras, cilindros, forno turbo, modeladoras, divisoras, batedeiras, fatiadora, câmara climática, forno de lastro | http://gpaniz.com.br/ |
| Granomaq | Cilindros, fatiadora, batedeira, masseira, modeladora, câmara climática, divisora, laminadora, forno de convecção, forno turbo, forno de lastro, forno combinado, forno de esteira | www.granomaq.com.br |
| Hypo | Masseiras, cilindros, fatiadoras, batedeiras, divisoras, modeladoras, forno turbo, forno rotativo | http://hypo.com.br/ |
| Klima Refrigeração | Linha de expositores, ilha para congelados, visas, câmaras de fermentação, refrigeradores comerciais, *buffets*, mesas e pias de inox | http://klima.com.br/home/linhaprodutos/ |
| Kofisa | Equipamentos de refrigeração comercial | http://kofisa.com.br/ |
| Macom | Linhas de produtos para cocção, refrigeração, máquinas de gelo, soluções para bebidas, distribuição, mobiliário e expositores | www.acosmacom.com.br/ |
| Metalfrio | Equipamentos de refrigeração comercial | www.metalfrio.com.br/ |
| Perfecta | Fornos de convecção, fornos combinados, câmaras de fermentação, masseiras, moinhos, batedeiras, divisoras, modeladoras, fatiadoras, laminadoras | http://perfecta.itwfeg.com.br/perfecta/ |
| Prática Klimaquip | Fornos de convecção, fornos combinados, fornos turbo, forno de lastro, masseiras, batedeiras, divisoras, ultracongeladores, modeladoras, fatiadoras, laminadoras | www.praticabr.com/ |
| Progás | Chapas bifeteiras, derretedeira de chocolate, estantes metálicas, estufas curvas e vitrines verticais, fogões industriais, fornos assadores rotativos, multiuso, refratário rotativos e turbos, fritadores, tachos, gôndolas, *grills*, máquinas para crepes suíço e francês | www.progas.com.br/ |
| Ramalhos | Fornos, estufas de fermentação e câmaras de frio | www.ramalhosbrasil.com.br/pt_br/ |
| Reemaq | Forno de esteira, boleadora, masseiras | http://reemaq.com.br/ |

(*continua*)

**QUADRO 1** Fornecedores de equipamentos em panificação (*continuação*)

| Empresa | Equipamentos | Site |
|---|---|---|
| Robot Coupe | Combinados: cúter e processador de alimentos, processadores de alimentos, cúters de mesa, trituradores (*mixers*), centrifugadoras e despolpadeira | www.robot-coupe.com/pt-br/ |
| Skymsen | Batedeira planetária, forno turbo, moinho | www.skymsen.com |
| Tecnopão | Injetoras de creme, cortadores de pão, moinho, mesas de inox, câmaras de fermentação, modeladoras, resfriador e dosador de água e cilindros automáticos | www.tecnopao.com.br/produtos-padaria.html |
| Toledo do Brasil | Fornece *hardware*, *software* e serviços em pesagem e também fatiadores de frios e etiquetas eletrônicas para a área de panificação | www.toledobrasil.com.br/mercado/varejo-e-atacado |

Fonte: elaborado pelos autores, 2019.

**QUADRO 2** Fornecedores de utensílios em panificação

| Empresa | Utensílios | Site |
|---|---|---|
| Banneton | *Banneton*, lâminas, termômetros | https://banneton.com.br |
| Caparroz | Bicos, cortadores, acessórios, assadeiras, formas, forminhas e utensílios no geral | www.lojacaparroz.com.br/ |
| Cimapi | Bicos, cortadores, acessórios, assadeiras, formas de silicone, bailarinas, formas, forminhas e utensílios no geral | www.cimapi.com.br/ |
| Eco | Carrinho estufa, carrinho porta-bandejas, mesas de inox, assadeiras pão francês, bandejas para hambúrguer ou *hot dog* e formas de bolo | www.eco.com.br |
| Euro Formas | Assadeiras diversas | www.euroformas.com.br |
| Imeca | Assadeiras, formas, esteiras e diversos | www.imeca.com.br/ |
| Kitplas | Utensílios em polietileno | www.kitplas.com.br |
| Prime Chef | Cortadores de aço, formas de alumínio, formas de silicone, tapetes de silicone, espátulas, grade para resfriamento | www.lojaprimechef.com.br/ |
| Sulformas | Formas forneáveis | www.sulformas.com.br/ |
| Skymsen | Assadeiras | www.skymsen.com |

Fonte: elaborado pelos autores, 2019.

**QUADRO 3** Fornecedores de ingredientes em panificação

| Empresa | Ingredientes | Site |
|---|---|---|
| 5 Stagioni | Farinhas especiais | www.le5stagioni.com.br |
| Arcolor | Açúcares, corantes, aditivos, aromas, pasta de açúcar, pré-mistura, recheios e coberturas | https://arcolor.com.br/ |

(*continua*)

**QUADRO 3** Fornecedores de ingredientes em panificação (*continuação*)

| Empresa | Ingredientes | Site |
|---|---|---|
| Bom dia Padaria | Enzimas para panificação | www.bomdiapadaria.com/ |
| Bunge | Farinhas, aditivos, pré-misturas | www.bungeprofissional.com.br/produtos/ |
| Casa Santa Luzia | Farinhas especiais | www.santaluzia.com.br/mercearia/farinha |
| Colavita | Farinhas especiais | www.colavita.com.br/produto/farinhas/ |
| Correcta Alimentos | Farinhas de trigo diversas | www.correcta.ind.br |
| Fab | Corantes e aditivos | https://fab.ind.br/ |
| Fantuci Amidos | Fécula de mandioca especial para pão de queijo | www.fantuci.com.br/produtos.php |
| Farinhas Italianas | Farinhas especiais | www.farinhasitalianas.com.br/ |
| Festpan | Melhoradores, fermentos, pré-mistura para bolos, pré-mistura para pães, frutas secas | www.festpan.com.br |
| Fleischmann | Melhoradores, fermentos, pré-mistura para bolos, pré-mistura para pães, gelatinas e aromatizantes, ovos pasteurizados | www.fleischmann.com.br/ |
| Harald | Chocolates, açúcares e coberturas | https://harald.com.br/# |
| Itambé | Produtos lácteos | www.itambe.com.br/ |
| Leite Fazenda | Produtos lácteos e sucos | www.leitefazenda.com.br/ |
| Moinho Santa Clara | Farinhas de trigo diversas | www.moinhosantaclara.com.br/ |
| Moinho Anaconda | Farinhas de trigo diversas | http://anaconda.com.br/ |
| Makro Delivery | Farinhas, achocolatados, fermentos, coberturas e insumos em geral | www.makrofs.com.br |
| Martimbrower | Insumos para panificação e confeitaria, carnes, congelados | www.martinbrower.com.br |
| Nita | Farinhas de trigo diversas, misturas para bolo, melhoradores e fermento | www.nitaalimentos.com.br/ |
| Podium Alimentos | Misturas, amidos e derivados da mandioca | www.podiumalimentos.com.br/ |
| Puratos | Pré-misturas, emulsificantes, margarinas e gorduras, fermentação natural, melhoradores, recheios, gel de brilho e chocolates | www.puratos.com.br/ |
| Qualimix | Melhoradores | www.ait-brasil.com.br/ |
| Sorvepan | Insumos de padaria em geral | www.sorvepan.com.br |

Fonte: elaborado pelos autores, 2019.

# REFERÊNCIAS

CAUVAIN, Stanley P.; YOUNG, Linda S. *Tecnologia da panificação*. 2.ed. Barueri, Manole, 2009.
DUARTE, Sthefane Cristina de Lima; THOMÉ, Karim Marini. Short food supply chain: estado da arte na academia brasileira. *Estudos Sociedade e Agricultura*, v. 23, n. 2, p. 315-40, 2015.
PRÁTICA. Institucional. Disponível em: http://www.praticabr.com/show.aspx?idCanal=zNkWNe5Su3TojVPsm9C9SQ==. Acesso em: 26 abr. 2019.
SEBRAE. Estudo de Mercado. *Indústria*: panificação. Encarte técnico. 2017.
SEBRAE; ABIP. *A tecnologia de máquinas e equipamentos a serviço da panificação e confeitaria*. Encarte técnico. 2010.
SEBRAE; ABIP. *O desafio do crescimento sustentável*: como ter lucro com uma padaria? Encarte técnico. 2007.
SEBRAE; ABIP; ITPC. *Estudo do impacto da inovação tecnológica no setor de panificação e confeitaria*. Encarte técnico. 2012.
SEBRAE; ABIP; ITPC. *Painel de mercado da panificação e confeitaria*. Estudo de tendências: perspectivas para a panificação e confeitaria. Encarte técnico. 2009.
SILVA, César Roberto Lavalle da; FLEURY, Paulo Fernando. Avaliação da organização logística em empresas da cadeia de suprimento de alimentos: indústria e comércio. *Rev. Adm. Contemp.*, Curitiba, v. 4, n. 1, p. 47-67, abr. 2000.
TALAMINI, Edson; PEDROZO, Eugenio Avila; SILVA, Andrea Lago da. Gestão da cadeia de suprimentos e a segurança do alimento: uma pesquisa exploratória na cadeia exportadora de carne suína. *Gestão e Produção*, São Carlos, v. 12, n. 1 (jan./abr. 2005), p. 107-20, 2005.

# Índice alfabético-remissivo

**A**

Absorção de água 18
Ação/inativação enzimática 109
Ação osmótica 104
Acidificação 116
Acido acético 47
Ácido ascórbico 47, 72
Ácido butírico 24
Ácido cáprico 112
Ácido fólico 73
Ácido fórmico 112
Ácido hidrocinâmico 112
Ácido lático 112
Ácido pirúvico 112
Ácido succínico 112
Açúcar 74
Açúcares 51
Açúcar mascavo 74
Aditivos 71, 80
África 10
Agente higroscópico 47
Agente oxidante 47
Agente redutor 47
Agricultura 2, 5
Água livre 48
Albuminas 17
Álcool 55
Álcool isoamílico 112
Álcool isobutílico 112
Alfa-amilase 18, 49, 72
Alimentos funcionais 24
Alterações físicas 108
Alterações químicas 108
Amaciamento das massas 28
Amaranto 24
Amassamento 108, 111
América 10
Amido 3, 19
Amido de batata 28
Amido resistente 24
Amilase 73, 116
Amilopectina 48, 49, 113
Amilose 48, 113
Aminoácido lisina 25
Aminoácidos 24, 109
Arroz 27, 28
Ásia 10
Aspiração 38
Assamento 49, 50, 99, 105, 109, 111
Atividade enzimática 110
Atributo de qualidade 16
Autólise 101
Aveia 3, 19, 27, 29

**B**

*Bagels* 91
Bárbaros 8
Batimento 100
Beta-amilases 72
Bifidobactérias 24
*Biga* 63
*Blini* 24
Bolear 103
Branqueamento 46

Bromato de potássio 72

## C

Caça 3
Cadeias de amido 110
Campo elétrico 39
Camponeses 9
Capacidades viscoelásticas 45
Características elásticas 98
Características geométricas 37
Características organolépticas 97, 103, 111, 114
Características sensoriais e nutricionais 112
Caramelização 50, 51, 74, 109, 114
Caráter viscoelástico 108
Casca 19, 49, 50
Castanhas 78
Centeio 3, 4, 19, 22, 23
Cereais 2, 8, 34, 78
Cerveja 3
Cevada 3, 4, 19, 27, 28
*Ciabatta* 92
Cinzas 20
Cistina 25
Civilização 1
Classificação 42
Clero 9
Coagulação 114
Cobre 25
Coleta 3
Coloração 37, 39
Composição nutricional 20
Compressão 41
Comprimento 37
Condensação 111
Condicionamento 39
Condutividade elétrica 39
Constante dielétrica 39
Consumidor 157
Controle de temperatura 100
Corantes alimentícios 79
Cozimento 108, 112
Cremes 79
Cristalinidade 48

Cromossomos 16
Crosta 110, 112, 115
CSL 73
Cultura 1

## D

DATEM 73
D-chiro-inositol 24
Deformação 108
Degradação de Strecker 112
Densidade 37, 38
Desintegração 41
Desnaturação 109, 110, 113
Despesas 148
Dimensão 37
Dióxido de carbono 46, 105, 109, 110, 111
Dobras 104
Dureza 16, 37
Dureza dos grãos de trigo 16

## E

Economia 153
Egito 4
*Einkorn* 15, 25
Elasticidade 37, 45, 105, 108
*Emmer* 15, 16, 25
Empresa 157
Emulsificantes 73
Endosperma 41
Enriquecedores 73
Enzimas 54, 55, 66, 72
Equipamentos 123, 146
Espelta 4, 15, 16, 19, 22, 25
Esponja 57, 58, 64
Estágio fermentativo 98, 99
Etanol 112
Etapas da limpeza 36
Europa 8
Evaporação 50
Evolução 2
Expansão marítima 10
Extensibilidade 20, 45, 99, 105, 108
Extração de água 47

**F**

*Falling Number* (FN) 18
Farinha 12, 55, 87, 109
Farinha de cevada 28
Farinha de confeitaria 22
Farinha de mandioca 28
Farinha de sarraceno 24
Farinha de sorgo 28
Farinha de trigo 15
Farinha de trigo comercial 35
Farinha de trigo integral 34
Farinhas fortes 17
Farinhas fracas 17
Farro 15, 16
*Fast-food* 13
Fermentação 53, 54, 65, 105, 109, 112, 115
Fermentação final 58
Fermento 55
Fermento biológico 56, 59
Fermento inativo 72
Fermentos físicos 59
Fermentos químicos 59
Ferro 25, 73
Fibra alimentar 24
Fibras solúveis 29
*Focaccia* 93
Fogo 2
Folhados 75
Fome 9
*Food service* 148, 154
Força de glúten 18
Forças eletrostáticas 39
Formato 37
Fórmulas 87, 91
Forneamento 109
Fornecedores 146
Fornos 4
Fragilidade 37
Fragilidade da partícula 39
Friabilinas 16
Fricção 37
Frutas 77
Frutas confitadas 77
Frutas cristalizadas 77
Frutas desidratadas 77
Frutose 112

**G**

Gás 49, 110
Gás carbônico 17
Gastronomia 10
Gelatinização 47, 49, 50, 109, 110, 113
Geleias 77
Gérmen 19, 20
Gliadina 17, 19, 26, 45, 99, 108
Glicolipídios 110
Glicoprotídeos 23
Glicose 112
Globalização 10
Globulinas 17
Glúten 17, 19, 24, 25, 27, 28, 45, 97, 98, 99, 102, 108, 109
Glutenina 17, 19, 23, 45, 98
Gorduras 76
Gramíneas 28, 29
Granulometria 42
Grânulos 17, 41, 48, 49, 110, 113
Grão de trigo 19
Grão sagrado 29
Grécia 5

**H**

Hemicelulases 72
Hemiceluloses 23
Hidratação 97, 105
Hidrólise 112
Hipócrates 5
Homogeneização 99, 100, 108
Hóstia 9

**I**

Idade Antiga 7
Idade Média 7, 10
Idade Moderna 10
Igreja Católica 8
Império Romano 7
Incas 29
Indústria alimentícia 13
Ingredientes 146

Inovação 153

## K

Kamut® 16, 19, 26, 30
Khorasan 27, 30

## L

L-cisteína 72
Lecitina de soja 73
Leite 75
*Levain* 63, 65
Levedo 5
Leveduras 55, 60, 63, 66, 88, 111
Ligações de hidrogênio 46
Ligações dissulfídicas 46
Líquido 55
Lisina 112
Luís XVI 12

## M

Macarrão asiático 24
Magnésio 25
Mandioca 11, 27, 30
Manteiga 76
Maquinários 154
Margarina 76
Maria Antonieta 12
Marmeladas 78
Massa azeda 89
Mel 75
Melaço 75
Melanoidinas 51, 112
Melhoradores 71
Melhorador oxidante 47
Mesa densimétrica 38
Metionina 25
Método direto 57
Método indireto 57
Milho 3
Missô 28
Mistura 109
Moagem de trigo 35, 39, 40
Moinhos 8
Moleiro 8
Monômeros 46

## N

Navegações 10
Negatividade 39
Neolítico 2
Nobreza 9
Nozes 78
Múmero de *mesh* 42
Número de queda (NQ) 18
Nutrição 13

## O

Óleos 76
Ovos 75
Oxidação 46, 99, 103
Oxidantes 72
Oxigênio 106

## P

Padarias 155
Padeiros 5
Pães multigrãos 25
Panificação 5, 54, 108, 123, 148, 151
Pão 1, 2, 107
Pão de aveia 94
Pão de sêmola 95
*Pâte fermentée* 63, 64
Peneiramento 42
Peneiras 37, 41
Pentosanas 23
Pesagem 100
Pessoas intolerantes ou alérgicas 24
*Plansifters* 41
Polímeros 46, 49
Polissacarídeo 48
Polissorbato 80 73
Pontes de hidrogênio 48
Ponto de véu 102
*Poolish* 57, 63, 89
Porcentagem do padeiro 85, 86, 87, 88, 89
Positividade 39
Prazer 6
Pré-fermentações 99
Pré-fermento 56, 57, 62, 63, 64, 89, 90, 98

Processamento de grãos de cereais 16
Processamento térmico 112
Processo de assar 49
Processo fermentativo 17, 99
Processo osmótico 101
Processos químicos 98
Produção de cor e aroma 109
Produtos da moagem 42
Produtos de panificação 35
Propiônico 24
Proporções 86
Propriedades aerodinâmicas 37, 38
Propriedades eletrostáticas 37
Propriedades magnéticas 37
Protease 73, 102, 116
Proteínas 29, 105
Proteínas formadoras de glúten 17
Pseudocereal 24

## Q

Qualidade das proteínas 17
Quercetina 24
Quinoa 24, 27, 29

## R

Reação de Maillard 18, 51, 74, 109, 112, 115
Reações químicas e físicas 110
Realce de sabor 46
Recristalização 49
Rede de fibra proteica 98
Rede proteica do glúten 17
Redutores 72
Religião 1
Resfriamento 48
Retenção do gás carbônico 18, 19
Retrogradação 49
Revolução Francesa 1
Revolução Industrial 12
Rolos de quebra 41
Rolos de redução 41
Roma 6
*Rope* 116
Rutina 24

## S

Salto de forno 110, 114
Saponinas 29
Sarraceno 24
Saúde 6, 13
Seletor de cor 39
Sementes 78
Sêmola 26
Semolina 26
Separação dos grãos 37
Separação múltipla de densidade 38
Separação pela corrente de ar 38
Separadores magnéticos 37
Separador por gravidade 38
Síntese proteica 51
Sistemas de aspiração 38
Sorgo 3, 27, 28
*Sourdough* 65
Sova 98, 100, 103, 104
SSL 73
Substâncias alcaloides 29

## T

Tamanho 37
Taxa de extração 40
Tecnologias 146
Tempo fermentativo 51
Teor 17
Teor de proteínas 22
Textura 37
Textura do endosperma 16
Tinta de lula 79
Tostamento 52
Treonina 25
Trigo 4, 15, 34
Trigo brando 18
Trigo comum 16
Trigo-duro 16, 42
Trigo *durum* 16, 19
Trigo melhorador 18
Trigo-mourisco 24
Trigo pão 18
Trigo-sarraceno 24, 28
Trigos de textura macia 16
Trigos-moles 42

Trigos para outros usos 19
*Triticum aestivum* 16
*Triticum monococcum* 16
*Triticum spp.* 16
*T. spelta* 16
*T. turgidum var. dicoccum* 16
*T. turgidum var. durum* 16
*T. turgidum var. polonicum* 16

**U**

Uísque 28
Utensílios 123, 146

**V**

Valor nutricional 24, 36
Vegetais 79
Viscosidade 23, 45, 48, 103, 108, 113
Volume 37, 45

**X**

Xarope 28